·名家·
文化讲堂
MINGJIAWENHUA
JIANGTANG

文章之美

品味传世散文

宁宗一 / 著

盖文章，经国之大业，不朽之盛事。

——曹丕《典论·论文》

天津出版传媒集团
天津教育出版社
TIANJIN EDUCATION PRESS

图书在版编目(CIP)数据

文章之美 / 宁宗一著. —天津：天津教育出版社，2013.4
(名家文化讲堂)
ISBN 978-7-5309-7348-6

Ⅰ.①文… Ⅱ.①宁宗一… Ⅲ.①古典散文—散文评论—中国 Ⅳ.①I207.62

中国版本图书馆 CIP 数据核字(2013)第 069407 号

文章之美 品味传世散文

出 版 人	胡振泰
作　　者	宁宗一
选题策划	田　昕
责任编辑	田　昕
装帧设计	郭亚非
出版发行	天津出版传媒集团 天津教育出版社 天津市和平区西康路 35 号 邮政编码 300051 http://www.tjeph.com.cn
印　　刷	唐山天意印刷有限责任公司
版　　次	2013 年 5 月第 1 版
印　　次	2013 年 5 月第 1 次印刷
规　　格	32 开(880×1230)
字　　数	160 千字
插　　页	2
印　　张	9.875
定　　价	24.00 元

目录

CONTENTS

序说

散文，在中国文学中源远流长，有着深厚的根基和优秀的传统，向来被视为正宗。它与诗歌流势同样广大浩瀚，成就同样辉煌，而且同灿若星辰的杰出诗人一样，也涌现出许多杰出的散文家。

保留下来的完整成型的散文，至少可上溯到春秋战国时期的作品。收集于《左传》《国语》《礼记》《战国策》等著作中的散文佳品，大都寓意警策，笔锋犀利，谋篇谨严，生动有味。其中不少篇章如《曹刿论战》《邹忌讽齐王纳谏》等，具有较大的认识意义和审美价值。

春秋战国时期，诸子百家，人才迭出，宏论无穷。他们常以论辩形式抒发自己的政治主张，展现胸中之经略宏图。尽管表述方式迥异，或直抒，或委曲，或犀利，或隐喻，但总是使人受到感染。在这种情况下，严密的逻辑，动人的语气，讲究的词采，竞相而生，不同的风格，使作家的气质鲜明地呈现出来。如孟子的酣畅淋漓、博词雄辩；荀子的简洁深刻、见识超拔；庄子的想象瑰丽、翩然潇洒；韩非子的机智警策、气胜理达。

这一历史时期，诸侯割据，战争频仍，纵为驰驱车旅，横因盟邻聚散，几乎无一日不闻刀兵金鼓，无一时不动机谋权变。反映在散文创作上，凡留传下来的，几乎都是当时的重大题材，多有时代印记、思想分量。为文者仿佛无暇披露个人闲情，也无心勾画小花纤草。纵然写了，恐也难以流传。因此，中国散文形成之初就承担了较重大的社会责任，表现了当时人们最关注的问题。难怪数百年后，曹丕在他的《典论·论文》中开宗明义地概括道："盖文章，经国之大业，不朽之盛事。"由此可见，散文并非是微不足道的"小摆设"。

西汉武帝时期司马迁的《史记》极得前代文章之神髓，集当时史学、文学财富之大成。全书一百三十篇均堪称为叙事文学的典范。难得的是，大开大合处，笔墨可经天纬地；细微刻画处，雕刀可入骨三分。极形象而又不失诸自然，极简练却每能画龙点睛。中国有《史记》出现，文章又起拔到一个新的高度。自此，完全摆脱了古朴简拙的印痕，迈入了为适应社会生活丰富发展而造成的成熟文学的宫苑。其内容与先秦散文一脉相承的是：记叙和描写的几乎都是"大事"：或帝王霸业，或将相勋绩，或人物命运，或一代兴衰；叙事、抒情、状物、评论，凡散文应有者，所在俱备。司马迁的这部不朽巨著，单从散文这一角度而言，对后世影响就是说不尽的。

汉魏六朝以至唐初，辞赋与骈体相当盛行，其中不少是浮艳奢靡之作，但也间有含义深邃，文辞优美，音韵铿锵，动人心弦的佳作。如脍炙人口的陶潜的《归去来辞》，王勃的《滕王阁序》等就是其中的翘楚。至今吟读之，仍不能不羡叹感喟我中华作为诗文的泱泱大国，在中古时期即已出现了许多趋于极致的文坛之星，从而也可折射出当时社会生活的发展侧面和世态人情的变迁。至于这一时期的典型散文，更有不衰的名篇，如贾谊《过秦论》之慷慨激越，继承了战国说辞之遗风而又有新的发展；诸葛亮《出师表》之忠忱悲壮，言简辞精，一气呵成；李密《陈情表》之惋挚藏锋，于细处见坚劲；骆宾王《为徐敬业讨武曌檄》之锋芒犀利，堪为鼓动性文章典范之作。

这些名篇之所以能流传千载，首要在于为文者秉有真情实感，以气为主，而决非为文而造情，无病呻吟，再一次证明了散文本质上乃是情文。当然，其言有文采，达至极致，方能相得益彰。从这个意义上说，它们又都是精文。这一优秀传统和艺术经验，至今仍值得我们认真汲取。

中唐时期，韩愈、柳宗元鉴于当时风行的浮华空洞骈俪文体极大地侵害文事，起而倡导“古文运动”，这是在复古的旗号下推行的一场革新运动。韩愈主张“文贵独创”“辞必己出”“因事陈辞”“辞事相称”，这些，无疑都是开一代文风的进步主张。韩愈等人不仅是理论上的倡导者，也是革新文风的实践家。很明显，自他们始，我国的散文创作无论在反映生活面还是思想深度和表现手法上都有新的开拓。举凡政论、叙事、写人（特别是写最普通的人）、书信及悼文、寓言及山水游记，都较前展宽了天地，丰富了文谱。韩愈的散文保留至今的有三百余篇，柳宗元之文“精裁密制，璨若珠贝”，他的《永州八记》，堪为散文小品中之精粹，至今读之仍不能不深为叹服。

中唐至北宋，是我国散文发展史上又一黄金时期，而且达到了前所未有的高峰，标志着我国散文创作的高度成熟。它成熟的标志在于，比之先秦更加丰富多彩，臻于完善；比之秦汉六朝文学创作意识更为自觉，从而使散文创作量质皆非前代可比。自中唐韩柳开散文勃兴之先河，迤至北宋，接踵出现了散文巨擘欧阳修、王安石和“三苏”等。尤其是苏轼，他才气横溢，兼容并蓄，诗词书文，无所不精。古今文学家中，似东坡创作如此宏富，才赋如此兼备，且文质如此精妙者，实属罕见。就散文创作而论，其成就似又在其他方面之上。读其前后《赤壁赋》以至《石钟山记》《承天寺夜游》《放鹤亭记》等，深感除了继承前人散文创作的精华而外，主要是别有天地，耳目一新。

唐宋间之名家名篇，绝不止艳称“八大家”者，颇值得称道者如刘禹锡之《陋室铭》，寥寥八十一字，可谓字句珠玑！范仲淹一篇《岳阳楼记》终为千古绝唱。“先天下之忧而忧，后天下之乐而乐”，至今仍对人深有启迪。

诗文皆贵独创。唐宋散文巨子之所以有如此成就，除当时社会较长时期基本稳定，社会生产力长足发展，为文苑繁兴提供了可能外，首倡举旗者的理论呼吁和创新实践至关重要，他们不空喊，而是以自身大量之精文昭然于世，说服力自然生成。

南宋至元，战乱频仍，散文有则有，似渐趋零落，比之前之黄金时代，较少有可称颂之翘楚。然而，由于种种原因，南宋诗词仍未衰减，而元之杂剧散曲，堪为文苑奇观。

明清两季，数百年间，散文创作绵延不绝，尤其是明文，名家绝非一二。明初有宋濂、刘基、方孝孺等。明代中叶有所谓前后“七子”。另外，此时崛起者还有归有光和稍后的“公安派”首领袁宏道等。归有光当“七子”风靡之时，不随波趋时，文风冲淡、亲切、自然，笔调接近欧、苏，并在文中善于捕捉生动的典型细节，又得力于《史记》。袁宏道反对前后“七子”所鼓吹的拟古之风，主张“倡以清真”，旨在表现个人的性灵，抒发独特的具体感受，他的散文以清新婉丽见长，是晚明散文中的佼佼者。

清之散文继承了明代散文特别是袁宏道的风韵，也涌现了像明末清初的张岱，清朝中叶的袁枚、郑燮等名家。其中尤为杰出者为张岱，他的散文集《陶庵梦忆》《西湖梦寻》等向为人所推崇。这些散文，大都做到了绘声绘影，抒泄了真挚的情愫，而又阐发了深邃的哲理，读后耐人品味。

应当看到，明清散文，确未振兴到一举惊天，超越前代的高度，且不少是着意模仿秦汉、师法唐宋的风尚，减弱了独创精神。但这决不是说明清散文一无特色，如归有光的平实亲切，袁宏道的鲜活清新以及清代散文小品之炼达妙趣，对于丰富发展我国散文优秀传统，应该说亦有他们的贡献，也值得我们研究借鉴。总之，为文之道，有特色就有不可忽视的价值。

粗略的回顾，我们引为自豪的是，世界上尽管也有一些文明古国，但还没有哪个国家有我们这样悠久的散文传统，创作并流传下来如此繁浩的散文篇章。因此，如果我们今天不能使这种散文传统发扬光大，创造出无愧于我们这个时代的佳品力作，是应该赧然自省的。

散文历来是疆域辽阔，笔法自由，或论天下大事、历史命运，或叙山川风貌、社会习俗，或明个人心志、抒儿女情怀，其样式更是丰富多彩，风姿绰约。尤其是汉唐以来，散文的体裁、题材得到了极大的解放，除以抒情、叙事为主的散文外，像传记、游记、随笔、杂感、书序、书简、日记、题跋等，都得以舒眉展眼，各显神采。而且不管写什么或怎么写，大多贴近生活，有感而发，反映百姓的喜、怒、哀、乐，保持与时代的联系，紧扣读者的心扉，为我国散文艺术打下了坚实的基础。

从文化品格来观察中国古代散文，我们还会发现，中国散文具有鲜明的特色。而从中国散文的主旋律来看，无论它侧重表现哪一种生活图景，都具有中国大地上那一种自然的和历史的古朴淳厚的风貌，都能透视出中国民族性格和伦理观念，它使我们从中听到了历史跳动的脉搏和现实生活发展前进的足音。

散文与诗歌、小说、戏曲，并列为我国文学的四大类部。散文的本质是以心会心，以真我为血脉，以艺术为生命。而从审美特征来考察，过去都把艺术性高的文学散文划为“狭义的散文”，以别于应用性高的“广义的散文”，如此，已初步区隔出文学散文与非文学散文的疆土。然而，“狭义的”一词，抽象而难辨识。为了对狭义的散文描画明确的内容，前辈学者又有“抒情散文”“文学散文”“美文”等命名。而这些命名，似仍语焉不详，也未能具体显示文学性散文的特质所在。时贤有把“文学的”或“狭义的”散文，直称之为“艺术散文”者，似更为简便。因为，艺术需要感情和感觉，它们是艺术家对生活独到领悟和寻觅的钥匙，艺术作品是艺术家对生活的提纯，艺术的高下与优劣，取决于艺术家感受生活感受人世的敏锐细腻和迟钝粗疏。而中国古代的优秀散文多能化思情哲理为形象，发平常事理为意象，使散文以小见大，由浅入深，涵纳无限。

中国古代散文与中国古代绘画一样，也讲气韵生动，讲神韵，讲那些难以捉摸的东西。这好像跟我们民族文化传统，跟文化生活中其他一些方面是相通的。就中国的著名散文大家来说，他们都善于观察社会，观察自然，有真实描写对象的基本功，才进一步走向传神的境界。这些似乎是难以捉摸的，实际上是和各个人的知识积累、艺术修养、个性、气质、美学观点有关。就像画中国画在写生、设色、布局等基本功渐深之后，才有可能达到气韵生动的境界一样。

中国散文的写法如用中国绘画艺术来品味，也有写实和写意之分。中国散文大家在记人记事与寄情寄兴时都不凌空蹈虚。事实上，感觉的沉实与飘忽决定了散文艺术的高下分野。举凡大家高手如柳宗元、王安石、苏轼的散文，从文字功夫看自有美文佳构，但更多的是在情致意蕴和意象形式的融合中，既飞腾感觉之翅，又标举形象之躯。因此，中国古代散文的优秀篇章所展示的文学形象、艺术心态，是多层面、多色彩的。那种来于大千世界，发自方寸之间纷呈的意象和深沉的情愫，无不辐射出中国杰出的散文作家和众多知识分子对祖国山川的爱，对历史风貌的情，对人生况味的感悟和理解。

散文是语言的艺术，感觉附丽于语言的表现和创造。中国古代散文多是用文言形式表达的，然而其中优秀的篇章，似乎比小说多几分浓密和雕饰，而又比诗歌多几分清淡和自然。它简洁而又潇洒，朴素而又优美，自然中透着情韵。它的美，恰恰就在这浓与淡，雕饰与自然之间。欧阳修《醉翁亭记》的开头“环滁皆山也”仅仅五字，似远山一抹，然作为醉翁亭的背景却恰到好处。因此可谓是“约不失一辞”。这种语言的简洁和潇洒，乃是笔墨的净化，是作家语言技巧达到炉火纯青的标志。这证明，欲达笔墨的净化，务求功夫的深化。

语言的美，当然离不开创作主体感情的真与美，览古代散文佳品，“皆沛然从肺腑中流出”，故虽造语平实，却觉光彩动人；即稍事修饰，亦不失于夸饰堆砌。古代散文作为一种语言艺术，其朴素之美，也绝然离不开作者的精心加工。清人吴德旋在《初月楼古文绪论》里曾这样说过：“作文岂可废雕琢？但须是清雕琢耳。功夫成就之后，信笔写出，无一字一句吃力，却无一字一句率易；清气澄彻中，自然古雅有风神，是一家数也。”很显然，这里所说的“清雕琢”就是将艺术的匠心藏于自然的气势底下的艺术加工，像是一位技艺精绝的工匠，运用他久经磨砺的斧刃，虽雕、刻、錾、凿，却不留斧凿痕。中国古代杰出的散文大家就是擅长这种“清雕琢”的能工巧匠。在他们的笔下，惊人的警句，解颐的妙语，精彩的比喻，总是掩藏在朴实无华的文字中；骈语俪句，又总是置配在自由、流利的散句之中。古代散文最忌像诗歌那样合辙押韵，但又讲字音的抑扬，音节的长短，句式的变化，即将一种自然谐和的韵律，暗暗透入文字中来。

作家们为着表现其入微的独特的感受，常常在搜求，甚至是独创着一些新奇的字句，可是，却又尽量地给这些字句涂上古朴而通俗的色彩。一句话，我们的优秀散文家总是力图在迷人的朴素之中，去展示那种惊人的优美。

今天，散文的文学品类与其他文学品类一样，愈是探索创新，愈是不能回避在民族文学传统中寻找参照，汲取养料。在我们这样一个有着悠久、广博和灿烂文学传统的国家，散文的创作发展更应该重视对传统的研究、继承。对传统的认同，实际上是对我们自身传统的睿智选择和接受，是创造性转化的依据和基础。进一步说，对民族文化传统，认同并非根本目的，创造性转化方使认同富有生命力。对于散文传统当然也应当如此来理解。

曹刿论战[1]

《左传》[2]

十年春，齐师伐我。公将战，曹刿请见。其乡人曰："肉食者[3]谋之，又何间焉[4]？"刿曰："肉食者鄙，未能远谋。"乃入见。

问何以战。公曰："衣食所安，弗敢专也，必以分人。"对曰："小惠未徧[5]，民弗从也。"公曰："牺牲玉帛[6]，弗敢加也，必以信。"对曰："小信未孚[7]，神弗福[8]也。"公曰："小大之狱，虽不能察，必以情。"对曰："忠之属也，可以一战。战则请从。"

公与之乘，战于长勺。公将鼓之[9]。刿曰："未可。"齐人三鼓，刿曰："可矣。"齐师败绩[10]。公将驰之。刿曰："未可。"下视其辙，登轼[11]而望之，曰："可矣。"遂逐齐师。

既克，公问其故。对曰："夫战，勇气也。一鼓作气，再而衰，三而竭。彼竭我盈，故克之。夫大国，难测也，惧有伏焉。吾视其辙乱,望其旗靡[12],故逐之。”

【注释】

1.《曹刿论战》:选自《左传·庄公十年》。“刿”,音guì。2.《左传》:传为春秋末年左丘明解说《春秋》的一部著作。其中记载春秋时各国的内政、外交、军事等方面的活动。原书名为《左氏春秋》,汉以后称《春秋左氏传》,简称《左传》。3.“肉食者”:指在位享有厚禄的贵族。4.“又何间焉”:又何必参与(替他们谋划)呢?“间”,音jiàn,参与。5.“徧”:同“遍”,指遍及众人。6.“牺牲”:牛、羊、豕;“玉帛”:圭璧帛币,皆祭祀礼神物品。7.“孚”:指由于祭祀者的“诚心”而发生的“感应”。8.“福”:保佑。9.“鼓之”:擂鼓发动进攻。10.“败绩”:大败。11.“轼”:古代车厢前供人凭靠的横木。12.“靡”:倒下。

本篇记叙了春秋时代一次不大的战争,在《左传》里并没有标题。后人着眼于指挥这次作战的人物时,称它为《曹刿论战》;而着眼于战事的,则称它为《齐鲁长勺之战》。

《曹刿论战》叙述了齐鲁长勺之战的全过程,按时间顺序安排了情节,刻画了曹刿的形象。文章首先简明地交代了战前的形势,开门见山写了两句:“齐师伐我,公将战。”非常巧妙地把主人公曹刿安排在鲁国临危的关键时刻出现,显示了他是一位举足轻重的人物。开始用乡人来陪衬,劝曹刿不要去管这次战事，没能动摇“曹刿请见”的决心，说明他虽不在其位，但关心国事，有深谋远虑。他一语道破了自己所以要参与这次战争谋划的根本原因是“肉食者鄙，未能远谋”。一个“鄙”字把尸位素餐、窃据要津的权贵的无能昏聩描摹殆尽。总之，曹刿一出场就让我们如闻其声，如见其人，光彩照人，不同凡响。

曹刿一出场，作者就从各个角度映照出他的性格特征。曹刿见到鲁庄公后，不是直接去献谋划策，而是间接地询问“何以战”？这就是通常所说曹刿论战的总帽，它是情节展开的核心！在考虑到政治准备上，庄公首先注意的是用小恩小惠来收买人心，求神保佑。曹刿直率地加以驳难，这又反映出他的卓越见识。他已经初步地认识到了要想战胜敌人必须依靠广大人民这样一个正确的道理，所以他和鲁庄公谈话的时候，才不去讨论军队的数量和兵刃、战车的装备，而把着眼点放在最重要的政治基础上，放在人心的向背上。

以上讲的是战前的准备，作为一个故事，它是情节的发展阶段。下面写到具体的战争场面，情节进入了高潮。然而作者在这里并没有铺叙酣战的实况，而是紧扣这次以弱国抵抗强国这一防御战的特点，有意识地以庄公的轻举妄动，来反衬曹刿的精细沉着。他能够经受住敌人三次挑战而不动，直到敌人的士气低落时再进攻，正说明他既有谋略，又极镇定。他看到敌人的旗靡辙乱才追击，又显示他考虑周到、行动谨慎、观察仔细。通过这些行动和对话，一位爱国的、有识见的、有胆略而又深谋远虑的战略家的形象，就在我们面前栩栩如生地展现出来。

对曹刿形象的这些描绘，与其说近似精描细摹的肖像画，倒不如说近似笔触洗练的速写或是刀法简洁的剪影，虽寥寥勾勒，却给读者留下难忘的印象。而且应该看到，作者笔墨所摄虽然不过是雪泥鸿爪，吉光片羽，却能使读者由一点而推及其他，获得对人物的整体观照。这主要在于作者有一支传神之笔，即能够抓住作者深有感受的、足以体现对象神髓的某种场面、细节、言谈举止等，给以突出的渲染。《左传》作者这种描写人物的方法，可说是深得散文艺术三昧的。值得突出指出的是，《曹刿论战》这种完全通过人物的行动和对话来写人物，给后来从行动中塑造人物形象的写法奠定了很好的基础。另外，《左传》本是一部编年体的历史书，是以记事为主，可是它能在记事中写出人物来，也给后来的传记文学和小说作出了一个好的开端。

欣赏研究《曹刿论战》，最值得我们注意的是作者的文章剪裁之妙。《曹刿论战》大约用了三分之一的篇幅写曹刿与鲁庄公之间的谈话，这是因为它的内容极为重要，说清了鲁国迎战的基础，为鲁国的大获全胜提供了有力的根据。而当战争帷幕完全拉开时，作者只写了“击鼓”和“逐师”两件事，作者有意识地略去了战场上的一般情况，略去了和这次战争的特点没有密切联系的东西。这样，剩下的两件关键的事情，也就在简练的叙写中得到了突出的表现，这说明作者选剪材料异常精当。进一步说，即便是“击鼓”和“逐师”两件事，作者也未作原原本本的叙述，指挥作战的曹刿只是反复地说了“未可”和“可矣”四个字，这更见出文章在剪裁上的功力。

《曹刿论战》剪裁之精当还表现在结构的紧凑上。全文仅二百二十二个字，但包容了丰富的情节。它既叙述了一个历史事件，清晰地交代了事件的发端、发展、高潮和结局，条理极清楚，层次极分明；又生动地刻画了战略家曹刿的人物形象，介绍了他的思想、见识和才干，也描绘了他的音容笑貌；而且它还深刻地发挥了有关战略的议论，像“一鼓作气”，像“敌疲我打”这样精辟的理论。总之，全文一气呵成，有转折，有波澜，不愧是历代传诵的散文妙品。

子路曾皙冉有公西华侍坐[1]

《论语》[2]

子路、曾皙、冉有、公西华侍坐。

子曰："以吾一日长乎尔[3]，毋吾以也。居则曰'不吾知也！'如或知尔，则何以哉？"

子路率尔[4]而对曰："千乘[5]之国，摄乎大国之间[6]，加之以师旅[7]，因之以饥馑；由也为之，比及三年，可使有勇，且知方[8]也。"

夫子哂之。

"求，尔何如？"

对曰："方六七十，如五六十，求也为之，比及三年，可使足民。如其礼乐，以俟君子。"

"赤，尔何如？"

对曰："非曰能之，愿学焉。宗庙之事[9]，如会同，端章甫[10]，愿为小相[11]焉。"

"点，尔何如？"

鼓瑟希[12]，铿尔，舍瑟而作。对曰："异乎三子者之撰[13]。"

子曰："何伤乎，亦各言其志也！"

曰："暮春者，春服既成，冠者[14]五六人，童子六七人，浴乎沂，风乎舞雩[15]，咏而归。"

夫子喟然叹曰："吾与[16]点也。"

三子者出，曾皙后。曾皙曰："夫三子者之言何如？"

子曰："亦各言其志也已矣！"

曰："夫子何哂由也？"

曰；"为国以礼，其言不让，是故哂之。""唯求则非邦也与[17]？""安见方六七十、如五六十而非邦也者！""唯赤则非邦也与？""宗庙、会同，非诸侯而何？赤也为之小[18]，孰能为之大！"

【注释】

1.《子路曾皙冉有公西华侍坐》：选自《论语·先进》。原书无标题，这里是后来加的。"子路"：姓仲，名由，字子路；"曾皙"：名点，字皙，是孔子弟子曾参的父亲；"冉有"：名求，字子有；"公西华"：复姓公西，名赤，字子华。他们都是孔子的弟子。"侍"：奉；"侍坐"：陪奉孔子闲坐。2.《论语》：是孔子弟子和再传弟子所记录的孔子及其门人言行的一部书。全书共二十篇，其中保存了孔子的哲学思想、政治活动及教育实践等方面的原始材料。孔子（公元前551—前479年）名丘，字仲尼，春秋鲁国人。曾在鲁国做过官，以后周游宋、卫、陈、蔡、齐等国。他一生主要从事著述和讲学，是中国古代著名的思想家、教育家、儒家学派的创始人。3.“一日长乎尔”：孔子自谦的说法。4.“率尔”：轻率的样子。5.“千乘”：一车四马叫“乘”。“千乘”指千辆兵车。古代常用兵车数字作为国家大小的标志。“千乘之国”，在春秋时代是中等国家。6.“摄乎大国之间”：“摄”，做“夹”解。摄乎大国之间，如同说“夹乎大国之间”。7.“加”：加上。“师旅”：古代军队编制，两千五百人为师，五百人为旅。这里是指战争。8.“知方”：懂得礼义。9.“宗庙之事”；指诸侯在宗庙举行祭祀典礼。10.“端”：一种礼服。“章甫”：一种礼帽。11.“小相”：“相”，诸侯祭祀或会盟时，主持礼赞的官，分卿、大夫、士等不同官级。这里是公西华自谦之词。12.“希”：同“稀”。13.“异乎三子者之撰”：和他们三个人所说的不同。“撰”：具，才能。指为政的才能。14.“冠者”：指成年人。古代男子二十岁为成年，束发加冠。15.“风乎舞雩”：“风”，乘凉吹风。“舞雩（yú）”，祈雨的坛。古代求雨之祭叫“雩祭”，有巫人在坛上歌舞，所以称舞雩。16.“与”：赞许、同意的意思。17.“唯求则非邦也与”：“唯”，语辞。“邦”，国。“与”，同“欤”，意为（难道）冉求所说的就不是治邦国的事吗？下文“唯赤则非邦也与”句意同。18.“赤也为之小”二句：“之”，指诸侯。“小”，指小相。“孰”，谁。这两句说，如果公西华做那小相，谁能做那大相呢？

《论语》“侍坐”章是一篇记叙性散文。在这篇文字中，作者以当时近似口语的练达语言再现出孔子和弟子们融洽的师生关系，展现出不同学生的性格风采，为读者描绘出一幅师生“言志”的生动画面。

这段文字的内容是记叙孔子和子路（仲由）、曾皙（点）、冉有（求）、公西华（赤）等几个弟子的一次谈话。谈话的中心是通过孔子询问弟子如果在政治上得到信任时，如何施展自己的抱负来展开的。历来人们都赞赏这篇文章在描写不同人物对话时十分传神。

在这神情语态活灵活现的生动描写里，可以使读者体味到性格迥异的鲜明的个性特征，又在不同性格的展示中表现了人物各自的兴趣与志向。

子路率直、坦白，听了老师的问话，“率尔而对”，充满自信，毫无隐瞒地把自己的抱负吐露出来。冉有性格谦恭，老师点名才发言，刚说出“方六七十”，又退到“五六十”……公西华更是谦逊过人，“非曰能之，愿学焉”，娓娓动听，慢慢道来。至于曾皙，与众不同，不仅回答老师提问时，措辞洋洋洒洒，志趣迥异；而且表现似也“狂放不羁”，别人发言时，他仍在弹瑟，经孔子一再催问才发言。然而使弟子甚而使读者感到意外的是，曾皙发言后得到孔子的称赞。作者就是通过这种平实的叙写，使不同的人物性格跃然纸上。

通观全篇，孔子显然是中心人物，而本篇的思想底蕴也是通过孔子的“哂由”“叹点”，评论各人言志表达出来的。一方面，通读全篇可以想见，各人言志既是性格的自然流露，又可说是畅所欲言。正如孔子回答曾皙时所说“亦各言其志也已矣”。由此可见他们师生之间融洽和谐的关系。另一方面，不可否认，孔子对几位弟子的谈论也含有鲜明的倾向。特别是“哂由”“叹点”，历来为评论者所注目。孔子为什么“哂由”？应该说这里是有不满然而并无贬意。作为老师，孔子向来是赞赏子路的果敢的，而仲由这一优点恰恰又在本篇中得到淋漓尽致的反映。孔子所以“哂之”，是因为“其言不让”。在老师看来，仲由尚不够谦逊，说话不留余地，其在性格修养与学习上还未达到一个完美的境界。尽管我们可以不赞同孔子的观点，然而在这里我们却赞赏孔子对弟子那种平等相待、对弟子了如指掌的平和的作风。孔子又为什么“叹点”呢？可以说曾皙的主张，他的一番形象化的生活志趣的描绘，恰恰符合孔子当时当地的心境。孔子一生怀抱行道救世之心，但始终不得志。所以孔子也曾有过“道不行，乘桴浮于海”、迁居异域的牢骚。但他却明确表示不能与鸟兽同群，做一个遗世远遁的隐士。他的“居九夷”，不是仿隐士的行径，而是为了施展政治抱负，实现仁政理想，用礼乐诗教感化、改造异域。在孔子追求的仁政理想里，“礼治”的实行出于发之内心的自觉要求。“治国平天下”的最高境界，也是其哲学思想的核心——“仁”的最高境界，人的自由天性得以充分发展的境界。这一思想是极其深刻的。曾皙所描绘的景象正是孔子这一政治理想、哲学思想的象征，所以他极口称许。而前三子所言，或缺少远大抱负，或不能施之以礼乐教化……都未能达到“曾点气象”那种理想的审美境界，不足以表达孔子政治见解、哲学思想的精髓，所以或者“哂之”，或者不置可否。宋代理学家朱熹说孔子称许曾点乃因他“胸次洒落，直与天地事物上下同流，各得其所之妙，隐然见于言外，与他人气象不侔”(《论语集注》)。朱熹算是把握了孔子思想的精髓，对这段文字的理解略得了其中三昧。

齐人有一妻一妾[1]

《孟子》[2]

齐人有一妻一妾而处室[3]者，其良人出，则必餍[4]酒肉而后反[5]。其妻问所与饮食者，则尽富贵也。其妻告其妾曰："良人出，则必餍酒肉而后反；问其与饮食者，尽富贵也，而未尝有显者来，吾将瞷[6]良人之所之也。"

蚤[7]起，施[8]从良人之所之，遍国中无与立谈者，卒之东郭墦间[9]，之祭者，乞其余；不足，又顾而之他——此其为餍足之道也。

其妻归，告其妾，曰："良人者，所仰望而终身也，今若此！"与其妾讪其良人，而相泣于中庭，而良人未之知也，施施从外来[10]，骄其妻妾。

由君子观之，则人之所以求富贵利达者，其妻妾不羞也而不相泣者，几希矣。

【注释】

1.《齐人有一妻一妾》:选自《孟子·离娄下》。这里取本章首句作为标题。2.孟子(约公元前372—前289年),名轲,字子舆,战国中期著名的思想家,邹人。孟子继承了孔子的哲学、政治思想并有新的发展。现存《孟子》七篇。唐宋以来,《孟子》的文章一直为许多古文家所取法,对中国散文的发展影响较大。3.“处室”:居家度日之意。4.“餍(yàn)”:饱食。5.“反”:通“返”。6.“瞯(jiàn)”:窥视,即从旁偷看。7.“蚤”:同“早”。8.“施(yí)”:即从旁边跟着,避免良人看见。9.“墦间”:坟墓间。“墦(fán)”,坟墓。10.“施施从外来”:洋洋得意从外面走来。

《齐人有一妻一妾》,是作者虚构的一篇生动的寓言故事,具有很突出的文学叙事特点。文中塑造的“齐人”这一形象,乃是作者讥讽战国时代那些不择手段、弄虚作假、追求“富贵利达”的人,以充分暴露他们灵魂的丑恶。这篇寓言故事鲜明地展示出孟子的思想倾向。

文章的特点之一即叙事精妙。文中叙写故事的主体部分,作者从“其良人出,则必餍酒肉而后反”在妻妾思想中引起的疑问展开的,层次清晰,引人入胜。“问其与饮食者,尽富贵也”,叙事中透视出“齐人”洋洋自得,骄傲的神态。仅“未尝有显者来”一句,就合盘托出“齐人”之妻的疑窦,“吾将瞯良人之所之”,表明妻妾要了解事情真相的急切。当读者随着“齐人”之妻的视线，观察到“齐人”“东郭墦间”“乞其余”的丑态，即恍然大悟，“此其为餍足之道也”！毋须作者的任何评点，“齐人”的弄虚作假、垂涎富贵的虚伪心态与形象，即淋漓尽致地展现在读者面前。文章叙事精妙更在于故事最后画龙点睛的一笔，“而良人未之知也，施施从外来，骄其妻妾”。“齐人”并不知真相败露，仍然像每次归来一样，洋洋得意地准备向妻妾夸耀，使作者最后完成了这一形象的塑造，使“齐人”成为作者笔下鞭挞的对象，蕴含着辛辣讽刺的力量。

文章特点之二即剪裁得当。这篇文章不仅语言精练，而且长于剪裁，叙事繁简得当。文章开头，妻与妾的一段谈话，几乎是复述作者叙述的语言，这是繁写。这种不避重复地叙写，恰恰是为了揭示其妻的内心怀疑，也为后面的揭示做了不可少的重要铺垫。而作者在叙写“齐人”乞食中，却惜墨如金，文字简练：“之祭者乞其余，不足，又顾而之他。”仅用十数言就维妙维肖地刻画出“齐人”不知羞耻的丑态。前后对照，“其妻问所与饮食者，则尽富贵也”，更显得揭露深刻。文中在叙写其妻归而与妾的一段谈话，是简写：“良人者，所仰望而终身也，今若此。”“今若此”三字，逼真形象地表达出妻子无限怨愤的心态；而且“今看此”三字容纳了前文“蚤起”“瞯良人之所之”所见的全部过程和内容。文章繁简之妙，足见作者之大手笔。

文章特点之三即寓意深刻。《孟子》中的寓言故事，一般说来更接近普通人的生活，借助寓言阐述某种道理。《齐人有一妻一妾》，在讲完这个“齐人”故事之后，借用“君子”之口道出作者的褒贬意图：那些靠玩弄手段追求“富贵利达”的小人，与这个靠乞食而骄傲其妻妾的“齐人”的共同点即不能知羞明耻。在作者看来，知羞明耻是修身养性的基础。在先秦诸子中，孟子极力主张“性善”学说，认为仁义道德是人内在的自觉要求，并不是靠外力强加于人的。因此，孟子在《告子》篇中曾生动地论述：“仁，人心也；义，人路也；舍其路而弗由，放其心而不知求，哀哉！”意思是说，仁这种好的品德，本来是人人都具备的；义本来是人人都应知道走的正路。但是，有的人放弃该走的正路，丧失那善良之心不知去寻找，那不太可悲了吗？在孟子看来，那个靠乞食以炫耀自己身份的“齐人”和那些汲汲追求功名的小人正是“放其心而不知求”，是可悲可鄙的。孟子一再大声疾呼，“学问之道无他，求其放心而已矣”，告诫人们把那丢失的善心寻找回来。孟子虔诚地相信和宣扬自己的主张，而恰恰于此可看出他的理论的保守一面，“为贫者辞尊居卑，辞富居贫，位卑而言高，罪也。”（《万章》篇）孟子是极力反对那个时代的阶级大变动的。这篇文章，正是形象化地阐明孟子思想主张的妙文。尽管有其思想保守一面，然而也确实让读者形象地认识了战国时代那些爬上富贵阶层的人，追求利禄、贪得无厌的本质。从这个意义看，本文又有很高的历史认识价值。

逍遥游[1]

《庄子》[2]

北冥[3]有鱼,其名为鲲[4]。鲲之大,不知其几千里也;化而为鸟,其名为鹏。鹏之背,不知其几千里也;怒而飞,其翼若垂天之云。是鸟也,海运[5]则将徙于南冥——南冥者,天池也。

《齐谐》[6]者,志怪[7]者也。《谐》之言曰:"鹏之徙于南冥也,水击三千里,抟扶摇而上[8]者九万里,去以六月息[9]者也。"野马[10]也,尘埃也,生物之以息相吹也。天之苍苍,其正色邪[11]?其远而无所至极邪?其视下也[12],亦若是则已矣。

且夫水之积也不厚,则其负大舟也无力。覆杯水于坳堂[13]之上,则芥[14]为之舟,置杯焉则胶[15],水浅而舟大也。风之积出不厚,则其负大翼也无力。故九万里,则风斯在下矣,而后乃今培风;背负青天而莫之夭阏[16]者,而后乃今将图南[17]。

蜩与学鸠[18]笑之曰："我决起[19]而飞，枪榆枋[20]而止；时则不至，而控[21]于地而已矣。奚以之九万里而南为？"

适莽苍[22]者，三飡而反[23]，腹犹果然[24]；适百里者，宿舂粮[25]；适千里者，三月聚粮。之二虫又何知！

小知不及大知[26]，小年不及大年。奚以知其然也？朝菌不知晦朔[27]，蟪蛄不知春秋[28]：此小年也。楚之南有冥灵[29]者，以五百岁为春，五百岁为秋；上古有大椿者，以八千岁为春，八千岁为秋：此大年也。而彭祖[30]乃今以久特闻，众人匹之[31]，不亦悲乎！

汤之问棘也是已：

"穷发[32]之北，有冥海者，天池也。有鱼焉，其广数千里，未有知其修者，其名为鲲。有鸟焉，其名为鹏，背若泰山，翼若垂天之云，抟扶摇羊角[33]而上者九万里；绝云气，负青天，然后图南，且适南冥也。斥鴳[34]笑之曰：'彼且奚适也？我腾跃而上，不过数仞[35]而下，翱翔蓬蒿之间，此亦飞之至也！而彼且奚适也？'"

此小大之辩也。

【注释】

1.《逍遥游》：选自《庄子》。"逍遥"：自由自在；"游"：活动。"逍遥游”即不借任何外力，也不受任何外力限制的遨游。2. 庄子（约公元前369—前289年），名周，战国时宋之蒙（今河南商丘东北）人，曾作蒙漆园吏，大约与孟子同时，是战国时代道家的主要人物。今存《庄子》一书，共三十三篇。其中“内篇”七，传为庄周所著；“外篇”十五，“杂篇”十一，研究者多认为出自庄周后学之手。3.“北冥”：北海。“冥”同“溟”，海。4.“鲲”：本是小鱼名，庄子在这里用为大鱼之名。5.“海运”：指大海翻腾动荡。6.《齐谐》：书名。或以为人名。7.“志怪”：记怪异的事物。8.“抟（tuán）扶摇而上”：聚集回旋直上的大风。9.“六月息”：“息”，气息，“六月息”，就是海动时的大风。此时气盛多风，大鹏乃便于鼓翼。10.“野马”：指浮游的云气。11.“天之苍苍，其正色邪”：天色深蓝，这是它真正的颜色吗？12.“其视下也”：鹏在天空往下看。13.“坳（ào）堂”：室内低洼的地方。14.“芥”：小草。15.“胶”：粘着。16.“夭阏（è）”：阻挡，遏止。“夭”：折；“阏”：止。17.“图南”：图谋南行。18.“蜩（tiáo）与学鸠”：蜩，小蝉。“学”，又作鸴。“学鸠”，小斑鸠。19.“决起”：如同说“奋起”。20.“枪”：突，碰。“枋”：檀木。21.“控”：投。这里指落下。22.“适莽苍”：“适”：往。“莽苍”：野色迷茫的样子，这里指郊野。23.“三飡而反”：“飡”同“餐”。“反”同“返”。这里用三飡代表一日。24.“果然”：饱的样子。25.“宿舂粮”：“宿”，前夜。这句是说出发的前一宿就得捣米备粮。26.“知”同“智”。27.“朝菌不知晦朔”：朝菌不知道一个月的始终。“朝菌”，一名大芝，生于朝，死于晦。28.“蟪蛄不知春秋”：“蟪蛄”，寒蝉。其春生夏死，夏生秋死，所以不知道一年之中有春有秋。29.“冥灵”：树名。30.“彭祖”：古书上说，彭祖名铿，帝尧的臣，活了八百岁。31.“众人匹之”:众人要比彭祖。32.“穷发”:指极北方寒冷的不毛之地。“发”,毛,这里指草木。33.“羊角”:旋风。34.“斥鴳(yàn)”:生活在小池边的鴳雀。35.“仞”:古时以八尺为一仞。

先秦散文的最大特色是富于哲理,其价值在于对人生、社会和宇宙的思考,对真、善、美的探讨。先秦诸子散文则更多有寻绎不尽的意味,这是因为它具有文艺的某些基本特征,具有审美作用。而在这方面最为杰出的,是著名的《庄子》散文。前人称《庄子》散文:纵横跌宕,奇气逼人。所谓纵横跌宕,是说它的文风雄伟恣肆,大起大落,无所羁绊;奇气逼人,是说它的文章构思奇特,意奇语奇,不落常套。《庄子》一书,虽是一部思想学术著作,但它却具有显著的文学特征、浓郁的文学色彩。鲁迅在《汉文学史纲要》中评论庄子时说:“著书十余万言,大抵寓言,人物土地,皆空无事实,而其文则汪洋捭阖,仪态万方,晚周诸子之作,莫之能先也。”对《庄子》的文学特点和在文学史上的地位,做了很高的评价。

《逍遥游》是《庄子·内篇》的首篇,全篇几乎全由寓言和比喻构成,精比巧喻,连环而下;行文挥洒自如,奇幻莫测,最足以显示庄子其人的思想和他文章所特有的风格。这篇里写的是大鹏和小雀的故事,是个寓言。这个寓言是凭想象编的。寓言中的大鹏当然不是生活中的事物,庄子在这里,不是在讲大鹏和小雀，是通过大鹏和小雀来说明大小之辨。

庄子生于战国乱世，诸侯各国征伐不已，暴主佞臣杀人如麻。而且统治集团严刑峻法，网罗密布，使人“无所逃于天地之间”。在这种情况下，庄子愤世嫉俗，成为一个遁世主义者。他宣扬人应当脱弃一切物累，而获取精神解放，争得绝对自由。《庄子·逍遥游》一文就旨在说明人应该由“有待”而进入“无待”，人只有脱弃掉一切物质条件、物质欲望，才能取得真正的自由。当然，庄子式的这种“自由”完全是脱离实际的。但是，在他主张一切听其自然，反对有所作为，反对对自然进行改造等思想中，仍然有一些合理的东西。比如他主张要顺应万物之性，在这点上，就不应有自己的主观，所以要无己；在顺应万物之性上不必自己居功，所以要无功；不必自己夸耀，所以要无名。再有，他的文章想象丰富，构思奇幻，具有惊听骇视的作用，在这方面又成为文学中的名篇。至于后来的文学作品，用小雀笑大鹏的寓言，来说明“燕雀安知鸿鹄之志”，那是借用，其实不是庄子的原意。

不是纯文学作品而能具有较强的文学性，对读者有较强的吸引力与感染力，其奥秘全得力于作者的语言艺术。

大量的创造寓言，是《庄子》语言艺术的主要特点。作者自称“寓言十九”，司马迁在庄周本传中说其书“大抵率寓言也”，都反映了《庄子》的实际。书中寓言，短者仅二十来字，长者达一千余言。《逍遥游》以描写神奇莫测的大鲲、巨鹏开端，开首就向我们展示了一幅非常开阔、神奇的画卷，表现了作者浩荡的胸怀和庄周一派人向往自由、鄙视庸俗的心理意绪。北方深海中有一条“不知其几千里”长的大鱼，鱼之大，已够令人惊奇的了；而这鱼又复变化为鸟，这怎能不使人感到神奇莫测、惊叹莫置呢？庄子的文章是以“重言为真，寓言为广”（《庄子·天下篇》）的。他的一切征引（重言）和故事（寓言），最终都是要为表达他的所谓“超然物外”的哲学思想服务的，《逍遥游》在这一点上可能是最典型的了。

《庄子·逍遥游》的艺术特点还在于它的精比巧喻。庄子对大鹏、野马、尘埃的描写，都是为了论证他的绝对自由论而用的比喻；接着，庄子又把文章宕开去，童话般地设计了一个蜩与学鸠的故事。以蜩、学鸠对大鹏的嘲笑，说明“小知不及大知”的可怜、可笑。这里，庄子用的是以比喻比、比中套比的手法。写蜩与学鸠，还是为了写大鹏。对于蜩与学鸠的浅见陋识，庄子又用行路远近、备粮多少的比喻加以讽刺。在这一段里，不仅精巧的比喻一环扣一环，而且运用了对比的手法。其大无比的鸟在九万里高空翱翔，非常小的蜩与学鸠，在狭窄天地的榆枋上飞落，一大一小，一高一低，衬托出了大鹏的雄健、崇高，也写出二虫的渺小。

庄子的《逍遥游》逐段都是比喻，在这些比喻中，又变幻无穷，不仅他所描写的对象神奇莫测，而且他的文章构思也颇能创新。他的文章具有怪异和飞动的风格。比如本文中写鱼变为鸟，鸟当然要飞了，“怒而飞，其翼若垂天之云”。“怒而飞”，是说积满力气，怒张毛羽，一突而起。“怒而飞”三字，穷形尽相地写出了一个庞然大物在起飞时那种突飞迅猛的样子。使读者产生“飞”的感觉，原因在于文中多“谬悠之说，荒唐之言，无端崖之辞”（《庄子·天下篇》）。作者借助幻想的翅膀，翱翔于海阔天空。

庄文的神奇，不仅体现在所描写的形象上，也体现在文章的结构上。由一个宏大的、大动大摇的场面，陡然变到极小的、和平宁静的场面，两相映衬，正所谓大起大落。我们读到这里，犹如驾船在峡谷之中，经过激流险滩，突然到了风平浪静的宽阔水面，使绷紧的心弦一下放松下来，在目前宁静的景致里，细细回味着刚才的搏斗，这正是庄子的神来之笔。

庄子的哲学散文之所以成为审美对象，是因为它通过形象化的手段把哲学思辨化为深永的理趣，让读者在反复咀嚼、品味中领悟其中的道理。这样，哲理思辨必能与感情融合，而且借外物传达出来，即所谓“是故情深而文明，气盛而化神”（《乐记》）。

《庄子》这种风格对后来的诗文家产生很大影响。李白的诗奇崛突兀，无端而来，无端而去，出人意料之外，但又顺应神思情理的发展，因势而错落跌宕，凭气而磅礴回旋，自然天成。苏轼亦然，刘熙载《艺概》中说苏诗“出于《庄》者十之八九”。由此看来，庄子的思想方法与文风，对于诗文的奇崛而自然这一风格的形成具有美学指导的深远意义。

过秦论[1]

贾谊[2]

秦孝公据殽函[3]之固，拥雍州之地，君臣固守，以窥周室[4]。有席卷天下，包举宇内，囊括四海之意，并吞八荒[5]之心。当是时也，商君佐之，内立法度，务耕织，修守战之具；外连衡[6]而斗诸侯；于是秦人拱手[7]而取西河之外。

孝公既没，惠文、武、昭[8]，蒙故业，因遗策，南取汉中，西举巴蜀，东割膏腴之地，收要害之郡。诸侯恐惧，会盟而谋弱秦。不爱珍器重宝肥饶之地，以致天下之士，合从[9]缔交，相与为一。

当此之时，齐有孟尝，赵有平原，楚有春申，魏有信陵。此四君者，皆明智而忠信，宽厚而爱人，尊贤而重士。约从离横，兼韩、魏、燕、赵、宋、卫、中山之众。于是六国之士，有宁越、徐尚、苏秦、杜赫之属为之谋；齐明、周最、陈轸、召滑、楼缓、翟景、苏厉、乐毅之徒通其意；吴起、孙膑、带佗、儿良、王廖、田忌、廉颇、赵奢之伦制其兵。尝以十倍之地、百万之众,叩关[10]而攻秦。秦人开关而延[11]敌,九国之师,遁逃而不敢进。秦无亡矢遗镞[12]之费,而天下诸侯已困矣。于是从散约解,争割地而赂秦。秦有余力而制其弊,追亡逐北[13],伏尸百万,流血漂橹[14]。因利乘便[15],宰割天下,分裂河山。强国请伏,弱国入朝。

施及孝文王、庄襄王[16],享国之日浅[17],国家无事。

及至始皇,奋六世之余烈,振长策而御宇内,吞二周[18]而亡诸侯,履至尊而制六合[19],执敲扑以鞭笞[20]天下,威振四海。南取百越[21]之地,以为桂林象郡。百越之君,俛首系颈[22],委命下吏[23]。乃使蒙恬,北筑长城而守藩篱[24],却匈奴七百余里,胡人不敢南下而牧马[25],士[26]不敢弯弓而报怨。

于是废先王之道,燔百家之言[27],以愚黔首[28]。隳[29]名城,杀豪俊,收天下之兵[30],聚之咸阳。销锋镝,铸以为金人十二[31],以弱天下之民。然后践华为城,因河为池[32],据亿丈之城,临不测之溪以为固。良将劲弩,守要害之处,信臣精卒,陈利兵而谁何[33]。天下已定,始皇之心,自以为关中之固,金城[34]千里,子孙帝王万世之业也。

始皇既没,余威震于殊俗[35]。然而陈涉瓮牖绳枢[36]之子,氓隶之人,而迁徙之徒也。材能不及中庸[37],非有仲尼、墨翟之贤,陶朱、猗顿[38]之富。蹑足行伍之间[39],俛起阡陌之中，率罢散之卒，将数百之众，转而攻秦。斩木为兵，揭竿为旗，天下云集而响应，嬴粮而景从[40]。山东豪俊，遂并起而亡秦族矣。

且夫天下非小弱也，雍州之地，殽函之固，自若也。陈涉之位，非尊于齐、楚、燕、赵、韩、魏、宋、卫、中山之君也。锄櫌棘矜[41]，非铦于钩戟长铩也[42]，谪戍之众，非抗于九国之师也。深谋远虑，行军用兵之道，非及曩时之士也。然而成败异变，功业相反。试使山东之国，与陈涉度长絜大[43]，比权量力，则不可同年而语矣。然秦以区区之地，致万乘之权[44]，招八州而朝同列[45]，百有余年矣。然后以六合为家，殽函为宫。一夫作难，而七庙[46]隳，身死人手[47]，为天下笑者，何也？仁义不施，而攻守之势异也。

【注释】

1.《过秦论》：选自《文选》卷五十一。“过”：过失，这里用如动词。“过秦”：即讲论秦王朝的过失。文章原为上、中、下三篇，这里只录上篇。2. 贾谊（公元前201—前169年），洛阳人。西汉政治家、辞赋家。他对当时政治提出了改革的建议，遭到太尉周勃等的忌妒、毁谤，被贬为长沙王的太傅，过湘水时写了《吊屈原赋》，借悼惜屈原发抒自己怀才不遇的感慨。三十三岁忧闷而死。著有《新书》十卷，五十八篇。3.“秦孝公”：献公子，名渠梁。他任用商鞅，实行变法，使秦富强。“殽”：一作“崤”，山名，亦名殽谷，在今河南省洛宁县北，函谷关东。“函”：即函谷关，在今河南省灵宝县。4.“窥”：窥伺、窥探。“周室”：指周王朝。5.“有席卷天下”四句中，“席卷”“包举”“囊括”都有并吞的意思。“宇内”“四海”“八荒”都是天下的意思。6.“连衡”：一作“连横”，是战国时代山东的一些国家放弃合纵而事奉秦国的一种政策。7.“拱手”：两手相合，毫不费力。8.“惠文”：秦惠文王，孝公之子。“武”：秦武王，惠文王之子。“昭”：秦昭襄王，武王异母弟。9.“合从”：连合六国共同对付秦国的策略。10.“叩”：指攻打。“关”：函谷关。11.“延”：延纳，往里让。12.“镞”：箭头。13.“亡”：逃亡。“北”：同“背”。“逐北”：从败者背后追赶。14.“橹”：大盾牌。15.“因利乘便”：乘着有利的形势。16.“施”：音 yí，延续。“孝文王”：秦昭襄王之子。“庄襄王”：秦孝文王之子。17.“享”：享有。“浅”：指时间短暂。18.“二周”：指东周和西周。19.“履至尊而制六合”：登上皇帝的位子，控制天下。“六合”：天地四方，指天下。20.“敲”“扑”：都指杖。“笞”：竹板。“鞭”“笞”：都是刑具，这里都用如动词，鞭打之意。21.“百越”：古代南方一些少数民族的总称。一作“百粤”。22.“俛”：同“俯”；“俛首”：低头。“系颈”：用绳系在脖子上，表示屈服。23.“委”：付与。“命”：性命。“下吏”：属吏。把生命交给下级官吏。24.“藩篱”：此喻国家的屏障，即指长城。25.“南下而牧马”：指匈奴南下侵扰秦朝。26.“士”：指东方六国之人。27.“燔”：焚烧。“百家之言”：诸子百家的著作。28.“黔首”：指老百姓。29.“隳（huī）”：毁坏。30.“兵”：此指兵器。31.“销锋镝”二句：“销”，熔化；“锋”，兵器尖端；“镝”，一作“镝”，箭头。“金人”：金属铸造的人像。32.“践华为城，因河为池”：凭着华山当做城墙，就着黄河当做池（护城河）。33.“谁何”：盘问的意思。34.“金城”：比喻城郭坚固。35.“殊俗”：不同的风俗。指边远的地方。36.“瓮牖绳枢”：以破瓦瓮为窗户，以绳索拴门枢。37.“中庸”：指平常的人。38.“陶朱”：春秋末越国大夫范蠡的别号。“猗顿”：鲁人，大畜牛羊，十年为巨富。39.“蹑”：踏；“蹑足”：如同说“插脚”。“行伍”：此指戍卒的行列。40.“赢”：担负。“景”：同“影”；“景从”：如影之随形，比喻归附的人紧紧追随。41.“耰（yōu）”：锄柄；“锄耰”，即指锄。“棘”：棘木；“矜”：杖。“棘矜”：即“伐棘以为杖”。42.“铦（xiān）”：锋利。“钩戟”：带钩的戟。“铩”（shā）”：长矛。43.“度”：度量物之长短。“絜（xié）”：计量物之粗细。引申为比较，衡量。44.“致”：得到。“万乘”：周制，天子地方千里，能出兵车万辆。后因以“万乘”代指帝位。45.“招”：招致。“八州”：古时分天下为九州，此指秦所据雍州之外的八州，即六国之地。“朝同列”：使原来同等的六国之君来朝。46.“七庙”：祖先七代的庙。古代宗法制度，天子祀七庙。47.“身死人手”：指秦王子婴为项羽所杀。

贾谊的《过秦论》开了中国散文史论体裁之先河，为人们传诵不绝，成了中国散文的光辉典范。

《过秦论》原分上、中、下三篇，三篇的中心思想各有所重，但相互之间，彼此关联，互相补充。因此读《过秦论》本应通起来综合地阅读，然而由于篇幅所限，我们在这里只能介绍更为重要的上篇。

“过秦论”，论的是秦的过失，总结秦亡的历史教训。历史是一面镜子，通过它能照见当代的面目，能使人明得失、知兴衰。所以贾谊从论析秦的过失的角度，借古喻今，要汉文帝以秦为鉴，不可重蹈秦的覆辙。贾谊的这一构思的特点在于：大谈历史，只字不提要文帝施行仁义。这是一种“变换角度”的艺术。

汉文帝时期，是封建时代的盛世，历史上有所谓“文景之治”之说。的确，由于秦末衰微的社会经济得到一定的恢复和发展，人民生活得到相对的安定，社会呈现繁荣的景象。但实际上却也潜伏着不少危机：诸如北方匈奴时时侵边；诸侯王不时欲反；礼义廉耻四维未备，秦之遗风余俗未改；对辅佐大臣信任不够；同时，刑罚苛重，民不聊生。特别是汉文帝“外有轻刑之名，内实杀人”（《资治通鉴》卷十五），表面上废除肉刑，实际上只是改换一些杀人的名目而已。另外，农本不振，末业盛行，社会人心动荡不安……而汉文帝周围一些权贵却对此视而不见，麻木不仁，说什么国家“已安已治”。这一切使得怀有改革时政抱负而又极敏感的贾谊深感不安，他透过汉文帝时代的表面现象，洞察到了社会的众多不安因素，他从关乎汉王朝兴亡的角度，写了著名的《治安策》，指出“进言者皆曰天下已安治，臣独以为未也。曰安且治者，非愚则谀，皆非事实知治乱之体者也”。为此，他“痛苦”“流涕”“长太息”。于是他要为汉文帝谋“长治久安”之策了。

然而，直言其事，往往吃力不讨好。所以贾谊要调换角度，另辟蹊径，取材于历史，借古喻今，以史为鉴。然而，筛选哪段历史呢？是三皇五帝，还是夏、商、西周？贾谊自然找到了秦，因为秦与汉有相似之处：秦从孝公到始皇帝，经几代努力，追亡逐北，终于统一了中国。可是，在统一以后本应施行仁义，保守基业，不幸的是，他们却“其道不易，其政不改”（《过秦论》中篇），依然以兼并诸国之术——“诈力”，对待天下之民，诸如“废先王之道，燔百家之言，以愚黔首；隳名城，杀豪杰；收天下之兵，聚之咸阳，销锋鍉，铸以为金人十二，以弱天下之民”。又多忌讳，酷刑法，重戍漕，苦赋税。二世接位，仍不改暴虐、诈力的措施。三世本系庸才，又无辅臣，接位未久，即为项羽所杀。攻守之势已异，而“仁义不施”，于是乎秦车覆矣。而汉朝从高祖刘邦提三尺剑得天下，奠定了刘汉大业，至文帝刘恒正好也是三帝，假如也如秦二世、三世那样，不知施仁义，那么汉之大业，同样也会毁于旦夕。亡秦覆车不远，辙迹犹存，文帝不宜鉴乎？秦与汉存在着这一相似之处，无形中也就成了贾谊写本文的天然契机。贾谊捕捉到这一契机，从题目起就调换方向，不以“仁义”二字标题，却树起了“过秦论”三字。继而入题，大讲秦的成败经历，旨在得出秦的过失，而其底蕴的“过汉”则不言自明。

“仁义不施，而攻守之势异也”一句，是本文的结论，也是本文的中心论点。贾谊把秦亡归因于“仁义不施”，显然是不全面、不深刻的。不过，在当时历史条件下，贾谊能够正视“官逼民反”的现实，并从而得出封建统治集团如施暴政于人民，就可能被人民所推翻的结论，还是难能可贵的。

贾谊是汉初最富辞采的散文家，《过秦论》充分体现出他的散文“雄骏闳肆”（姚鼐《古文辞类纂》）、理切辞畅的艺术特色。

首先，贾谊善于用反复的对比映衬以突出文章的中心论点。就《过秦论》的结构布局来说，不复杂，甚至还可以说它有些简单，但是它优长在于两两对比得极其有力。为了突出秦国的强大，文章首先渲染了东方六国的强大，“当此之时，齐有孟尝，赵有平原，楚有春申，魏有信陵：此四君者，皆明智而忠信，宽厚而爱人，尊贤而重士。”同时还有许多政治家外交家军事家，为六国出谋划策、八方联络、统兵打仗。然而这样的势力在秦国面前竟不堪一击，“秦人开关延敌，九国之师，逡巡而不敢进。秦无亡矢遗镞之费，而天下诸侯已困矣”。在忙碌与闲暇的对比中，秦国的强大已显现得凛然不可逼视。

为了使叙述中对比的成分更明显，文章又用了衬托的手法。本来写秦的历史无须调转笔锋去写陈涉起义，而他偏用一定篇幅写陈涉怎样弱，原来，作者的用心是为了衬托。六国那样强，秦灭六国却不费吹灰之力；陈涉这般弱，秦人却“身死人手，为天下笑”。这种衬托，目的仍是让秦的“成败异变，功业相反”形成鲜明的对比。这样，就非常有力地强调了“仁义”的作用。

其次，读《过秦论》，你首先被文章浩瀚的气势和溢荡在字里行间的强烈感情所打动。第一，作者运用了大量的排比对偶以强化文章的气势。在叙述秦国不可一世的强盛情景时说：“有席卷天下，包举宇内，囊括四海之意，并吞八荒之心。”“及至始皇，奋六世之余烈，振长策而御宇内，吞二周而亡诸侯，履至尊而制六合，执敲扑以鞭笞天下，威振四海。”上段里的“席卷天下”“包举宇内”“囊括四海”“并吞八荒”，意思都一样，却说了四遍；下段里的“御宇内”“亡诸侯”“制六合”“鞭笞天下”“威振四海”意思也差不多，而说了五遍。细想起来，可能会觉得有些重复，但如果只留一句，删掉其他，那么读起来其感人效果就大不相同了。第二，作者还善于使用大量的铺排、大量的夸张渲染。例如在欲抑先扬地叙述六国强大后，笔锋一转，即叙述秦国以逸待劳、以强制弱。于是整个文章如惊涛飞瀑，一倾而出，不可阻挡，作者那种勃勃英气、挥洒自如的形象跃然纸上。而读其文则如浩浩江水，沛然而下，令人不自觉地顺着文章的波澜沉浮，并为它的雄辩所折服。第三，文章中一系列关联词、语气词的运用，给人一种蝉联不绝，周回反复，一唱三叹的无穷韵味，这也是构成作品感情气势的因素之一。这些都充分表现出贾谊驾驭语言的高超艺术技巧。

《过秦论》是一组讲气势、重感情的文章，作者为了动人，采用了铺排的手法，这无可厚非。但是他在讲述历史人物、历史事件时，往往信手拈来，多有不够准确之处。这些虽然不影响他所总结的历史经验的结论，但史实不确，终为一病。

《过秦论》是历来被人称道的史论散文的精品，许多作家都把它作为权衡文章高下的标准。晋朝左思曾自诩道："弱冠弄柔翰，卓荦观群书。著作准《过秦》，作赋拟相如。"（《咏史》）南朝宋之范晔也曾有同类自诩。左思、范晔之文章能否与贾谊相比，姑且不说，而《过秦论》则的确是一篇不可多得的杰作。

项羽本纪[1]

司马迁[2]

沛公军霸上[3],未得与项羽相见。沛公左司马曹无伤使人言于项羽曰:“沛公欲王[4]关中,使子婴[5]为相,珍宝尽有之。”项羽大怒,曰:“旦日飨士卒,为击破沛公军!”当是时,项羽兵四十万,在新丰鸿门[6];沛公兵十万,在霸上。范增说项羽曰:“沛公居山东时,贪于财货,好美姬;今入关,财物无所取,妇女无所幸[7],此其志不在小。吾令人望其气[8],皆为龙虎,成五采,此天子气也。急击勿失!”

楚左尹项伯者,项羽季父也,素善留侯张良。张良是时从沛公,项伯乃夜驰之沛公军,私见张良,具告以事,欲呼张良与俱去。曰:“毋从俱死也。”张良曰:“臣为韩王送沛公,沛公今事有急,亡去[9]不义,不可不语。”

良乃入,具告沛公。沛公大惊,曰:“为之奈何?”张良曰:“谁为大王为此计者?”曰:“鲰生[10]说我曰‘距关毋内诸侯，秦地可尽王也’，故听之。”良曰：“料大王士卒足以当项王乎？”沛公默然，曰：“固不如也，且为之奈何？”张良曰：“请往谓项伯，言沛公不敢背项王也。”沛公曰：“君安与项伯有故？”张良曰：“秦时与臣游，项伯杀人，臣活之。今事有急，故幸来告良。”沛公曰：“孰与君少长？”良曰：“长于臣。”沛公曰：“君为我呼入，吾得兄事之。”张良出，要[11]项伯。

项伯即入见沛公。沛公奉卮酒为寿[12]，约为婚姻，曰：“吾入关，秋毫不敢有所近，籍吏民[13]，封府库，而待将军。所以遣将守关者，备他盗之出入与非常也。日夜望将军至，岂敢反乎！愿伯具言臣之不敢倍德[14]也。”项伯许诺。谓沛公曰：“旦日不可不蚤自来谢项王！”沛公曰：“诺。”

于是项伯复夜去，至军中，具以沛公言报项王。因言曰：“沛公不先破关中，公岂敢入乎？今人有大功而击之，不义也。不如因善遇之。”项王许诺。

沛公旦日从百余骑来见项王，至鸿门，谢曰：“臣与将军勠力而攻秦，将军战河北，臣战河南，然不自意[15]能先入关破秦，得复见将军于此。今者有小人之言，令将军与臣有郤。”项王曰：“此沛公左司曹无伤言之，不然，籍何以至此！”

项王即日因留沛公与饮。项王、项伯东向坐；亚父[16]南向坐，——亚父者，范增也；沛公北向坐；张良西向侍。范增数目项王，举所佩玉玦[17]以示之者三。项王默然不应。

范增起，出召项庄[18]，谓曰："君王为人不忍，若入前为寿，寿毕，请以剑舞，因击沛公于坐杀之。不者，若属皆且为所虏。"庄则入为寿。寿毕，曰："君王与沛公饮，军中无以为乐，请以剑舞。"项王曰："诺。"项庄拔剑起舞，项伯亦拔剑起舞，常以身翼蔽[19]沛公，庄不得击。

于是张良至军门见樊哙[20]。樊哙曰："今日之事何如？"良曰："甚急！今者项庄拔剑舞，其意常在沛公也。"哙曰："此迫矣！臣请入，与之同命[21]！"哙即带剑拥盾入军门。交戟之卫士欲止不内[22]，樊哙侧其盾以撞，卫士仆地，哙遂入。披帷[23]西向立，瞋目视项王，头发上指，目眦尽裂。项王按剑而跽[24]曰："客何为者？"张良曰："沛公之参乘[25]樊哙者也。"项王曰："壮士！赐之卮酒！"则与斗[26]卮酒。哙拜谢，起，立而饮之。项王曰："赐之彘肩[27]！"则与一生彘肩。樊哙覆其盾于地，加彘肩上，拔剑切而啗[28]之。项王曰："壮士！能复饮乎？"樊哙曰："臣死且不避，卮酒安足辞！夫秦王有虎狼之心，杀人如不能举，刑人如恐不胜[29]，天下皆叛之。怀王与诸将约曰'先破秦入咸阳者王之'。今沛公先破秦入咸阳，毫毛不敢有所近，封闭宫室，还军霸上，以待大王来。故遣将守关者，备他盗出入与非常也。

劳苦而功高如此，未有封侯之赏，而听细说[30]，欲诛有功之人。此亡秦之续[31]耳。窃为大王不取也！”

项王未有以应，曰：“坐。”樊哙从良坐。

坐须臾，沛公起如厕[32]，因招樊哙出。沛公已出，项王使都尉陈平召沛公。沛公曰：“今者出，未辞也，为之奈何？”樊哙曰：“大行不顾细谨，大礼不辞小让[33]。如今人方为刀俎，我为鱼肉，何辞为？”于是遂去。乃令张良留谢，良问曰：“大王来何操？”曰：“我持白璧一双，欲献项王，玉斗一双，欲与亚父，会其怒，不敢献，公为我献之。”张良曰：“谨诺。”当是时，项王军在鸿门下，沛公军在霸上，相去四十里。沛公则置车骑，脱身独骑，与樊哙、夏侯婴、靳强、纪信等四人持剑盾步走，从骊山下，道芷阳间行。沛公谓张良曰：“从此道至吾军，不过二十里耳，度我至军中，公乃入。”

沛公已去，间至军中；张良入谢。曰：“沛公不胜桮杓[34]，不能辞。谨使臣良奉白璧一双，再拜献大王足下，玉斗一双，再拜奉大将军足下。”项王曰：“沛公安在？”良曰：“闻大王有意督过之[35]，脱身独去，已至军矣。”

项王则受璧，置之座上。亚父受玉斗，置之地，拔剑撞而破之，曰：“唉！竖子[36]不足与谋！夺项王天下者，必沛公也，吾属今为之虏矣！”

沛公至军，立诛杀曹无伤。……

【注释】

1.《项羽本纪》：选自《史记》卷七，此为“鸿门宴”一节。《史记》里天子传记称“本纪”。项羽不是帝王，但他在“秦楚之际”曾一度是全国政权的首领，故司马迁将其列入本纪。2. 司马迁（公元前145—?），字子长，夏阳（今陕西韩城）人。父司马谈，在汉武帝时任太史令。司马迁继其父任太史令，因李陵事下狱，处腐刑。但他坚持著作，完成了《史记》。《史记》是我国第一部纪传体通史，不仅是历史巨著，也是文学名著。3.“沛公”：刘邦，他初起兵于沛（今江苏沛县），称沛公。“军”：驻扎。“霸上”：今陕西省长安县东之白鹿原。4.“欲王”：想要称王。5.“子婴”：秦二世胡亥的侄子。赵高杀二世，立子婴为秦王，刘邦攻破咸阳，子婴乃降，后为项羽所杀。6.“新丰”：在今陕西省临潼县东。“鸿门”：在新丰东八公里余，现名“项王营”。7.“幸”：古代称天子所到为临幸，所爱为宠幸。这里指宠幸。8.“望其气”：望他头上的云气。古代迷信的方术，以为观望人头上的气象，可以推断吉凶。9.“亡去”：逃走。10.“鲰（zōu）生”：浅陋无知的小人。11.“要”：同“邀”。12.“卮（zhī）”：酒器；“卮酒”：一杯酒。此句为敬酒祝人长寿。13.“籍吏民”：登记官吏，编造户口册子。“籍”：登记。14.“倍德”：忘恩负义。“倍”：同“背”。15.“不自意”：自己没料到。“意”：料想。16.“亚父”：仅次于父。这是项羽对范增的尊称。“亚”：次。17.“玦”：有缺口的圆璧。“玦”与“决”同音。古人佩玦，即为提醒自己遇事要能决断。范增以玉玦示项王，暗示他下决心杀刘邦。18.“项庄”：项羽的堂弟。19.“翼蔽”:掩护。20.“樊哙”:沛人,随刘邦起兵的勇士。21.“同命”:拼命。22.“戟”:古时一种长柄武器;“交戟之卫士”:用戟交叉起来,把守军门的卫士。“止”:阻止。“内”:同“纳”。23.“披帷”:拨开帐幕。24.“跽”:长跪。双膝着地,上身挺直。这里说项羽由于警惕,挺身跪起,准备应变。25.“参乘”:陪乘的人。“参”:同“骖”。26.“斗”:大酒器。27.“彘肩”:猪腿。“彘(zhì)”:猪的别称。28.“啗”:吃。29.“杀人”二句:“举”“胜”,都是尽的意思;“刑人”,惩罚人。两句是说杀人和刑人唯恐不多。30.“细说”:小人之言。31.“亡秦之续”:亡秦的继续。32.“如厕”:去厕所。33.“大行”二句:“大行”,大事;“细谨”,细节;“大礼”,大节;“辞”,此作“避”讲;“小让”,小的责让。这两句是说,干大事的人,不拘守小节;行大礼的人,不避忌小的责让。34.“栖”:同“杯”。“栖杓”:皆酒器,这里代指酒。35.“有意督过之”:存心找他的茬儿。“督过”:责备。36.“竖子”:这里是骂人的话,犹言“小子”。

司马迁以“究天人之际,通古今之变,成一家之言”为宗旨,为后世留下了一部记载近三千年的通史。历史人物是丰富多彩的,历史现象是纷纭复杂的。司马迁在前人的基础上创造性地探索了以人物为主体的历史编纂方法。司马迁像一个画家,运用那十分传神的画笔,为我们勾画出一幅幅栩栩如生、风采各异的人物画像。

文学和艺术的生命在于画魂。《项羽本纪》是一篇著名历史人物的传记,然而它也可以说是一部形象生动、深切感人的小说。其关键就在于司马迁画出了项羽这一悲剧人物的魂。

西楚霸王项羽是一个具有崇高人格气势的典型。他的人格实践,不愧于他临死前对自己的歌赞“力拔山兮气盖世”。《史记》记叙他的事迹有四个重点:巨鹿之战、鸿门宴、垓下之围、乌江自刎,无不显出项羽罕见的豪壮气势。作为反抗暴秦的义军将领,他随统帅宋义前去救赵。宋义胆怯,屯军巨野不前。项羽毅然杀了宋义,迅速引兵渡河,下令沉没渡船,打碎釜甑,烧毁军营,让每人只带三日口粮,以示士卒必死,无一还心。这“破釜沉舟”“背水一战”的胆量气魄,传为千古美谈。在鸿门宴上,处于绝对优势的项羽,坦率宽厚,不愿暗算敌手,显示出光明磊落的气概。垓下之役,项羽仅剩二十八骑,汉军数千人马追来,他毫无惧色,冲入敌阵,左冲右突,斩敌数百名。出于人格的自尊,即使失败了,也要展示他那非凡的气势。在乌江边上,他本可东渡逃生,卷土重来,但他放弃了这个机会。自杀前,却愿把自己的头割下来送给故友。如此胸襟,实在令人敬慕。相形之下,尽管刘邦是政治上的成功者,但就人格气势而言,却见绌多多。项羽豪壮的人格气势,作为正气的迸发形态,虽沉重逼人,却磊落通达,是一种美善的力量。从美学角度来看,项羽形象所具有的崇高之美,是一种气势浑厚的迫人之美。

司马迁在《项羽本纪》里以悲愤热烈的激情,饱蘸着赞美和哀惋的浓墨，描画了一个性格多重、气质特异的艺术形象；谱写了一曲悲壮的英雄颂歌。在司马迁的如椽巨笔之下，项羽既是胜利的勇士，又是失败的英雄；他胜得漂亮，败得悲壮，活得痛快舒展，死得慷慨豪爽。他既凶狠残暴，又善良不忍；既刚愎自用，又轻信多疑；既暴烈急躁，又优柔寡断。在这里，人物未被历史观念所淹没，而是把历史内容压缩到人物之中，让人物作为活的历史按照自身的性格逻辑行动起来。如果用一句话来表述司马迁写这一人物的特点，那就是历史就在人物或人物关系之中。而这一切在《项羽本纪》的“鸿门宴”中表现得最为淋漓尽致。

“鸿门宴”可按时间先后和情节发展分为“宴前”“宴时”“宴后”三个部分。三个部分又都表现出项羽不谙算计的磊落气魄。

第一部分从开头到“项王许诺”，写宴前双方的活动。项羽、刘邦之间矛盾激化，大有一触即发之势。但由于项羽沽取“义”名，致使矛盾暂时缓和，初步揭示了项羽以后处处失策的原因。第二部分从“沛公旦日从百余骑来见项王”到“樊哙从良坐”，写宴时双方的斗争。酒席之间，剑拔弩张，杀机四伏。但项羽心怀不忍，没有下手，铸成大错。刘、项斗争已到了面对面的阶段。第三部分从“坐须臾”到立诛杀曹无伤，写宴后刘邦逃脱以及双方的不同结果。这是事件的尾声。刘邦不因一时的现象而迷惑，断然逃席而去。真相已经大白，项羽仍执迷不悟。这就是名为宴客，实是楚汉相争的一场尖锐斗争的结局。整个故事波澜起伏，一个矛盾接着一个矛盾，步步逼紧，扣人心弦。司马迁不但历历如绘地记述了这场斗争，而且通过对这场紧张急迫的斗争的描绘充分展示了项王的磊落性格和人格气度。一个立体的，以逼真的心灵轨迹和感情流程构筑的灵魂世界呈现在我们面前。

记得著名的奥地利小说家茨威格谈到历史题材创作的选材问题时，有过一番精妙之论。他说，在历史这“上帝的神秘作坊里”，大部分时间的生活其实是习以为常、平淡无奇的，因为重要的历史性时刻都有个酝酿的时间，每一桩真正的事件总得有个发展过程。所以充满戏剧性和命运攸关的时刻在个人的一生中和历史进程中都是难得有的，这时刻往往发生在某一天、某一小时甚至某一分钟，但它们的决定性影响却是超越时空的，这“很像避雷针的尖端集中了整个大气层的电流一样，那些平时慢慢悠悠发生的事，都压缩在这样一个决定性的短暂时刻表现出来”。司马迁的伟大在于他写项羽，正是抓住这个非凡而富于包孕的时刻来写。这种“一小时”甚至“一分钟”内隐含具有“世界历史意义”的精彩瞬间被司马迁把握得如此准确，这是《项羽本纪》中“鸿门宴”一节长期震动人心、脍炙人口的一个很重要原因。

俗语说:“不以成败论英雄。”司马迁塑造悲剧英雄项羽,总是反复渲染他那气冲霄汉的气概,而他那英雄气概又和他那英勇悲壮的历史交融在一起。司马迁全然没有以“神化”作为他写项羽的追求目标,而是善于从人的精神状态里,发掘和把握他的性格特点,并把历史人物的精神气质的特征,融合在情节提炼、细节描写、氛围烘托里。《项羽本纪》传之今日仍然不失其历史价值和艺术魅力的原因,正是由于他的形象创造的特色在这一方面达到了“气旺神完”的艺术化境。

总之,司马迁不仅忠实、深刻、生动地复制了当年的历史舞台,还能挟读者与俱,一同观看他怎样用文学家的多情笔调,绘声绘影,情文并茂地勾画出他的历史主角们,使读者变成可以心、眼并用的观众。当然,《项羽本纪》是《史记》中的一篇,而“鸿门宴”又是其中的一部分,然而它是很有代表性的一部分,因为从中我们看到了司马迁的将文才、史识、哲理熔于一炉的功力。像人们说的,即使《史记》全书都散佚了,只要《项羽本纪》还在,司马迁作为中国的史学大家,仍然是可以肯定的。

出师表[1]

诸葛亮[2]

先帝创业未半而中道崩殂[3]，今天下三分，益州疲弊，此诚危急存亡之秋也。然侍卫之臣不懈于内，忠志之士忘身于外者，盖追先帝之殊遇[4]，欲报之于陛下也。诚宜开张圣听[5]，以光先帝遗德，恢弘志士之气，不宜妄自菲薄，引喻失义[6]，以塞忠谏之路也。宫中府中，俱为一体，陟罚臧否，不宜异同[7]。若有作奸犯科[8]及为忠善者，宜付有司论其刑赏，以昭陛下平明之理，不宜偏私，使内外异法也。侍中、侍郎郭攸之、费祎、董允等，此皆良实，志虑忠纯，是以先帝简拔[9]以遗陛下。愚以为宫中之事，事无大小，悉以咨之，然后施行，必能裨补阙漏[10]，有所广益。将军向宠，性行淑均[11]，晓畅军事，试用于昔日，先帝称之曰能，是以众议举宠为督。愚以为营中之事，悉以咨之，必能使行陈和睦，优劣得所。亲贤臣，远小人，此先汉所以兴隆也；亲小人，远贤臣，此后汉所以倾颓也。先帝在时，每与臣论此事，未尝不叹息痛恨于桓灵[12]也。侍中、尚书、长史、参军，此悉贞良死节之臣，愿陛下亲之信之，则汉室之隆，可计日而待也。

臣本布衣，躬耕于南阳，苟全性命于乱世，不求闻达于诸侯。先帝不以臣卑鄙[13]，猥自枉屈[14]，三顾臣于草庐之中，谘臣以当世之事，由是感激，遂许先帝以驱驰[15]。后值倾覆，受任于败军之际，奉命于危难之间，尔来二十有一年矣[16]。先帝知臣谨慎，故临崩寄臣以大事[17]也。受命以来，夙夜忧叹，恐托付不效，以伤先帝之明，故五月渡泸，深入不毛[18]。今南方已定，兵甲已足，当奖率三军，北定中原，庶竭驽钝[19]，攘除奸凶[20]，兴复汉室，还于旧都。此臣所以报先帝，而忠陛下之职分也。至于斟酌损益，进尽忠言，则攸之、祎、允之任也。愿陛下托臣以讨贼兴复之效；不效，则治臣之罪，以告先帝之灵。（若无兴德之言，则）责攸之、祎、允等之慢，以彰其咎。陛下亦宜自谋，以谘诹[21]善道，察纳雅言。深追先帝遗诏，臣不胜受恩感激。今当远离，临表涕零，不知所言。

【注释】

1.《出师表》：选自《三国志 · 蜀书 · 诸葛亮传》。蜀汉建兴五年（公元227年），诸葛亮率军北驻汉中，准备北伐曹魏。这是出兵之前，他向后主刘禅上的奏疏。篇名是后人加的。2. 诸葛亮(公元 181—234 年),字孔明,琅琊阳都(今山东沂水南)人,蜀汉的丞相,是三国时期的政治家兼军事家。有《诸葛忠武侯文集》辑本流传于世。3.“崩殂”:指帝王之死。4.“殊遇”:特殊的待遇。5.“开张圣听”:扩大圣明的听闻。6.“引喻失义”:言谈失去大义。“引”,称引;“喻”,比喻。7.“宫中府中”四句:“宫中”,皇宫之中,指宫中侍奉皇帝的近臣;“府中”,丞相府中,指丞相府里的官员;“陟”,提升;“臧”,赞美;“否”,恶,责备。8.“作奸犯科”:营私舞弊,违法乱纪。“科”,条令。9.“简拔”:选拔。“简”同“拣”,选择。10.“阙漏”:缺欠。“阙”同“缺”。11.“性行淑均”:性格和善,做事公平。12.“桓灵”:指汉桓帝刘志、汉灵帝刘宏。13.“卑鄙”:低微而鄙陋。14.“猥”:谦词,犹言“辱”。“枉屈”:屈就。此言刘备礼贤下士。15.“驱驰”:奔走效劳。16.“后值倾覆”四句:“倾覆”,指建安十三年(公元 208 年)刘备为曹操击败于当阳、长坂之事;“受命”,奉命。指刘备败后,诸葛亮奉命使吴,联合孙权,共御曹操。17.“故临崩”句:刘备病危时,曾召见诸葛亮,托付大事,诸葛亮表示尽力效忠后主。18.“故五月”二句:指建兴三年(公元 225 年)诸葛亮南征孟获事。“泸”,泸水,金沙江的支流;“不毛”,不生长五谷,即未开发的地方。19.“驽钝”:自谦才短力弱。“驽”,下等的马。20.“奸凶”:指曹魏。21.“谘诹(zōu)”:征询择取。

这篇表文是诸葛亮在蜀汉建兴五年(公元 227 年)北伐曹魏之前上呈蜀汉后主刘禅的。其时三分之势已成定局,孙吴政权掩有东南沃土,国富兵强;曹魏则雄踞中原,虎视汉中,俨然有并吞吴、蜀之志。诸葛亮受刘备托孤之任，辅佐刘禅，欲完成先主“兴复汉室”的未竟之业。而鉴于刘禅暗弱无能，不无内顾之忧，故临行之际，“丁宁周至”，巨细无遗，充分显示出一位杰出政治家为国忘私、鞠躬尽瘁的高尚情怀。

文章以缅怀先帝、分析时局起首，用“此诚危急存亡之秋也”一句强调形势的严峻，有警顽发聩之意。而后十分委婉地开导刘禅要亲贤远佞、赏罚分明。进一步列举能吏贤臣，由近侍而及于朝臣，先内后外，次序井然，而又处处引出先帝之意，以为佐证，俾使刘禅振作发奋，励精图治。

诸葛亮与刘禅的关系，既有君臣之分，又有父子之义。刘备白帝城托孤之时，曾有“若嗣子可辅，辅之；如其不才，君可自取”的遗命，并嘱咐刘禅父事诸葛。尽管有此一层微妙的前因，尽管刘禅确实庸懦不才，诸葛亮却不能冒着弑君背主的罪名去取而代之。盖因君臣名分既定，臣子便只有尽忠效命的义务，而不能存丝毫的非分之想。所谓父子之义，在君权神圣的光环之下，实不过虚文而已。诸葛亮深谙个中道理，故文中屡屡举先帝之德以感召刘禅，远譬近讽，言词剀切。如“追先帝之殊遇”“光先帝遗德”，皆用以启发刘禅树立兴复大志。而“亲贤臣，远小人，此先汉所以兴隆也；亲小人，远贤臣，此后汉所以倾颓也”，则以对比曲喻的方式谏诫刘禅疏远佞臣，勿蹈后汉覆辙。

以下追述先帝知遇之恩，从“苟全性命于乱世，不求闻达于诸侯”的南阳布衣，到“受任于败军之际，奉命于危难之间”的股肱之臣，一面在感念着先帝的优礼信任，一面也在倾吐着自己苦心孤诣、惨淡经营的一腔忠悃。而言外之意，仍在激励刘禅亲贤纳谏，以国家社稷之复兴大业为务，文字诚挚恳切，一一如从肺腑中流出。

文末再举郭攸之、费祎、董允诸贤，以期见用。并请刘禅督责其出征之效，“不效，则治臣之罪”，体现了诸葛亮正直无私、刑赏分明的法治思想。

全文写得质朴无华，不假雕琢而功力自见；情意恳挚，痛切激谏而无不得体，章法严谨，条理清楚。诚如刘勰在《文心雕龙》“章表第二十二”中所云：“至于文举之荐祢衡，气扬采飞；孔明之辞后主，志尽文畅；虽华实异旨，并表之英也。”

尽管有“论者怪亮文彩不艳，而过于丁宁周至”，但处在诸葛亮当时的地位，面对主上昏庸、国势疲弊的局面，知其不可而为之，千方百计补苴罅漏，恐怕也只能这样的反复叮咛，以尽厥忠了。

与山巨源绝交书[1]

嵇康[2]

康白：足下昔称吾于颍川[3]，吾常谓之知言[4]；然经怪此意，尚未熟悉于足下，何从便得之也？前年从河东还，显宗、阿都说足下议以吾自代，事虽不行，知足下故不知之。足下傍通，多可而少怪[5]；吾直性狭中，多所不堪[6]，偶与足下相知耳。间闻足下迁[7]，惕然不喜，恐足下羞庖人之独割，引尸祝以自助[8]；手荐鸾刀，漫之膻腥[9]，故具为足下陈其可否。

吾昔读书，得并介之人[10]，或谓无之，今乃信其真有耳。性有所不堪，真不可强。今空语同知有达人，无所不堪，外不殊欲而内不失正，与一世同其波流而悔吝[11]不生耳。老子、庄周，吾之师也，亲居贱职；柳下惠、东方朔[12]，达人也，安乎卑位，吾岂敢短之哉？又仲尼兼爱，不羞执鞭；子文无欲卿相[13]，而三登令尹；是乃君子思济物[14]之意也。所谓达能兼善而不渝，穷则自得而无闷。以此观之，故尧、舜之君世，许由之岩栖，子房之佐汉，接舆之行歌，其揆一也[15]。仰瞻数君，可谓能遂其志者也。故君子百行，殊途而同致；循性而动，各附所安。故有处朝廷而不出，入山林而不返之论。且延陵高子臧之风[16]，长卿慕相如之节[17]，志气所托，不可夺也。

吾每读《尚子平、台孝威[18]传》，慨然慕之，想其为人。少加孤露[19]，母兄见骄，不涉经学，性复疏懒，筋驽肉缓，头面常一月十五日不洗，不大闷痒，不能沐也。每常小便而忍不起，令胞[20]中略转乃起耳。又纵逸来久，情意傲散，简与礼相背，懒与慢相成，而为侪类见宽，不攻其过；又读庄、老，重增其放；故使荣进之心日颓，任实之情转笃。此由禽鹿少见驯育，则服从教制；长而见羁，则狂顾顿缨，赴蹈汤火；虽饰以金镳[21]，飨以嘉肴，逾思长林而志在丰草也。

阮嗣宗[22]口不论人过，吾每师之，而未能及。至性过人，与物无伤[23]，唯饮酒过差耳，至为礼法之士所绳，疾之如仇，幸赖大将军保持之耳[24]。吾不如嗣宗之贤，而有慢弛之阙，又不识人情，暗于机宜，无万石[25]之慎，而有好尽之累，久与事接，疵衅日兴，虽欲无患，其可得乎？又人伦有礼，朝廷有法，自惟至熟，有必不堪者七，甚不可者二。卧喜晚起，而当关呼之不置，一不堪也。抱琴行吟，弋钓草野，而吏卒守之，不得妄动，二不堪也。危坐一时，痹不得摇，性复多虱，把搔无已，而当裹以章服，揖拜上官，三不堪也。素不便书，又不喜作书，而人间多事，堆案盈几，不相酬答，则犯教伤义；欲自勉强，则不能久；四不堪也。不喜吊丧，而人道以此为重，已为未见恕者所怨，至欲见中伤者；虽瞿然自责，然性不可化；欲降心顺俗，则诡故不情[26]，亦终不能获无咎无誉；如此，五不堪也。不喜俗人，而当与之共事，或宾客盈坐，鸣声聒耳，嚣尘臭处，千变百伎，在人目前，六不堪也。心不耐烦，而官事鞅掌[27]，机务缠其心，世故繁其虑，七不堪也。又每非汤武而薄周孔[28]，在人间不止此事，会显，世教所不容，此甚不可一也。刚肠疾恶，轻肆直言，遇事便发，此甚不可二也。以促中小心之性，统此九患，不有外难，当有内病，宁可久处人间耶？又闻道士遗言，饵术黄精[29]，令人久寿，意甚信之。游山泽，观鱼鸟，心甚乐之。一行作吏，此事便废，安能舍其所乐，而从其所惧哉？

夫人之相知，贵识其天性，因而济之。禹不偪伯成子高[30]，全其节也；仲尼不假盖于子夏[31]，护其短也；近诸葛孔明不偪元直以入蜀[32]；华子鱼不强幼安以卿相[33]，此可谓能相终始，真相知者也。足下见直木必不可以为轮，曲者必不可以为桷[34]，盖不欲枉其天才，令得其所也。故四民有业，各以得志为乐，唯达者为能通之，此足下度内耳，不可自见好章甫，强越人以文冕也[35]；已嗜臭腐，养鸳雏以死鼠也。吾顷学养生之术，方外荣华，去滋味，游心于寂寞，以无为为贵；纵无九患，尚不顾足下所好者。又有心闷疾，顷转增笃，私意自试，不能堪其所不乐；自卜已审，若道尽涂穷则已耳，足下无事冤之，令转于沟壑也。吾新失母兄之欢，意常凄切！女年十三，男年八岁，未及成人，况复多病？顾此悢悢[36]，如何可言！今但愿守陋巷，教养子孙，时与亲旧叙阔，陈说平生；浊酒一杯，弹琴一曲，志愿毕矣。足下若嬲[37]之不置，不过欲为官得人，以益时用耳。足下旧知吾潦倒粗疏，不切事情，自惟亦皆不如今日之贤能也。若以俗人皆喜荣华，独能离之，以此为快，此最近之，可得言耳。然使长才广度[38]。无所不淹，而能不营，乃可贵耳。若吾多病困，欲离事自全，以保余年，此真所乏耳。岂可见黄门而称贞哉[39]？若趣欲共登王途[40]，期于相致，时为欢益，一旦迫之，必发其狂疾，自非重怨，不至于此也。野人有快炙背而美芹子者，欲献之至尊[41]，虽有区区之意，亦已疏矣。愿足下勿似之！其意如此，既以解足下，并以为别！嵇康白。

【注释】

1.《与山巨源绝交书》：选自《嵇康集》。山涛（公元205—283年），字巨源，为“竹林七贤”之一，任尚书吏部郎时，曾想荐举嵇康代替自己，嵇康写信表示自己不愿做官的意思，并且也表示了对当时政治不满的态度。2. 嵇康（公元224—263年），字叔夜，谯国铚（今安徽宿县）人。曾做过中散大夫。也是“竹林七贤”之一。因为不与司马氏合作，被司马昭所杀。著有《嵇康集》。3. “颍川”：指山嵚，山涛之叔父，曾为颍川太守。这是说山涛曾在叔父前称赞嵇康。4. “知言”：知己之言。5. “足下傍通”二句：指通达事故，对事情多所随和。6. “吾直性狭中”二句：意性格直率，心胸狭窄，对很多事情不能容忍。7. “间”：指近日。“迁”：这里指山涛由吏部尚书转任大将军从事中郎。8. “羞庖人”二句：“庖人”，祭祀时宰牲的人；“尸祝”，祭礼时致祷词的人。9. “手荐鸾刀”二句：“荐”，进，递；“鸾刀”，带铃的刀；“漫”，污染。10. “并介之人”：偏狭孤介之人。11. “悔吝”：后悔遗憾。12. “柳下惠”：即展禽，名获，字季，春秋时鲁国人，曾为士师。“东方朔”：字曼倩，事汉武帝为郎。13. “子文”：春秋时楚国人，对做官与否，皆无忧喜之色。14. “济物”：即济世。15. “揆”：道、道理。这是说许由、接舆、张良等人的行径虽不同，而道理却一样。16. “延陵”：吴公子季札。“子臧”：曹国公子。曹宣公死时，曹人将立子臧为君。他因自己不当立而逃走。吴国诸樊将立季札时，季札便引子臧为例，也辞而不做。17. “相如”：蔺相如，战国时赵人。“长卿”：汉司马相如，字长卿。因为他仰慕蔺相如的为人，所以也取名“相如”。18. “尚子平”和“台孝威”：皆后汉隐士。19. “孤露”：孤苦无依。这是指少年失父。20. “胞”：这里是膀胱。21. “金镳”：用金做的马衔。22. “阮嗣宗”：阮籍，字嗣宗。曾为步兵校尉，“竹林七贤”之一。23. “至性”二句：“至性”，所谓纯真的天性；“与物无伤”，与外物互不伤害。24. “至为礼法之士所绳”三句：“礼法”，礼教;“绳”,约束;“疾”,恨;“大将军”,指司马昭。据说,何曾曾向司马昭建议惩治阮籍。但因阮籍对司马氏的反对不太露骨,而且他的声名较大,所以司马昭虽对他不满,仍然“保全”了他。25.“万石”:即万石君,历史上称他性极恭谨,有四子都以孝谨官至二千石,于是有万石君之称。26.“诡故不情”:违背本性。“不情”:不合实情。27.“鞅掌”:忙乱。28.“非汤武而薄周孔”:非薄儒家所尊崇的圣贤,这里实质是表示对王位篡夺的不满。29.“饵”:服用。“术”:白术。白术与黄精都是药材。30.“禹不偪伯成子高”:相传伯成子高是尧舜时代的诸侯,当禹做了天子时,伯成子高辞去诸侯,躬耕于野。“偪”,逼迫。31.“仲尼不假盖于子夏”:相传孔子将出行。遇雨,弟子或请孔子向子夏借伞,孔子因子夏吝啬,为了不暴露他的缺点,不肯去借。32.“诸葛孔明不偪元直以入蜀”:刘备被曹操打败向南逃走时,徐庶与诸葛亮都随行。后因曹操捉住徐庶之母,作为要挟,于是徐庶乃辞刘备而归曹操。“元直”,徐庶的字。33.“子鱼”:华歆的字。“幼安”:管宁的字。二人少时是好友。华歆后来做了魏文帝的相国,举荐管宁,管宁坚决不肯出仕。34.“桷”:方椽。35.“不可自见好章甫”二句:“章甫”,古代的冠;“文冕”,有文采的冠冕。嵇康引这句话以说明各人爱好不同,不可相强。36.“悢悢”:悲痛。37.“嬲”:弄、纠缠。38.“长才广度”:才高虑远。39.“黄门”:指宦官。宦官无所谓贞节,这是说不应称赞本无才能的人。40.“趋”:促。“趋欲”:想强迫。“王途”:仕途。41.“野人有快炙背”二句:相传从前宋国有个农民以为晒背最能取暖,想把此办法献给国君。同里的富人告诉他:从前有人爱吃芹子,向乡绅称道,于是曾引起众人嘲笑。

嵇康和当时著名的诗人阮籍齐名。他们和山涛(字巨源)本来都属于文学史上的“竹林七贤”人物,因不满于社会的动荡和统治集团的腐败,立志隐居山林,保持气节。但山涛中年后经不起功名利禄的诱惑,在司马氏为阴谋篡魏而积极罗致文士的过程中屈节进入仕途。曹魏景元二年(公元 261 年)司马昭将他由吏部尚书升任大将军从事中郎,他欲举荐昔日的友人嵇康自代。虽然此项建议并未被司马昭集团采纳,但嵇康知此消息后,仍止不住强烈的不满和激愤,故而写下这篇书体散文,毅然宣布断绝朋友交情,作为对山涛的答复。

本文写来纵情恣肆,痛快淋漓,洋洋洒洒近两千言。从表达思想内容看,大致可分为四个层次:篇首一段是为小序,从山涛举荐自己为官入笔,开宗明义,说明自己无意做官,你山涛荐我做官并不了解我,从而为下文反复强调自己不能做官做好了铺垫。自“吾昔读书”以下两节文字,说明人各有志不可勉强。前代先贤名人有的能够“亲居贱职”“安于卑位”,那是因为顺应了各人的本意。而自己的本性就是慕前世尚子平、台孝威等隐士的为人,喜欢置身于山林之中,“纵逸来久,性情傲散”,加之“又读庄、老,重增其放”,故而养成“思长林而志在丰草”的习性,此亦“志气所托,不可夺也”。接下来从“阮嗣宗口不论人过”开始第三层意思,由上面的不愿做官而进一步申述自己不能为官的理由。阮籍政治上谨小慎微,委曲求全,惟饮酒为已事，尚屡遭“礼法之士”责难，必欲除之而后快；而自己放任性情，直言不讳，倘做官岂不更要被指为大逆不道，难以保存么？故而作者详列了自己为官的“七不堪”与“二甚不可”，以此表明自己与社会冲突之深，与封建礼法的势如水火，一旦做官，“不有外难，当有内病”，决不会有任何好的结局，并再次申明自己的兴趣在于“游山泽，观鱼鸟”，不愿舍其乐而从所惧。这就进一步补充和深化了上文，同时也借以缓解激愤之情。第四层意思自“夫人之相知”至篇末。在这段文字里，作者进一步说明凡事不可勉强，世上君子的准则是顺天性，守志节；真正相知者应帮朋友全其志节，而不该强人所恶，夺人之志。自己本来就冀望守陋巷，教子孙，琴一曲，酒一杯，“游心于寂寞，以无为为贵”，如果一定要拉出来做官，那无异于把自己投入沟壑，逼入绝境。为强调自己志向的坚决，作者继而又陈述家庭、子女及个人健康上的原因，最后明白告知对方从今断绝任何交往，以表达自己丝毫不可改变的志向，口气坚定果断，毫无回旋余地。

仅就文章来看，嵇康此信似乎主要是率直责备友人山涛不了解自己的性情志节，并反复表达了自己愿循性情而行，追求真率自然，鄙视功名利禄的志向，请山涛不要再做此类强人所难的事情。然而实际上作者的立意并不完全在此。嵇康生于魏晋易代之际，此时代表世族大地主利益的司马氏集团在逐步掌握了魏国的军政大权后，正与曹姓统治者展开激烈的夺权斗争，社会局势动荡不安，政治异常黑暗腐败。嵇康有着进步的社会理想，他痛恨司马氏借“名教”行篡魏之实、推行残暴高压的统治。他不愿与统治集团同流合污，可又无法摆脱现实社会的污浊，于是便只好以老庄的“自然”“无为”与之对抗，这也正是他闻听山涛荐举自己为官而勃然大怒，毅然要与这位昔日朋友断情绝交的真正原因。由此不难看出，嵇康作此信与山巨源绝交，并非仅是出于朋友间的一己恩怨，更大程度上是在借题发挥，旁敲侧击，满腔悲愤地抨击时政，故而这封私人间的书信实具有普遍的社会意义。它恰似一份作者与虚伪残暴的司马氏公开决裂的宣言书。嵇康在信中对山涛的种种讽刺和驳难，同时也指向了黑暗的社会现实，指向了司马昭集团的腐败朝政和虚伪礼法，揭露其丑恶，抨击其奸诈，嘻笑怒骂，淋漓酣畅，以至于公开说出“每非汤武而薄周孔”的话来，直是公开揭穿了司马昭集团篡魏夺权的阴谋，刺到了他们的痛处。似这种强烈的批判精神和大胆反抗思想贯注全篇，这也就不难理解嵇氏何以终不免在司马昭屠刀下人头落地了。

在写作手法上，本文见解精辟，笔锋犀利，颇为鲜明地表现了作者在现实生活中锋芒毕露、刚肠嫉恶的个性特点。中国文化传统历来讲究“中和”之美，文人作文也最忌“直露”而喜欢委婉曲折，不显峥嵘，所谓“赋、比、兴”的含蓄朦胧之美是也。但嵇康这篇《与山巨源绝交书》恰与传统文风格格不入。他行文不拘成法，不落俗套，更无丝毫曲言折笔之意；而是性之所至，尽情挥洒，慷慨激烈，嫉恶如仇。正所谓冷嘲热讽，辛辣尖刻；嬉笑怒骂，皆成文章。诚如后人所称：嵇氏此文“意谓不肯仕耳，然全是激愤，并非恬淡，宜为司马昭所忌也”。（何焯《文选评》）这正道出了嵇康此文深刻而强烈的思想内容和卓绝的讽刺艺术力量。此外，本文又有着环环相扣、严密完整的逻辑结构，一气呵成、峻急凌厉的行文气势以及质朴率直的用语遣词，读之令人感奋，令人深思，也能使人受到深刻的启迪。有的章节故意用夸张手法造成强烈的对比，明抑实张，也有着很好的艺术效果。

陈情事表[1]

李密[2]

臣密言：臣以险衅[3]，夙遭闵凶[4]，生孩六月，慈父见背，行年四岁，舅夺母志。祖母刘愍臣孤弱，躬亲抚养。臣少多疾病，九岁不行，零丁孤苦，至于成立，既无伯叔，终鲜兄弟，门衰祚[5]薄，晚有儿息[6]。外无期功强近之亲[7]，内无应门五尺之僮，茕茕独立[8]，形影相吊[9]，而刘夙婴[10]疾病，常在床蓐，臣侍汤药，未曾废离。逮奉圣朝，沐浴清化[11]，前太守臣逵，察臣孝廉[12]，后刺史臣荣，举臣秀才[13]。臣以供养无主，辞不赴命，诏书特下，拜臣郎中，寻蒙国恩，除臣洗马[14]，猥[15]以微贱，当侍东宫[16]，非臣陨首[17]所能上报。臣具以表闻，辞不就职，诏书切峻[18]，责臣逋慢[19]，郡县逼迫，催臣上道，州司临门，急于星火。臣欲奉诏奔驰，则刘病日笃，欲苟顺私情，则告诉不许。臣之进退，实为狼狈。伏惟圣朝以孝治天下，凡在故老，犹蒙矜育[20]，况臣孤苦，特为尤甚。

且臣少仕伪朝[21]，历职郎署[22]，本图宦达，不矜[23]名节。今臣亡国贱俘，至微至陋，过蒙拔擢，宠命优渥[24]，岂敢盘桓，有所希冀？但以刘日薄西山，气息奄奄[25]，人命危浅，朝不虑夕。臣无祖母，无以至今日，祖母无臣，无以终余年。母孙二人，更相为命，是以区区不能废远[26]。臣密今年四十有四，祖母刘今年九十有六，是臣尽节于陛下之日长，报养刘之日短也。乌鸟私情[27]，愿乞终养[28]。臣之辛苦，非独蜀之人士及二州牧伯，所见明知。皇天后土，实所共鉴。愿陛下矜悯愚诚，听臣微志，庶刘侥幸，保卒余年，臣生当陨首，死当结草[29]。臣不胜犬马怖惧之情，谨拜表以闻。

【注释】

1.《陈情事表》：选自《文选》卷三十七。《文选》题作《陈情事表》，也简称为《陈情表》。“表”，古代章奏的一种。是臣子上给皇帝的书信。2.李密（公元224—287年），字令伯，三国时犍为武阳（在今四川彭山）人。父早死，李密自幼由祖母刘氏抚养。在蜀国曾任尚书郎，曾出使吴国。晋武帝立太子，召聘他为太子洗马，他写了《陈情表》。李密长于经学训诂，也曾授徒讲学。3.“险衅”：指厄运。4.“夙遭闵凶”：“夙”，早，昔；“闵”，同“悯”，指所忧愁之事；“凶”，指家中不幸之事。这句说，早年遭到不幸。5.“祚”：福。6.“儿息”：儿子。7.“外无”句：在宗法社会中，以亲属关系的远近制定丧服的轻重。“期”，周年，这里指穿一周年丧服；“功”，大功服丧九个月，小功服丧五个月；“期”“功”，都指关系近的亲属；“强近”，比较近。这句说亲族无人。8.“茕茕”：孤独的样子。“独立”，也是孤单的意思。“独”，一作“孑”。9.“形影相吊”：形容自己的孤独。“吊”，吊慰。10.“婴”：缠绕。11.“沐浴”：这里比喻蒙受。“清化”：清明的政治教化。12.“察臣孝廉”：“察”，荐举；“孝廉”，汉代以后选拔人才的一种科目名，即每年由地方官考察当地人物，向朝廷推荐孝顺父母、品行廉洁的人出仕。郡举孝廉，州举秀才。13.“举臣秀才”：“举”，荐举；“秀才”，汉代以后选拔人才的一种科目名，此是优秀的人才的意思。14.“除”：原是“除旧官，就新官”的意思，后来通用指授职。“洗（xiǎn）马”，官名，原作先马，太子的属官。15.“猥”：谦词，鄙贱的意思。16.“东宫”：太子所住的地方，也代指太子。17.“陨首”：指杀身。“陨”，落。18.“切峻”：严厉而急切。19.“逋慢”：逃避命令，态度傲慢。20.“矜育”：哀怜、抚育。“矜”，这里是怜悯的意思。21.“伪朝”：指被晋灭掉的蜀汉。22.“郎署”：郎官的衙署。23.“矜”：这里是自尊、自夸的意思。24.“渥（wò）”：厚。5.“奄奄”：没有生气。26.“是以区区”句：“区区”，谦言私爱；“废远”，废弃而远离。27.“乌鸟私情”：传说乌鸦能反哺（幼鸟喂老鸟），故常用以比喻人的孝道。28.“终养”：奉养老人以终其天年。29.“结草”：春秋时，魏武子有爱妾，武子病时，嘱其子魏颗说，自己死后，令妾改嫁。到了病危时，又说令妾殉葬。武子死后，魏颗把父妾嫁出，说是遵照他父亲神智清醒时的遗命。传说后来魏颗和秦将杜回作战，见一老人结草绊倒了杜回，因而把杜回捉住。夜间魏颗梦见那老人说他是魏武子妾的父亲，帮助魏颗，是为报答不令他女儿殉葬的恩德。

李密自幼丧父，母改嫁，赖祖母刘氏抚养成人。李密侍奉祖母甚孝，故以“孝”名于乡里。李密为人刚正，颇有文名，年轻时曾仕蜀汉，表现出相当高的外交才能。晋武帝为稳定局势，打起了“以孝治天下”的旗号。为此李密曾被地方推荐为“孝廉”和“秀才”，但他因侍奉祖母而未去应召。后来晋武帝征召他为太子洗马，催逼甚紧，于是写下了这篇表文，再次以祖母年高无人奉养为理由婉言辞谢。

在封建社会里，辞诏的话不是好讲的，稍不留神便会以“不忠”之罪惨遭杀身大祸。因此，李密必须寻找充分的理由，以十分谨慎的言词书写表文。李密辞诏的目的就在于为祖母养老送终，为此他寻找出一个响当当的政治依据，这就是晋武帝自己提出来的“以孝治天下”的口号。所以李密在结构全篇时，紧紧扣住了一个“孝”字。为了打消晋武帝可能有的猜忌，他在文中还申明自己作为故旧遗老，现在不奉诏决非是忠于前朝，而是实属无奈，是为尽孝而难以远行的，因此反复强调“逮奉圣朝，沐浴清化”，特蒙“国恩”，“凡在故老，犹蒙矜育”“过蒙拔擢，宠命优渥”等等，以表达自己对当今的感情，同时表达“生当陨首，死当结草”以报皇恩的诚心。如果不如此婉转陈辞，一味地辞不奉诏，那么作为表文的特殊读者——晋武帝在心理上就决难承受了。

李密反复强调孝亲，决不是为其不奉诏仕晋而故意寻找借口。他是真心因奉养祖母才难能应诏的。读完全篇，我们可以清楚地体味到，他的孝心不是抽象的，而是充满了孙儿对祖母的一片真情。整篇《陈情表》密布着感情的浓云。在作者的笔下，展现出一位可亲可敬的慈祥老人的形象。她悯孙儿孤弱，躬亲抚养，对李密有着大恩大德；正因为此，作者才与祖母建立起深切的感情。同时，作者还怀着怜悯之情，倾述着祖母的年老多病、孤单无依的境况。第一段写她"夙婴疾病，常在床蓐"；第二段写她病情"日笃"；第三段则写她"日薄西山，气息奄奄，人命危浅，朝不虑夕"。凡此都充分地表明一位晚辈对长者的关切与怜爱。李密在《陈情表》中不是一味地同晋武帝讲道理，而是充分地摆事实，以具体的实情说服晋武帝体谅他的苦衷。当然他所摆给晋武帝的实情，均染上了浓郁的感情色彩，引致晋武帝感到李密强调的孝是真孝，而不是不仕晋的托辞，这便是作者所拟想达到的写作效果。

为了更深一层地打动晋武帝，李密还尽力渲染自己的处境与遭际。开篇便说："臣以险衅，夙遭闵凶。"然后就在这一悲调中泣诉自己早年失去父母，孤弱多病，家不盛，族不旺，"茕茕孑立，形影相吊"的惨状；诏书特下本是件好事，大可受宠若惊，然而他告诉晋武帝，正是由于诏书切峻，祖母病情加重，反使他处于进退两难、狼狈不堪的境地；接着勾画出祖孙二人更相为命的状况。由于李密所陈述的情况充满了感情色彩，果真使晋武帝为之动容。晋武帝阅后说:“士之有名,不虚然哉!”不仅没对李密的辞不赴诏表示不满,而且还痛快地答应了他的请求,甚至赏赐他两个奴婢,命郡县按时给他的祖母送饭。足见《陈情表》所体现出的“情”的力量。

《陈情表》的语言艺术也是大可称道的。作者采用了不少排比、对偶句式,恰到好处地表现了内容。如“既无叔伯,终鲜兄弟”“外无期功强近之亲,内无应门五尺之僮”,以长幼、内外皆无而显示自己的孤苦伶仃。又如以“前太守臣逵,察臣孝廉;后刺史臣荣,举臣秀才”的对句表明李密的孝名与才名并传。再如以“诏书切峻,责臣逋慢;郡县逼迫,催臣上路”的排比渲染出圣命逼人的紧张气氛。“生当陨首,死当结草”则表示了作者誓报恩德的决心诚意。

《陈情表》的写作较好地吸收了汉赋的精华,多用四字句,杂以参差句,语言练达,琅琅上口。由于此文的问世,为后世提供了众多的惯用语,一直流传至今,如“躬亲抚养”“零丁孤苦”“茕茕孑立”“形影相吊”“急于星火”“日薄西山”“气息奄奄”“朝不虑夕”“更相为命”“生当陨首,死当草结”等,均成为人们信手拈来的名句。

兰亭集序[1]

王羲之[2]

永和九年，岁在癸丑，暮春之初，会于会稽山阴之兰亭，修禊[3]事也。群贤毕至，少长咸集。此地有崇山峻岭，茂林修竹，又有清流激湍，映带左右，引以为流觞曲水，列坐其次，虽无丝竹管弦之盛，一觞一咏，亦足以畅叙幽情。是日也，天朗气清，惠风和畅，仰观宇宙之大，俯察品类之盛，所以游目骋怀，足以极视听之娱，信可乐也。

夫人之相与，俯仰一世，或取诸怀抱，晤言一室之内；或因寄所托，放浪形骸之外；虽趣舍[4]万殊，静躁不同，当其欣于所遇，暂得于己，快然自足，不知老之将至；及其所之既倦，情随事迁，感慨系之矣！向之所欣，俛仰之间[5]，已为陈迹，犹不能不以之兴怀；况修短随化[6]，终期于尽。古人云"死生亦大矣"，岂不痛哉！每览昔人兴感之由，若合一契[7]，未尝不临文嗟悼，不能喻之于怀。固知一死生为虚诞，齐彭、殇[8]为妄作，后之视今，亦犹今之视昔，悲夫！故列叙时人，录其所述，虽世殊事异，所以兴怀，其致[9]一也。后之览者，亦将有感于斯文。

【注释】

1.《兰亭集序》：选自《晋书·王羲之传》。“兰亭”，在今浙江省绍兴县西南，地名兰渚，有亭名兰亭。晋穆帝永和九年（公元353年）农历三月三日，王羲之和他的朋友孙绰等四十一人在这里聚会，畅饮赋诗，王羲之作了这篇序。2.王羲之（公元321—379年），字逸少，会稽人，王导的侄子。曾为右军将军，会稽内史。是著名的书法家，也长于诗文。现存有辑本《王右军集》。3.“修禊”：一种消除不洁的祭礼。古人风习，在农历三月上巳（上旬的巳日，魏以后固定为三月三日），临水而祭，以祓除不祥，称为修禊。4.“趣”：同“趋”。“趋舍”，同“取舍”。5.“俛仰之间”：指短暂的时刻。“俛”同“俯”。6.“修短”：指寿命长短。“化”，这里指自然变化。7.“契”：古人用木或竹刻的契券，分成两半，以合一为凭验。8.“齐”：用作动词，看作同等。“彭”：彭祖，传说是古代长寿之人。“殇”：短命早死的人。9.“致”：情致。

“序”，也有写作“叙”“引”“引言”“楔子”“弁言”。晋代以前，序文都附于正文末，后来大多是“序”排在正文前，“跋”附于正文末。古人作序多持严谨态度，不吟咏再三，了然于心，不敢贸然下笔。《兰亭集序》是王羲之为《兰亭集》所写的序言，全文用情慷慨哀深，运笔矫健清宛，风骨峻爽，写景抒情，状物言志融成一体，是一篇文情并茂、理趣盎然的散文名篇，为历代人们所叹赏。

《兰亭集序》全文三百余字，皆有感而发，并非一般游览记事。第一段写景抒情；第二段抒怀述志。开篇四句明确交代此次盛会的时间、地点，接着以“修禊”二字点明宴集的目的。“群贤毕至，少长咸集”，说明与会者的身份，既有长者，也有少壮，他们都是当时蜚声文坛的作家、诗人。文章对兰亭的地理形势和自然风物的描绘，没有用工笔细描法，而是做粗线条的勾勒。“此地有崇山峻岭，茂林修竹，又有清流激湍，映带左右”，寥寥二十一个字，不但勾画出兰亭倚山傍水的地理形胜，而且描绘了兰亭的山青水秀、明媚清丽的春光景色。这种语言上的简洁潇洒，乃是笔墨的净化，是作者语言技巧达到炉火纯青的成熟的标志。

王羲之为文虽惜墨如金，但为了突出主旨又不吝惜笔墨。序之首已点明“暮春之初”，后面还是再次点明“是日也，天朗气清，惠风和畅”，这是呼应，也是制造气氛。因为这一天是众多朋友兴会之日，因此用天气之好来烘托与会者兴致之佳。所以这一补笔决无累赘之感，而是恰到好处地为以后申述其志向做了有力的铺垫。

第二段即进入“以申其志”的思辨。申志是王羲之作序的旨寄，所以他用了较多的笔墨，夹叙夹议，抒怀述志，阐明他和他的朋友们对现实的看法。他们认为现实和内心虽然充满矛盾，但诗人和作家毕竟应该从个人小天地走向大自然的怀抱，描写她，歌颂她，只有这样，才无愧于后世。文章以此作结，可以说是言有尽而意无穷。

这言有尽而意无穷的“以申其志”还包孕和潜隐着另一层深意。如前所说，文章的前一段描述的山水之乐，不是后面一段畅言的死生之痛的来源，它们的关系适得其反。也就是说，文章的结构逻辑不是乐尽悲来，因景生情而归于理，一气直下的方式。《兰亭集序》先描写山水，再逆着获得逍遥达观的心理过程，痛言死生，阐发“兴感之由”，包含着王羲之的艺术匠心和另一番用意。《兰亭集序》的最后几段文字大谈“哀”感，固然是发征兰亭诸诗人的“兴感之由”，但更是根据“哀”与“达”的辩证关系，从另一面为诗的“达”大力铺垫张本，烘云托月，以衬托诗作。越是在《兰亭集序》中将死生之“哀”写得悲彻心脾，就越是显出诗中“达”的高超，表现兰亭集禊诸名士在山水中超然逍遥的乐。

王羲之避开正面、平泛地评论诗，夸耀“自然”之乐，使《兰亭集序》别具一格，新鲜生动，同时也还是要“开夫俗近”说理和自我显示。王羲之在序里所选择的“极言其哀”，批驳庄子，倒不是简单地批判庄子的虚无主义人生观，而是利用“五情同”的一面认识，反衬“神明茂”的另一面，炫耀自己和诸诗人情性的空明清虚，精神的睿智高朗与旷达。这种巧妙的艺术构思，不落窠臼，寄旨遥深，获得了正面直说万言难致的效果。

王羲之散文的魅力在于真诚自然，这原因大约是因为写作对象多与写作主体契合一致的缘故，这便于作家内心世界丰富细腻的感情，得以充分的无拘束的表达。这种风格的起初，可能是无意识的，若认真研究一下就会发现，是王羲之情不自禁的必然，是心灵深处感情的自然喷发。而这，既有一种历史的纵深感，又有一种时代的光彩与活力。这与当时的“清虚寡欲，尤善玄言”的时代风尚，既有共同处，又有很大的差异处，它是属于王羲之自己的思想和个性。

《兰亭集序》摆脱了散文骈俪化的桎梏，为我国古朴的散文的发展奠定了坚实的基础。对当时和后世散文创作曾产生过极大的影响。李白的《春夜宴桃李园序》，便是在《兰亭集序》的影响下写成的。

桃花源记[1]

陶渊明[2]

晋太元中，武陵人捕鱼为业，缘溪行，忘路之远近，忽逢桃花林。夹岸数百步，中无杂树，芳草鲜美，落英缤纷。渔人甚异之。复前行，欲穷其林。

林尽水源，便得一山。山有小口，仿佛若有光。便舍船，从口入。初极狭，才通人；复行数十步，豁然开朗。土地平旷，屋舍俨然，有良田美池桑竹之属；阡陌交通，鸡犬相闻。其中往来种作，男女衣著，悉如外人；黄发垂髫[3]，并怡然自乐。

见渔人，乃大惊；问所从来，具答之。便要还家，设酒杀鸡作食；村中闻有此人，咸来问讯。自云先世避秦时乱，率妻子邑人来此绝境，不复出焉；遂与外人间隔。问今是何世，乃不知有汉，无论魏晋。此人一一为具言所闻，皆叹惋。余人各复延至其家，皆出酒食；停数日；辞去。此中人语云:“不足为外人道也。”

既出,得其船,便扶向路[4],处处志之。及郡下,诣太守,说如此。太守即遣人随其往,寻向所志,遂迷,不复得路。

南阳刘子骥,高尚士也,闻之,欣然规往。未果,寻病终。后遂无问津[5]者。

【注释】

1.《桃花源记》:选自《陶渊明集》卷五,亦见《搜神记》,文字略有不同。记后有诗,从略。2. 陶渊明(公元365—427年),名渊明,字元亮。也可能于入南朝宋之后,改名潜、字渊明。浔阳柴桑(今江西九江西南)人。曾任“祭酒”“参军”之类地方小吏及彭泽县令,但时间都不长。四十一岁后一直过隐居田园的生活,注本有清陶澍《靖节先生集》。3.“髫”:小儿垂发。“垂髫”,指儿童。4.“扶”:循,沿。“向路”:向时(前时)走的路,即归路。5.“问津”:问路,这里指寻访。“津”,渡口。

在源远流长的中华民族文化中,“世外桃源”堪称是一个极富影响和魅力的词语。千百年来,谈起心目中的理想社会模式,多少人会马上想到那片避开了尘世一切战乱、纷争和污秽,却保留着人间众多真情、纯朴和美好的武陵桃源!而那令人神往的桃花源又是与一个人、一篇优美的文章紧密联系在一起。

因此，陶渊明这位东晋杰出的诗人和《桃花源记》这篇文学史上的不朽名作，在我们的传统民族文化中也就有了历久不衰的生命力。

陶渊明一生大半时间过着归田隐居的生活，躬耕自给，洁身守志。晚年作有五言《桃花源诗》，该诗的序言，便是这篇著名的《桃花源记》。但在文学史上，人们却早已习惯地把这篇序言视为一篇独立的优秀散文作品来欣赏和传诵，其影响所及反而远远超出了诗作本身。何以会出现这种现象呢？换言之，《桃花源记》是以怎样的艺术魅力征服了后世万千读者的心呢？

《桃花源记》的艺术魅力，集中表现在它反映了作者的一种美好社会理想，一种对于理想世界的憧憬和追求。陶渊明是一位才华横溢的诗人，又是个清醒的理想主义者。贵族家世的影响，儒家学说的熏陶，使他少年时即有一种“大济苍生”的壮志，颇想以自己的热忱和才华，为国为民做出一番轰轰烈烈的事业。岂知一旦跨入社会，他才发现理想与现实的矛盾是那样的尖锐而不可调和，明确意识到政治抱负的难以实现，世事之不可为。而他又不愿屈身降志在腐败官场中周旋，“羞于为五斗米折腰”也就成为他高尚人格最为光辉的写照。既然在现实社会生活中看不到理想和希望，那就只好到尘世之外去寻觅一方净土。正是缘于这种对生活和理想世界的不懈追求，我们看到了诗人弃官归隐后那种“久居樊笼里，复得返自然”的欣慰，也似乎随他走进了武陵桃源的人间乐境。

这是一方多么令人陶醉、令人悠然神往的土地呵——这里没有神圣不可侵犯的君主和虎狼般凶恶的大小官吏，没有压迫和剥削，也没有敲骨吸髓的赋税和九死一生的徭役；这里，“土地平旷，屋舍俨然”“阡陌交通，鸡犬相闻”，一片平静柔和的田园风光；这里，男女往来耕作于田畴，“黄发垂髫并怡然自乐”，更兼一种温馨、和睦、自给自足的农家纯朴生活。这里的人们为逃避秦时兵火而来，论及世事“乃不知有汉，无论魏晋”。想想秦以降数百年人世间的战火连绵血流不断，再看看现实生活中的黑暗腐败动荡不安，有谁能不为诗人笔下所勾勒出的“世外桃源”生活而感慨万千！诚然，这里表现的只是诗人的一种理想，但无可否认它反映的是诗人对美好社会的一种憧憬和向往，在很大程度上代表了人民群众渴望摆脱剥削压迫、频繁战乱和追求幸福安宁生活的强烈愿望。同时也表达了对于腐朽现实社会的批判。不缘于此，武陵桃源何以千百年来成为世人心目中理想社会的象征！

《桃花源记》为后人所推崇，也还有赖于文章自身精巧的艺术结构和优美的文学语言。虽然全文仅有短短三百余言，但由于诗人的精心创造，仍使它显得典雅精致，剔透玲珑，言不多而意无穷，其艺术感染力不亚于洋洋挥洒的长卷。从文章结构看，篇首以武陵渔人的偶然发现展开故事，所点出的时间、地点，给人以似假似真、真假莫辨之感。继而以渔人的奇异经历而一步步展开对“世外桃源”的介绍，使读者宛如身临其境。最后则以时人寻访不得而作结，与篇首的渔人偶得巧妙呼应起来，完整简洁，不蔓不枝。既缩短了与读者的距离，也增强了文章的纪实性和文学魅力。

全篇语言显然属于这位杰出田园诗人的匠心推敲和独创，自成一格，精警动人。如对武陵溪畔桃林之描摹，“夹岸数百步，中无杂树，芳草鲜美，落英缤纷”，极秀丽，极妩媚。山中桃林美景，令人遐思联翩，而渔人偶遇此境之惊异与兴奋，似也从中依稀可现。至于文中对于“世外桃源”社会的种种描述，无论是铺陈田园温馨风光，抑或摹写此间人情世态，也无不显得自然真切，生动传神。一切都是那般美好，那样令人神往。似这种田园牧歌般的优美语言和意蕴，又怎能不为历代读者喜爱和欣赏呢！

在人类社会生活中，真正美好的东西自然会有着长久的生命力，《桃花源记》也正是以其浪漫而美好的社会理想和杰出的艺术创造而传之不朽的。不消说后世王维、韩愈、刘禹锡、苏东坡、龚自珍等优秀作家都曾留下吟咏桃源的诗文佳作，即便从人类哲学思想发展来看，从欧洲圣西门、傅立叶等人对“乌托邦”式社会主义的空想，到中国封建社会末期康有为等改良派人物对“大同世界”的追求，与陶渊明千余年前所设计的理想社会蓝图都有着内在的相通之处！生活理应属于美好，对于自由、平等、真诚和安宁的社会生活的向往和争取，乃是人类社会发展的必然规律。读陶渊明的这篇《桃花源记》，或许会有助于人们更加深刻地意识到这一点。

世说新语(二则)

刘义庆[1]

管宁割席[2]

管宁、华歆共园中锄菜[3],见地有片金,管挥锄与瓦石不异,华捉而掷去之。又尝同席读书,有乘轩冕过门者[4],宁读如故,歆废书出看。宁割席[5]分坐曰:"子非吾友也。"

【注释】

1. 刘义庆(公元403—444年),彭城(今江苏徐州)人。刘宋宗室,袭封临川王。爱好文学,广招文士,著作颇多,以《世说新语》最为流行。2.《管宁割席》:选自《世说新语·德行》,《世说新语》三卷,宋临川王刘义庆辑撰。全书按内容分成三十六门,记汉末至东晋遗闻轶事,全面反映这一时期名士的精神生活,是魏晋文化精神的集中体现。文字简短,意味隽永。3. 管宁:字幼安,汉末魏初人。魏文帝拜为大中大夫,明帝拜为光禄勋,均辞不就。华歆:字子鱼,东汉桓帝朝任尚书令,入魏,官至太尉,封博平侯。4. "轩冕":卿大夫的车服。古制大夫以上乘轩服冕,后因以喻贵官。5. "割席":分席而坐。古时铺席于地,一席坐数人。后称绝交为"割席",本此。

本篇通过管宁与华歆对金钱与官宦的不同态度,表现了汉末以来人物品评活动中人们的价值取向和立身准则。

人物品评是汉代以来伴随选举人才制度而产生的社会现象,不过在不同的历史阶段,它的社会作用、评价标准以及对人们社会行为的影响,都存在着差异。汉代以礼治天下,故而人物评价的标准是儒家的道德与礼仪观念;曹魏时期主张唯才是举,所以把才能作为人物评价的首要条件;入晋以后,随着士族对人物品评活动的垄断,这项活动已失去其实用性,而更多地蒙上了审美的色彩。文中管宁和华歆是汉末人,所以这个二人求学时发生的故事主要表现了汉代重操行的人物品评标准。文中两件事均与此有关。一是对金钱,管宁视黄金为瓦石,故"挥锄与瓦石不异";而华歆心里为黄金所动,但又要得到鄙视铜臭的美名,故"捉而掷去之"。二是对权贵,当达官贵人乘车路过学堂时,管宁读书如故,华歆却"废书出看"。很显然,人们在这里推崇的,是管宁的视金钱和权贵如粪土的士人操守,鄙薄华歆的贪鄙和虚伪。这样,人类对自身的剖析、观察与品味,便被提到极为细腻而又准确的层次。

人物品评或要据其容貌,或要据其言论,而更重要的,是要据其行为。而要做到后者,就须细致入微地对一个人的生活小事做出判断,这样也就使本篇在艺术上形成了简洁精致,生动传神的特点。这表现在两个方面,一是使对象在对比中泾渭分明。作者没有对二人做出褒贬,但通过在同一事件中的不同表现,二人的精神境界和思想品格,也就轩轾可见了。二是注意选取人物最富特色的言行,用白描的手法做客观的描写,把人物的神态生动地勾画出来。如写华歆见到黄金,不加任何渲染和描绘,只用"捉而掷去之"一笔,使人物的神态跃然纸上。人们可以从中感觉到他的始而垂涎,继而愧悟而又企图极力掩盖的复杂而微妙的心理活动,可谓淋漓尽致,呼之欲出。

雪夜访戴[1]

王子猷居山阴[2],夜大雪,眠觉,开室命酌酒,四望皎然。因起彷徨,咏左思《招隐诗》,忽忆戴安道[3]。时戴在剡[4],即便夜乘小船就之。经宿方至,造门[5]不前而返。人问其故。王曰:"吾本乘兴而行,兴尽而返,何必见戴!"

【注释】

1.《雪夜访戴》:选自《世说新语·任诞》。2.“王子猷”:即王徽之,字子猷,王羲之之子。性孤高,任桓温参军。“山阴”:今浙江绍兴。3.“戴安道”:即戴逵,字安道,隐居不仕。4.“剡(shàn)”:今浙江嵊县。5.“造门”:到门。

本篇以王子猷于雪夜中赏雪吟咏、驾舟访友、至门而返的故事,表现出魏晋名士放达与自由的人生态度和价值观念,极富生活哲理。

在王子猷这些名士看来,生活的意义并不在于它的最终结果,而在于其过程本身。因为目的带有强烈的功利与实用性,它是束缚人的自由的枷锁。没有目的,人就获得了行动的自由。所以,在王子猷的行为中,就全然没有目的趋使。半夜醒来,见到漫天大雪,便停止了睡眠,开始了雪中饮酒吟咏的过程。这一过程还没有了结,便忽忆友人,于是夜半命驾,踏上了棹舟访友的航程。来到朋友门口,访友的过程即将结束时,他却返身折回,使访友的过程前功尽弃。他的每一个过程都没有结果,但他却十分惬意。用他自己的话来说,就是“吾本乘兴而行,兴尽而返,何必见戴”?见戴——过程的终结并不是他的目的,他的目的在于兴之所致的过程本身。对于他们来说,生活的审美价值要高于实用价值,而实际上二者必然是相悖和离异的，就此则必须舍彼。要保持对生活的审美，就必须以抛弃生活的实用功利目的为前提。这样，他们就成为精神上的自由人，即应物而不为物所累，有情而不为情所累。人在宇宙中的主体性，人对世俗冗务的超越，在这里都得到了最有力的肯定和最酣畅的倾诉！

这一深刻而发人深省的哲理在作者笔下又毫无枯燥之感，而是将其融注于充满诗情画意的美好气氛中。文中出现三幅画面，一是雪咏图，主人公面对寥廓寂静的雪夜，生发出对自然人生的感慨，于是引觞而咏，构成富有诗意的境界，把人们引入主人公的兴致之中；二是雪夜行舟图，王子猷意念突发，于月色中荡舟而行，两岸千姿百态的银装世界，令人目不暇接，他的审美的愉悦得到充分满足，真是令人神往的妙境；三是折回图，王子猷至戴逵门前突然转回。使故事富于戏剧性，又与前二幅图景形成鲜明对比，突出了前者所显示的主人公兴之所致的主体意识，点明故事的题旨所在。

本篇题旨富有哲理而又生动形象，文笔简净而又不乏诗意，格调奇特而又不失风趣幽默。显示了作者与主人公在人生观上的相通，也显示了他娴熟的艺术技巧。

与宋元思书[1]

吴均[2]

风烟俱净，天山共色，从流飘荡，任意东西。自富阳至桐庐，一百许里，奇山异水，天下独绝。水皆缥碧，千丈见底，游鱼细石，直视无碍。急湍甚箭，猛浪若奔，夹岸高山，皆生寒树。负势竞上，互相轩邈，争高直指，千百成峰。泉水激石，泠泠[3]作响。好鸟相鸣，嘤嘤[4]成韵。蝉则千转[5]不穷，猨则百叫无绝。鸢飞戾天者[6]，望峰息心；经纶世务者，窥谷忘返。横柯上蔽，在昼犹昏；疏条交映，有时见日。

【注释】

1.《与宋元思书》：选自《艺文类聚》卷七。“宋元思”原作“朱元思”。2. 吴均（公元469—520年），字叔庠，吴兴故鄣（今浙江安吉）人。家贫好学，天监初为郡主簿，累迁奉朝请。因私撰《齐春秋》免官，后奉诏撰《通史》，未成而死。今流传有《吴朝请集》辑本、《续齐谐记》等。3.“泠泠”：

水流的声音。4."嘤":鸟鸣声。5."转":同"啭",这里指蝉鸣。6."鸢飞"二句:"鸢",一种鹰类的鸟,飞得很高;"戾",至。这两句暗喻追求功名的人。

再现自然美,这是我国古代记游散文的传统。对于游地自然风光,记游散文的作者总是根据自己的美学情趣,采用一定的手段,把它艺术化,使自然美体现在艺术美之中。因此,当我们透过那些记游散文,既可领略表现对象的自然美,也可以从艺术美的探求中,窥见到作者思想风貌的侧面。

吴均的《与宋元思书》是一封极为别致的书信,通篇都是写景,写富春江秋天的风景,可以说这是一篇典型的山水游记。显然,作者写信的目的是要把自己观赏到的美丽景色告诉他的朋友宋元思,而我们正是从吴均这封信里和他的朋友一道分享富春山川之美。全文仅一百四十余字,分为三段。第一段总写富春江的山水之美,即"天下独绝";第二段具体刻画"异水";第三段细描"奇山"。

文章用"风烟俱净,天山共色"一句对偶开头,八个字点出了清秋季节的晴爽天气,而且写风、写烟、写天、写山,完全是大处落笔,勾勒出广阔的空间境界。"风烟俱静"四字,显得山远、水阔、天高;而"天山共色"就使色调协调、雅致,展现出自然界蕴含的朴素美,别有情致,给人一种清新、淡雅、恬静的美感,它为“奇山”“异水”做了有力的铺垫。“从流飘荡，任意东西”乃是作者的行踪和心态，不可等闲视之，因为富春江两岸美景迭出，使人目不暇接，均以“人迹”串起。此八个字表现了作者轻松愉快、悠然自得、无拘无束、心旷神怡的兴致，从静到动，给画面增加了活力。开头这四句的总括描写，是全篇的引首，有气魄，有深度，也有特色。以下逐步写具体景物。

本来，吴均赞富春江上之风景，说它是“奇山异水”，然而这仍然是抽象的，究竟是怎样的“奇山”，怎样的“异水”呢？第二段作者仅以三句二十四字就形象地勾画了一幅异水图：“水皆缥碧，千丈见底。游鱼细石，直视无碍。急湍甚箭，猛浪若奔。”这里的“缥碧”是绘色“千丈见底”乃是夸张之词，极写水之清，这样就把镜头由面伸向底，足见水之清澄纯净。接着写水中景物：游鱼、细石而“直视无碍”，恰恰与“千丈见底”相辅相成，进一步烘托出江水清冽、碧透，可以说是静影沉碧，既使人看到了江水的静态美，更使人感到生动的立体感。紧接上面，笔锋一转，用“急”“猛”两个字极写江水汹涌之势，又用“甚箭”“若奔”两个比喻，进一步写出江水奔流急湍之势，气势甚壮。一动一静，万千变化，突出了水之“异”。在这异水图中，仍见作者之身影。“见”和“直视”都是作者“从流飘荡，任意东西”的闲适精神之外现。

最后一段写“奇山”。先从视野所见描绘富春山色，用一

"夹"字突出了山之险峻,用一"寒"字画出了树之葱茏、林之幽深,给人以幽邃之感。接着连用"负势竞上""互相轩邈""争高直指"几个拟人修辞,描绘山势突兀峥嵘,奇峭多姿。这里有纵有横,扩大了空间。作者在这里化静为动,笔墨之中,显示出勃勃生机。山之动势,天造奇观,鬼斧神工,充满自然之情趣。

作者写足了"奇山异水"之后,又写山水生物之交响曲。在这里,水流、鸟叫、蝉鸣、猿啼,几乎把自然界的音响都包罗在一起了。于是,人们在观赏山水胜景之际,又听到了由鸣泉、草虫、飞禽、走兽所组成的天然音乐,使人享受到一种声韵之美。

最后,作者抒发了他在游览了富春美景以后的感触。"经纶世务者,窥谷忘反",表现出作者否定世俗官场、追求清高隐逸的思想,这是当时知识分子的普遍意识。作者正是用自然之美与社会之世俗对比,向往前者,厌弃后者,进一步歌颂了自然山水之美。

《与宋元思书》给读者展示的文学形象、艺术心境,是多层面、多色彩的。那种来于大千世界,发自方寸之间的纷呈的意象和深沉的情愫,无不折射出一个知识分子对祖国山川的爱,对风物的情。这些爱,这些情,像根根透明的经纬,像掷地有声的琴弦,编织着作家心上的图画,从而给读者以情感的熏陶和人生的启迪。

哀江南赋序[1]

庾信[2]

粤以戊辰之年，建亥之月[3]，大盗移国[4]，金陵瓦解。余乃窜身荒谷，公私涂炭。华阳奔命[5]，有去无归。中兴道销[6]，穷于甲戌。三日哭于都亭[7]，三年囚于别馆，天道周星[8]，物极不反。傅燮[9]之但悲身世，无处求生；袁安[10]之每念王室，自然流涕。昔桓君山之志事，杜元凯之平生，并有著书，咸能自序[11]。潘岳之文采，始述家风；陆机之辞赋，先陈世德[12]。信年始二毛[13]，即逢丧乱，藐是流离，至于暮齿[14]。燕歌远别，悲不自胜[15]；楚老相逢，泣将何及[16]。畏南山之雨，忽践秦庭；让东海之滨，遂餐周粟[17]。下亭漂泊，高桥羁旅[18]。楚歌非取乐之方，鲁酒无忘忧之用[19]。追为此赋，聊以记言，不无危苦之辞，唯以悲哀为主。

日暮途远，人间何世。将军一去，大树飘零；壮士不还，寒风萧瑟[20]。荆璧睨柱，受连城而见欺；载书横阶，捧珠盘而不定[21]。钟仪君子，入就南冠之囚[22]；季孙行人，留守西河之馆[23]。申包胥之顿地，碎之以首[24]；蔡威公之泪尽，加之以血[25]。钓台移柳，非玉关之可望[26]；华亭鹤唳，岂河桥之可闻[27]！

孙策以天下为三分，众才一旅[28]；项籍用江东之子弟，人唯八千。遂乃分裂山河，宰割天下。岂有百万义师，一朝卷甲，芟夷斩伐，如草木焉[29]！江淮无涯岸之阻，亭壁[30]无藩篱之固。头会箕敛者[31]，合纵缔交；锄耰棘矜者[32]，因利乘便，将非江表王气[33]，终于三百年乎？是知并吞六合，不免轵道之灾[34]；混一车书，无救平阳之祸[35]。呜呼！山岳崩颓，既履危亡之运；春秋迭代，必有去故之悲。天意人事，可以凄怆伤心者矣！况复舟楫路穷，星汉非乘槎可上；风飚道阻，蓬莱无可到之期[36]。穷者欲达其言；劳者须歌其事。陆士衡闻而抚掌，是所甘心[37]；张平子见而陋之，固其宜矣[38]！

【注释】

1.《哀江南赋序》：选自《庾子山集》卷一。《哀江南赋》是庾信晚年流落北朝时，为哀痛梁朝的灭亡而作。“哀江南”取自《楚辞·招魂》“魂兮归来哀江南”。这里选的是赋前的序。2. 庾信（公元 513—581 年），字子山，南阳新野（今河南新野）人。出身贵族。奉命出使西魏，被留在长安，至死未能回到南朝。早年诗赋多淫靡绮丽之作,后因国破家亡,常有“乡关之思”之作。今传有《庾子山集》。3.“粤以戊辰”二句:“粤”,发语词;“戊辰之年”,梁武帝太清二年(公元548年);“建亥之月”,农历十月。4.“大盗”:指侯景。“移国”:指篡国。梁武帝太清二年八月,侯景作乱,十月,攻陷金陵。5.“华阳”:华山之阳,此指江陵,因为江陵位于华山南面。梁元帝平定侯景乱后,定都于此。“奔命”:指奉使奔走西魏。6.“中兴”:指梁元帝平定侯景之乱,使梁复兴。“道销”:国运消亡。7.“都亭”:都下之亭。三国时,蜀将罗宪守永安城,听说刘禅降魏,率部属在都亭哭了三天。8.“天道”:自然之道。“周星”:岁星十二年绕天一周,所以叫周星。9.“傅燮”:东汉人,不容于朝,出为汉阳太守。王国和韩遂围攻汉阳时,城中兵少粮尽,其子劝其弃郡回乡,他坚决拒绝,于是战死。10.“袁安”:东汉人,为司徒。当时外戚专权,皇帝幼弱,袁安每与人谈及国事,往往呜咽流涕。11.“昔桓君山”四句:“桓谭”,字君山,著有《新论》;“杜预”,字元凯,著有《春秋左氏经传集释》;“序”,同“叙”,阐述;“志事”“平生”,都指抱负而言。12.“潘岳”四句:“潘岳”,字安仁,晋人,作过《家风诗》;“陆机”,字士衡,晋人,作过《祖德》《述先》二赋。13.“二毛”:头发斑白。庾信当侯景乱时,才三十六岁,已出现灰白的头发。14.“藐是流离”二句:“藐是”,或作“狼狈”;“藐”,小;“是”,此,指自己;“暮齿”,晚年。15.“燕歌远别”二句:燕太子丹在易水送别荆轲,荆轲作歌曰“风萧萧兮易水寒,壮士一去兮不复还”。这里是庾信自比出使西魏,一去不返。16.“楚老相逢”二句:汉末楚人龚胜,仕汉为光禄大夫,王莽即位,不应征而饿死。死后有楚地父老来,哭得很悲伤。17.“畏南山”四句:据说,南山有玄豹,当雾雨天便不出来，为的是保护皮毛。这里是说，庾信本也有避害全身的思想，可是后来终于奉命出使到西魏来了。“秦庭”，指西魏，作者把自己比作来秦庭求救的申包胥；“东海之滨”，指伯夷、叔齐，所谓“伯夷避纣，居北海之滨”（《孟子·离娄上》）；“遂餐周粟”，是说自己没能像伯夷、叔齐那样不食周粟，而做了西魏的官。18.“下亭漂泊”二句：“下亭”，地名。汉代孔嵩宿于下亭，马被人家偷去。“高桥”，一作“皋桥”，在苏州市阊门内。汉代皋伯通住在这里，梁鸿曾在他家佣工。这里是庾信用孔、梁之事来比喻自己的不幸遭遇。19.“楚歌”二句：“楚歌”，项羽被围垓下，夜闻四面楚歌。这两句是说，楚歌虽好，不能使人欢乐；鲁酒虽好，反而使人增忧。20.“将军一去”四句：“将军”，指后汉冯异，异为人谦虚，当别人自夸军功时，他常独自倚树不语，军中称他为“大树将军”；“壮士”，指荆轲。21.“荆璧睨柱”四句：“荆璧”，即和氏璧。这是用蔺相如完璧归赵的故事。“载书”，即盟书。毛遂随平原君出使楚国，终于说服楚王，最后捧铜盘歃血，与楚结订从约而归。22.“钟仪君子”二句：“钟仪”，春秋时楚人，曾被囚于晋。这是庾信用钟仪自比。23.“季孙行人”二句：“行人”，使者。春秋时，鲁国的季孙欲随鲁昭公去参加诸侯盟会，晋国不准，并拘留了他，后来当晋国放他回鲁之前，又曾说把他拘留于西河之馆。24.“申包胥”二句：春秋时，吴攻楚，楚大夫申包胥到秦国求救，秦不肯出兵。申包胥倚墙而立，痛哭七日不绝声，直到秦国答应出兵救楚。“顿地”，顿首至地。25.“蔡威公”二句：春秋时，蔡威公见国家将亡，闭门哭了三天，泪尽继之以血。26.“钓台移柳”二句：“钓台”，在武昌，晋陶侃驻兵武昌时，曾种过很多柳树；“移”，应作“栘”，是近似白杨的一种树。这是庾信借以比喻故国风物。“玉关”，玉门关。27.“华亭鹤唳”二句：“华亭”，今江苏省松江县，是晋代陆机的故乡。陆机兵败于河桥，回来后为司马颖所杀。28.“孙策”二句：“一旅”，五百人。所谓孙策创业，兵不一旅，而开大业。29.“岂有”四句：侯景作乱时，梁朝的军队号称百万，但在侯景进攻之下，纷纷败逃。“芟夷”，除草，这里比喻杀人多。30.“亭壁”：亭障、壁垒，监视和防御敌人的工事。31.“头会箕敛者”：指下级主管征收赋税的人。32.“耨”：一作“耰”。“棘矜”：带尖的棍子。33.“江表”：指建康一带。“江表王气”，指南朝的王朝命运。34.“是知并吞”二句：“六合”，天地四方，即指天下；“轵道”，亭名；“轵道之灾”，指刘邦入关，秦王子婴在轵道旁迎降。35.“混一”二句：“混一车书”，即指统一天下；“平阳之祸”，指西晋的怀、愍二帝先后被刘聪、刘曜捉到平阳遭杀害之事。36.“况复”四句：“星汉”，天河；“槎”，木筏，据说汉代张骞出使西域，因寻河源，曾乘槎上天河；“蓬莱”，传说中的海上神山。37.“陆士衡”二句：“陆士衡”，即陆机。他听说左思在写《三都赋》，抚掌嘲笑，以为左思不自量力。38.“张平子”二句：“张平子”，张衡。张衡见到班固的《两都赋》，认为鄙陋，于是自己另作《两京赋》。

庾信的骈体文，集六朝之大成，《哀江南赋序》更是其中最著名的一篇。

序从梁武帝太清二年（公元548年）侯景之乱始，追溯自己国破家亡、流落异域的坎坷遭遇，通篇回环萦绕着沉痛的家国之思和悲凉的身世之感。作者早年仕梁，受知于太子萧纲，曾以轻艳绮靡的“宫体诗”享誉一时。及至陵谷迁移，身经丧乱，文风亦由浮艳柔婉一变而为沉郁苍凉。这种迍邅落寞、羁困不偶的境遇固是个人的不幸，而对于其阅历的深化，思想的锤炼乃至文风的转变，却不啻起到了有如催化剂的作用。杜甫说“庾信平生最萧瑟，暮年诗赋动江关”（《咏怀古迹》五首之一）。又说“庾信文章老更成，凌云健笔意纵横”（《戏为六绝句》之一），都是就此而言的。

庾信这篇序文，于四六整饬的句式中，极尽夭矫变化、抒情议论之能。具有起伏跌宕的音韵美和深沉强烈的感染力，这显然得益于文章内容所蕴含的厚重的历史意识和痛切的反思精神。作者自始至终把个人的遭遇同国家的命运紧密结合，把个人的不幸附着于对故国的黍离之悲和麦秀之感中予以倾诉，这种风格，在醉生梦死的梁陈境域内是不可能产生的。

“铺采摛文，体物写志”是赋体文的创作通例，本篇虽非严格意义上的赋，却承袭了屈原所开创的引类譬喻、朗丽而哀的传统。大量的或明快清新，或隐讳曲折的故实的巧妙运用，不仅增加了文章本身的容量，而且生出一种回肠荡气的魅力。通过这些典故成语的概括所表现出的生活内容，在读者印象中产生的现实感仍然清晰丰富。

作者驾驭典故的技巧十分灵活，既有明喻，也有暗示；既有正用，又有反用；有避实就虚的，亦有虚实兼用的，种种方式，不一而足，皆能随步换形、因势而异。如“三日哭于都亭”“楚老相逢，泣将何及”，皆明喻亡国之痛。而“钓台移柳，非玉关之可望；华亭鹤唳，岂河桥之可闻”，则暗示羁旅之思，乡关之望。“钟仪君子，入就南冠之囚；季孙行人，留守西河之馆”，是正用故实以言自己被拘西魏，心身不得自由的苦况。“天道周星，物极不反”与“让东海之滨，遂餐周粟”，乃是逆用典故。中国古代的辩证思想认为事物的两极是可以互相转化的，量的积累能够导致质的飞跃，“物极必反”即是这种哲学观点的概括。然而梁朝自江陵之败，竟一蹶不振，始终未能复兴，所以作者用“物极不反”来抒发内心的愤懑郁结。伯夷、叔齐耻食周粟，饿死首阳山，殉节于商室，而作者却自惭于就仕敌国、失节忍辱的经历，故反其意用“遂餐周粟”以表达愧悔怅恨的复杂情愫。这种曲折委婉的用典方式，无疑使文章的意境更加含蓄蕴藉。

从本篇的句法来看，虽然基本上以四六句为主干，而亦间用五、七、八、九等多种句式，并适当运以发端或转折虚词，使整篇文章的气势随着感情的低昂变化而时起时伏，或急或缓，即使四六句的排列亦极尽转换调配之能，读来毫无呆板滞涩之感。

最后以孙策开创江东大业、项羽率师灭秦的赫赫声威同梁朝的腐朽没落、不堪一击做鲜明的对比，于凄怆苍凉的咏叹中结束全篇。

三 峡[1]

郦道元[2]

自三峡[3]七百里中，两岸连山，略无阙处。重岩叠嶂，隐天蔽日，自非亭午时分，不见曦月[4]。至于夏水襄陵[5]，沿泝阻绝。或王命急宣，有时朝发白帝，暮到江陵[6]，其间千二百里，虽乘奔御风，不以疾也。春冬之时，则素湍[7]绿潭，回清倒影，绝巘[8]多生怪柏，悬泉瀑布，飞漱其间，清荣茂峻，良多趣味。每至晴初霜旦，林寒涧肃，常有高猿长啸，属引[9]凄异，空谷传响，哀转久绝。故渔者歌曰：巴东[10]三峡巫峡长，猿鸣三声泪沾裳。

【注释】

1.《三峡》：选自《水经注 · 江水》。《水经》三卷，是我国古代一部记载全国河流水道的地理书。《新唐书 · 艺文志》记为汉桑钦作，一作郭璞。清代学者考证为三国时人作。原书极为简略，北魏郦道元为之作注，合成四十卷。2. 郦道元(? —公元527年?),字善长,北魏范阳涿鹿(今河北涿县)人。历任州刺史、御史中尉等职。因谗言被遣为关右大使。后为雍州刺史萧宝夤所害。渊博好学,唯有《水经注》传世。3. "三峡":瞿塘峡(即广溪峡)、巫峡、西陵峡的合称。4. "自非"二句:"亭午",正午;"夜分",夜半;"曦",日光,此指太阳。5. "襄":上,此指漫上。"陵":山岗。说明夏季水位高涨。6. "有时"二句:"白帝",城名,今四川省奉节县东北;"江陵",今湖北省江陵县。7. "素":白色。"湍":急流。8. "绝":指最高处。"巘(yàn)":山峰。9. "属引":连续不断。10. "巴东":东汉郡名,治所在今四川省奉节县。

本篇选自郦道元《水经注》,记叙了长江三峡雄伟秀丽的奇景,表现了作者崇尚自然、热爱山水的高雅情怀,具有较高的审美价值。

人本来是自然的一部分,但随着人类文明的进化,人与自然的关系也就愈来愈远。魏晋南北朝时期,社会思潮的变化,使人们重新感觉到自然的亲切。他们不仅投身自然,从中吸纳清新的空气,而且还诉诸笔端,用文字来表述自己对自然的感受。本篇即是这样的作品,作者先从总体入手,写出三峡整体的和谐之美。七百里略无阙处的连山。"自非亭午夜分,不见曦月",把人带入一个气势磅礴,雄浑开阔的境界之中。接下来,则以四季变化为线,写出各季的美感特征。夏季是一个疯狂的季节，其时水势猛涨，水流飞速，造成了交通的阻断，然而也造就了壮美的奇景。在王命急宣的特殊情况下，小舟飞流直下，“朝发白帝，暮到江陵”，“虽乘奔御风，不以疾也”。奔腾险峻的水势，先声夺人，把人们带入雄奇壮美的审美愉悦之中。春冬是温柔的季节，水退潭清，风景秀丽。俯而视之，江水波光粼粼，深潭里景物重重，动静相杂，色彩互异，相映成趣，堪称隽逸；山泉瀑布冲荡在绝巘怪柏之间，它与江水的汹涌奔腾不同，而是自空而降，飘忽而下，与背景相衬，更觉神奇。山静、泉飞、柏怪、水奇，静中有动，声色纷沓，山水相配，构成一幅挺拔超脱的图画。它与俯视之景意趣不同而又相映成辉，表现出暮冬之季三峡的秀美之姿。秋天是一个肃杀的季节，水枯气寒，猿鸣凄凉，林涧之间，清冷肃穆。此时既无江水喧腾，亦不见草木争荣，而是充满了凄清肃杀的气氛。几声山猿的长啸，“空谷传响，哀转久绝”，更使人体味到秋季三峡的哀婉萧瑟之美。于是，人的疯狂，人的温柔，人的感伤，在自然那里都得到了通体与和谐的诠释与验证。人，重新与自然进入两冥之境。

全篇结构严谨，布局巧妙，浑然一体，尤其作者对山水的描摹更见功力。首先，作者采用先大而小，先总后分的办法，按季节分层次，写得起迄分明，各具特色。其次，善于选取富有特征的事物，寥寥几笔，使境界全出，读者恍如身临其境。再次，作者运笔富于变化，有正面落墨，有侧面烘托，有粗线勾勒，有工笔细描，有明言直写，有隐喻暗示，有全景鸟瞰，有特写镜头，有仰观远景，有俯察近物，有绘形写貌，有摹声录音，有自己立言，有由人代语。文只几百字，却概括千余里，包容四季，收纳山水草木，罗入清猿怪柏，可谓片言敌万语，尺素罗千里，出色地表现了将物我合而为一的艺术匠心。

秋日登洪府滕王阁饯别序[1]

王勃[2]

豫章故郡，洪都新府[3]。星分翼轸[4]，地接衡庐[5]。襟三江而带五湖，控蛮荆而引瓯越[6]。物华天宝，龙光射牛斗之墟[7]；人杰地灵，徐孺下陈蕃之榻[8]。雄州雾列，俊采星驰[9]。台隍枕夷夏之交，宾主尽东南之美[10]。都督阎公之雅望，棨戟遥临[11]；宇文新州之懿范，襜帷暂驻[12]。十旬休假[13]，胜友如云；千里逢迎，高朋满坐。腾蛟起凤，孟学士之词宗[14]；紫电青霜，王将军之武库[15]。家君作宰，路出名区[16]；童子何知，躬逢胜饯[17]。

时维九月，序属三秋[18]。潦水[19]尽而寒潭清，烟光凝而暮山紫。俨骖騑于上路，访风景于崇阿[20]。临帝子之长洲，得天人之旧馆[21]。层台耸翠，上出重霄；飞阁翔丹，下临无地[22]。鹤汀凫渚，穷岛屿之萦回；桂殿兰宫，即冈峦之体势[23]。

披绣闼，俯雕甍[24]。山原旷其盈视，川泽纡其骇瞩[25]。闾阎扑地，钟鸣鼎食之家[26]；舸舰迷津，青雀黄龙之舳[27]。云销雨霁，彩彻区明[28]。落霞与孤鹜齐飞，秋水共长天一色[29]。渔舟唱晚，响穷彭蠡之滨[30]；雁阵惊寒，声断衡阳之浦[31]。

遥襟甫畅，逸兴遄飞[32]。爽籁发而清风生，纤歌凝而白云遏[33]。睢园绿竹，气凌彭泽之樽；邺水朱华，光照临川之笔[34]。四美具，二难并[35]。穷睇眄于中天，极娱游于暇日[36]。天高地迥，觉宇宙之无穷；兴尽悲来，识盈虚之有数[37]。望长安于日下，目吴会于云间[38]。地势极而南溟深，天柱高而北辰远[39]。关山难越，谁悲失路之人；沟水相逢，尽是他乡之客[40]。怀帝阍而不见，奉宣室以何年[41]？

嗟乎！时运不齐，命途多舛[42]。冯唐易老，李广难封[43]。屈贾谊于长沙，非无圣主；窜梁鸿于海曲，岂乏明时[44]？所赖君子见机，达人知命[45]。老当益壮，宁移白首之心；穷且益坚，不坠青云之志[46]。酌贪泉而觉爽，处涸辙而犹欢[47]。北海虽赊，扶摇可接[48]。东隅已逝，桑榆非晚[49]。孟尝高洁，空怀报国之情[50]；阮籍猖狂，岂效穷途之哭[51]！

勃，三尺微命，一介书生[52]。无路请缨，等终军之弱冠[53]；有怀投笔，爱宗悫之长风[54]。舍簪笏于百龄，奉晨昏于万里[55]。非谢家之宝树，接孟氏之芳邻[56]。他日趋庭，叨陪鲤对[57]；今兹捧袂，喜托龙门[58]。杨意不逢，抚凌云而自惜[59]；钟期既遇，奏流水以何惭[60]！

鸣呼！胜地不常，盛筵难再[61]。兰亭已矣，梓泽丘墟[62]。临别赠言，幸承恩于伟饯[63]；登高作赋，是所望于群公[64]。敢竭鄙怀，恭疏短引[65]。一言均赋，四韵俱成[66]。请洒潘江，各倾陆海云尔[67]。

【注释】

1.《秋日登洪府滕王阁饯别序》：选自《王子安集》卷五。“洪府”，即今江西省南昌市。“滕王”，唐高祖李渊第二十二子，名元婴，贞观十三年（公元639年）受封为滕王，做过洪州都督，在那里建一巨阁，世称“滕王阁”。唐高宗上元二年（公元675年），作者往交趾（今越南北部地）省父，路过洪州，当场写下这篇序文。一般简称《滕王阁序》。2.王勃（公元649—676年），字子安，绛州龙门县（今山西稷山）人。史称王勃六岁能文，不到二十岁即应举及第。唐上元二年，王勃往交趾省父，十一月过海时落水而死，也就是作这篇序文之后的几个月。王勃与同时的杨炯、卢照邻、骆宾王并称“初唐四杰”，著有《王子安集》。3.“豫章”二句：“豫章”，一作南昌，郡治在今江西南昌县。隋称豫章郡，所以说“故郡”；唐代改为洪州都督府，所以说“新府”。4.“星分翼轸”：星空的分野属于翼轸。古人把天上星宿位置和地上几个大区域相对应，称“分野”。“翼”“轸”，都是星宿名，其分野相应地上的吴和楚的地区。豫章郡古属楚地，当翼、轸二星的分野。5.“地接衡庐”：州境连接衡山和庐山。“衡”，衡山，在湖南省;“庐”,庐山,在江西省。6.“襟三江”二句:“襟”,衣襟,用为动词,面对;“三江”,即松江、娄江、东江;“带”,腰带,用为动词,围绕;“五湖”,即太湖、鄱阳湖、青草湖、丹阳湖、洞庭湖;“蛮荆”,荆,先秦时楚地,后因开化较晚,称“南蛮”,即今湖北、湖南地区;“瓯越”,即东瓯,今浙江省部分地区。这两句是说,豫章地方冲要,面对三江,围绕五湖,控制楚地,接引东瓯。7.“物华”二句:“物华”,物有光华;“天宝”,天之宝物。这里指江西丰城地下曾发现古剑的故事。相传晋代张华,见斗、牛二星之间有紫气,后使雷焕于丰城狱中掘地得二剑,一名龙泉,一名太阿。“龙光”,即指宝剑的光芒;“墟”,地区。这两句是说,这里物产的华美,有如天降之宝,其光彩上冲牛斗之宿。8.“人杰”二句:“人杰”,人物杰出;“地灵”,地有灵气;“徐稚”,字孺子,豫章人,后汉时高士;“陈蕃”,字仲举,后汉汝南人,志操高洁,曾为豫章太守,累拜至太尉。这两句是说,这里的土地有灵秀之气,因而生出的人也特别杰出。9.“雄州”二句:“雄州”,雄伟的州;“雾列”,像雾那样聚集;“俊采”,指英俊有文采的人,一说,采同“寀”;“星驰”,像群星那样奔驰。这两句是说,豫章郡中富庶的州县很多,人文也很兴盛。10.“台隍”二句:“台”,指楼阁的台基;“隍”,无水的护城壕,这里指城池;“夷”,古代对非中原地区和人民的概称,这里指荆楚地区;“夏”,指中原地区;“宾主”,指这次宴会的客人和主人;“东南之美”,东南地区的杰出人才。这两句是说,洪州城正跨着中原和吴越的交界处,来赴宴会的都是东南地区的杰出人才。11.“都督”二句:“都督”,指当时的洪州都督姓阎,名字无可考;“雅望”,美好的声名;“棨戟”,古代官吏出行时作前导的一种仪仗;“遥临”,从远处来临。12.“宇文”二句:“新州”,唐郡名，今广东省新兴县；“宇文”，复姓，这时的宾客有新州刺史姓宇文的，名字不可考，或指为宇文峤，不确；“懿范”，美好的典范；“襜帷”，车帷，代指所乘的车；“暂驻”，短暂停留，因为他到新州去路过洪州。13.“十旬休假”：每十天为一旬。唐代制度，每旬休假一天。这里本是说在十天休假的日子，应是“一旬”或“十日”，“十旬”可能是作者笔误。14.“腾蛟”二句：“腾蛟起凤”，比喻才华富盛，如凤蛟之腾起；“词宗”，文词的宗主，文章的祖师。15.“紫电”二句：“紫电”，宝剑名；“青霜”，形容兵刃的锋利；“王将军”，坐上客人之一，名字不详；“武库”，兵器库，这里比喻胸中韬略，此喻王将军富于谋略，与上句“词宗”相当。16.“家君”二句：“家君”，谦称父亲；“作宰”，做邑宰，即做县令；“路出”，路经，从长安到交趾要经过洪府；“名区”，著名的地区。17.“童子”二句：“童子”，作者自称，对上句“家君”而言，又在坐的多是他的长辈，所以用自谦之词，有人误认为作者这时年十四岁，不确；“躬逢”，亲逢；“胜饯”，盛大的饯别宴会。18.“时维”二句：“九月”，当是“九日”之误。夏历九月九日，称为“重阳”，是古风俗中“登高”的日子；“序”，指春夏秋冬的节气次序；“三秋”，秋天三个月，九月是第三个月，称为“三秋”，又称“九秋”。上句如说九月，下句又说三秋，便成重复。19.“潦水”：雨后的积水。20.“俨骖騑”二句：“俨”，同“严”，整顿；“骖”“騑”，古代驾车用四匹马，车前一条辕，靠近辕左右的两匹，叫做服马，靠近服马的左右两匹，叫做骖，也叫做騑；“上路”，指大路；“崇”，高；“阿”，山坡。21.“临帝子”二句：“临”，到；“帝子”，指滕王李元婴；“长洲”，古苑名，这里指滕王阁所在高地；“天人”，等于说贵族，仍指元婴，因他是太宗之弟。22.“层台”四句：“耸翠”，指层台上青绿的装饰物高耸天空;“飞阁”,架空建筑的阁道;“翔丹”,指阁道上红色的装饰物如在空中飞翔;“无地”,几乎看不到地。23.“鹤汀凫渚”四句:“汀”,水边陆地;“渚”,水中小洲;“萦回”,回环萦绕;“桂”“兰”,这里都是形容宫殿的华丽;“体势”,指冈峦高低长短的形状。这四句是说,鹤凫止息的沙洲,极尽岛屿萦绕回环的景象;华美的宫殿,体势如高低起伏的山冈。24.“披绣闼”二句:“披”,开;“闼”,门;“绣闼”,锦绣装饰的门窗;“甍”,屋脊;“雕甍”,雕镂华丽的屋脊。25.“山原”二句:“旷”,指广阔;“盈视”,满眼;“纡”,曲折,一作“盱”,张目;“骇”,惊奇;“瞩”,注视;“骇瞩”,看来惊奇。这两句是说,放眼望去,山原辽阔,尽入眼底;川泽纡曲,使人看了惊骇。26.“闾阎”二句:“闾阎”,街道房屋;“扑地”,满地,鲍照《芜城赋》有“廛闬扑地”;“鼎”,古代盛食品的高贵容器;“钟鸣鼎食”,鸣钟列鼎而食,形容贵族官僚的豪华生活。27.“舸舰”二句:“舸”“舰”,都是大船;“迷津”,使停泊的地方都迷乱了,言船只拥挤;“迷”,一作“弥”,塞满的意思;“青雀”“黄龙”,指大船上的装饰图形;“舳”,船后的柂,这里代指船。28.“云销”二句:“云”,一本作“虹”;“彩”,指空中的各种色彩;“彻”,通彻上下;“区”,指天衢,即宇宙;“明”,明朗;“区明”,一本作“云衢”,即天空。29.“落霞”二句:“鹜”,野鸭。此二句用语本于庾信《马射赋》“落花与芝盖齐飞,杨柳共青旗一色”。30.“渔舟”二句:“唱晚”,傍晚时的歌唱;“响”,指歌声;“彭蠡”,湖名,即今鄱阳湖,在江西省。31.“雁阵”二句:“雁阵”,雁飞时形成的阵势;“惊寒”,雁是候鸟,天寒冷时即从北往南飞;“声断”,是说雁叫的声音到那里就断了;“衡阳”,县名,即今湖南衡阳县,衡山所在地,衡山有回雁峰;“浦”,水边。传说雁飞到衡阳的水边，就不再往南飞了。32.“遥襟”二句：“遥襟”，旷远的胸怀；“襟”，一本作“吟”；“甫畅”，刚刚舒畅；“逸兴”，超逸的意兴；“遄飞”，迅速地飞起。33.“爽籁”二句：“爽”，参差不齐；“爽籁”，这里指箫管之属；“纤歌”，娇柔的歌声；“白云遏”，白云止而不行。34.“睢园”四句：“睢园”，即汉代梁孝王（刘武）在睢阳的菟园。这里用睢园绿竹，以形容滕王阁的景色。“凌”，胜。“彭泽”，指陶渊明。陶渊明曾为彭泽令，故称。“邺水”，指邺郡，今河南省临漳县，曹操有园池在此。“朱华”，芙蓉。“临川”，指谢灵运。谢灵运曾任临川太守，故称。这四句是说，滕王阁下有像睢园所有的那样的绿竹，它的蓊郁之气，可以助长滕王阁座上的像陶渊明那样的客人的酒兴；滕王阁下又有像邺水所有的那样的荷花，它的绚丽光彩，可以激发滕王阁座上的像谢灵运那样客人的诗情。35.“四美”二句：“四美”，谢灵运《拟魏太子邺中集序》“天下良辰、美景、赏心、乐事，四者难并”。“二难”，指贤主和嘉宾。36.“穷睇眄”二句：“睇眄”，极目而视；“中天”，天的中心，即指天的最高处；“极”，尽；“游娱”，游览娱乐；“暇日”，闲暇的假日。37.“盈虚”：即盈亏，指宇宙间的事物，有满有亏，有盛有衰。“有数”：有一定的气数、规律。38.“望长安”二句：“目”，动词，遥望；“吴会”，吴和会稽，本是两个地名，尝被合称吴会。39.“地势”二句：“南溟”，即南海；“北辰”，北极星。以上四句分写西、东、南、北，总言天地之寥阔，人生道路之辽远，以引起下文“关山难越”的感慨。40.“沟水”二句：这两句是说，宴会中的人，都是来自各方，也是暂聚即散的。41.“怀帝阍”二句：“怀”，怀念；“帝阍”，本指天帝的守门者，这里借指皇帝所居的地方；“奉”，这里指侍奉；“宣室”，汉代未央宫前殿一个宫室名，汉文帝曾在这里接见贾谊。这两句是说，怀念朝廷而不可能见到，不知什么时候才能像贾谊那样被召见于宣室。42.“舛(chuǎn)”:相背。43.“冯唐”二句:“冯唐”，西汉安陵人，曾为郎中，文帝见而问之曰“父老，何自为郎?”冯唐如实对答，即派他做车骑都尉，景帝时派他为楚国相，后免官。武帝时求贤良，冯唐被推荐，但已九十余岁，不能任职。“李广”，汉武帝时名将，屡立战功，但终未获得封侯。44.“屈贾谊”四句:“贾谊”，在汉文帝时，贾谊曾提出过许多有关国政的建议，但都未被采纳，后被灌绛诸臣所排挤，出为长沙王太傅;“圣主”，圣明之主;“窜”，逃;“梁鸿”，后汉章帝时人，曾隐居于霸陵山中，后过京师时，曾作《五噫》之歌，章帝听到后很不满，四处找他，于是他又逃到齐鲁之间;“海曲”，指齐鲁一带滨海的地方;“明时”，政治清明的时代。作者通过以上四人的遭遇，说明贤能的人在好皇帝的统治下，也难免有不幸的遭遇。45.“所赖”二句:“见机”，看到细微的预兆;“达人”，通达的人。46.“青云之志”:谓清高出俗，蔑弃功名利禄的志向。47.“酌贪泉”二句:意为有德行的人，不论处在什么恶劣的环境，都不会改变自己的操守。48.“北海”二句:“北海”，北溟;“赊”，远。这两句说，北海虽远，乘风可到。49.东隅”二句:“东隅”，指日出处;“桑榆”，指日落处。日出日落，表示一天的早晚。这两句是说，早年虽然失意，晚年还可有所作为。50.“孟尝”二句:“孟尝”，字伯周，后汉时的循吏，曾做县令、郡守，任合浦太守时，著有政绩，后辞官隐居;“高洁”，指他虽有报国之心，但不肯迁就做官。51.“阮籍”二句:“阮籍”，晋诗人，字嗣宗，“竹林七贤”之一，任性不羁，常常驾车出门，任凭马走，不由道路，走不通时，就恸哭而返。以上四句是说，自己就像孟尝一样，虽不受皇帝重视，但仍怀着报效国家的志愿而不改；决不像阮籍那样疯疯颠颠地去哭路穷。52."三尺"二句："三尺微命"，即指绅长三尺，只受一命的微小官吏。一说三尺，指法律，汉代写法律的竹简长三尺，所以称为"三尺法"。王勃曾因杀官奴犯法遇赦，所以说犯过三尺法的微小性命。"一介"，即孤单一个。53."无路"二句："等"，等于；"终军"，字子云，济南人，武帝时为谏议大夫；"缨"，绳子，后遂用请缨指投军报国。终军死时年二十余。古代年二十岁称为弱冠。这两句是说，自己已是像终军那样的弱冠之年，却无请缨报国的机会。54."有怀"二句："投笔"，以投笔从戎比喻弃文就武；"宗悫"，字元斡，南朝宋南阳人。这两句是说，自己有投笔从戎的胸怀，敬慕宗悫那样乘风破浪的志向。55."舍簪笏"二句："舍"，舍掉；"簪"，戴冠时所插的簪；"笏"，官员上朝时所用的象牙笏板；"簪""笏"，这里代指官职；"百龄"，如同说"一辈子""一生"；"晨昏"，指晨省昏定；"万里"，指到交趾的路途。这两句是说，为了侍奉父母，甘心舍去一生的做官前程。56."非谢家"二句：这两句是说，自己虽然没有谢家子弟那样的门第与材质，却受过孟轲的邻居那样的好环境的影响。57."他日"二句："他日"，指到交趾后；"趋庭"，快步走过庭前；"叨"，叨光，谦辞；"叨陪"，犹言幸同，幸从；"鲤"，指孔鲤，孔子之子；"鲤对"，用孔鲤趋庭应对的故事。这两句是说，自己见到父亲后，也将像孔鲤那样承受父亲的教诲。58."今兹"二句："今兹"，今天，现在；"捧袂"，手提衣襟，坐在席上，表示恭敬的样子；"喜"，自喜，自幸；"托"，托足，登；"龙门"，在今山西省河津县西北，陕西省韩城县东北。两岸夹山，形如门阙，黄河从中流过，水险流急，不易攀登。古代传说，鱼鳖之类如能游过龙门，就可变化为龙。东汉李膺，声名极高，有受到他接待的人，称为登龙门，后遂以登龙门比喻得到名人的援引而提高声望。这两句是说，自己得受阎都督的招待，可比登龙门。59. “杨意”二句：“杨意”，即杨得意，西汉武帝时人。汉武帝读《子虚赋》很满意，想见这赋的作者。狗监（为皇帝养狗的官）杨得意在旁说这赋是司马相如所作。于是相如被召见。相如又呈献《大人赋》。60. “钟期”二句：“钟期”，古代知音的人。以上四句是说，如果碰不上杨得意那种讲朋友之义的人，那么写出绝妙的赋来也是可惜的；如果遇到钟子期那样的知音者，我为他赋诗作文，那有什么可惭愧呢？61. “胜地”二句：“胜地”，指滕王阁；“不常”，不是常有的；“盛筵”，指这次宴会；“难再”，不易再有的。62. 兰亭”二句：“兰亭”，在今浙江省绍兴市西南，地名兰渚，有亭曰兰亭。晋代王羲之曾会同当时贵族于上巳日在此宴集，并作有著名的《兰亭集序》。“已矣”，完了。“梓泽”，地名，在今河南省洛阳市西北，晋代贵族石崇的金谷园就在这里，石崇常和附从他的一帮文人在此宴集。“丘墟”，废墟。这两句是说，兰亭盛宴已成往事，金谷园也成为废墟。63. “临别”二句：“赠言”，赠以良言，以示期望和勉励；“承恩”，作者指自己承主人的招待；“伟饯”，盛大的饯别宴会。64. “登高”二句：“群公”，指在坐的宾主。65. “敢竭”二句：“竭”，竭尽；“鄙怀”，作者自谦鄙陋的思想；“怀”，一本作“诚”；“恭疏”，恭敬地写出；“短引”，短小的引言，即指此序。66. “一言”二句：“四韵俱成”，大家都作八句诗（每二句为一韵）。这两句是说，主人发出一句倡议，请大家都作一首四韵诗。67. “请洒”二句：“潘”，指潘岳；“陆”，指陆机。两人皆晋朝人。这两句是说，请尽情地抒发文才，写作诗赋。

滕王阁号称江南三大名楼之一，与洞庭岳阳楼、武昌黄鹤楼齐名。滕王阁始建于唐永徽四年（公元653年），迄今已有一千三百余年，竟被毁二十八次。1985年重阳节动工重建，历四年完工，这是第二十九次重建。

滕王阁名震华夏，不在于其金碧辉煌，而在于其诗情画意。正因为这样，滕王阁是一个“文化阁”。韩愈有《新修滕王阁记》，自居易、杜牧、王安石、文天祥、朱熹、辛弃疾、汤显祖等文人骚客，为滕王阁写下雄文百篇，名诗千首。然而，在众多名篇中，王勃的《滕王阁序》则是文中之冠。

《滕王阁序》是王勃的代表作，它之所以脍炙人口，首先是因为作者的才思横溢和风格的绵丽高华。然而，关于其写作经过的传奇性，也算是它享有盛誉的小小原因。

从不同角度和各个时代读者都看到了《滕王阁序》的生命力。但任何艺术品都是由“人”这个最能体现生命力的生命体创作的，任何得以流传、于世有益的艺术品也都有它自身的生命力。那么《滕王阁序》的生命力何在？

首先让我们看看这篇文章宏伟的格局。全文可分三大段。第一大段从滕王阁写起。先写时间，后写空间。时间从月令到秋光，空间则从有关阁的历史传闻到阁的地理形势；而形势是为重点，包括了近景与远景。就近景言，既有室内，又有室外；就远景言，包括市容和江景。第二大段正面展开阁中雅集的铺写，从盛宴引起人们的兴会开始，包括管弦、歌声、美酒、佳文等四方面。但下面，笔势陡然一转，由兴会转入牢愁，包括有关长安远阻的怅望、远途探亲的间关之感、古今名贤同具坎坷命运等三层意象，抒发了作者自身拂逆的郁塞之气。段末并没有终止于低沉情调之中，而是一转而为奋发昂扬，以不负明时勉励自己。最后第三大段，是总结作者生平素愿和表明临别赠言深情的结语。这一气象恢宏的格局，主要是凭借王勃的两种精妙的手法：一是从不同方位来写同一景物。比如同是写南昌疆域，既从“豫章”的“故都”着笔，又从“洪都”的“新府”落墨。同写阁的高耸，既就其“上出”而仰观，又就其“下临”而俯视，再从“纤歌”的声乐来点染……这种既同而又不同的写法，大大开拓了读者的审美天地，扩大了描写对象的内容，也使得情景在不同关系、不同角度、视点的转换中，表现出多彩的生活特点。二是通过情景正反相比形成对衬，使得人事人情、风土风物，由于相反相成，显示它们的复杂关系。比如，由今昔而构成正反，如嗟叹自己的“时运不齐，命运多舛”，是今；下面转为列举冯唐、李广等，却又是昔。有的是先后描绘出两种矛盾的心态，反映自己情绪的波澜起伏，如原来是“逸兴遄飞”，后来却转为“兴尽悲来”……总之，各种方位、各种层次之间的正反相形，大大加强了文章的波澜，提高了艺术的表现力。

散文的语言似乎比小说多几分浓密和雕饰，而又比诗歌多几分清淡和自然。它应是简洁而又潇洒，朴素而又优美，自然中透着情韵。《滕王阁序》正是如此，这篇骈文尽管词藻华美，用典繁富，但作者的凌云健笔，控纵自如，气势奔放，意境澄澈，似清潭见底，所以给人的印象是清词丽句、晶莹剔透，决无“采滥辞诡”之弊。比如已成为后世警句的“老当益壮，宁移白首之心？穷且益坚，不坠青云之志”，就是不假雕饰而真情自然流露的典范之句；至于“渔舟唱晚，响穷彭蠡之滨；雁阵惊寒，声断衡阳之浦”，这又是那种怀着不与俗伍的心情所体验的萧散凄瑟的景物的外显。至于“落霞与孤鹜齐飞，秋水共长天一色”，更是千古名句。关于这一点，传说甚多，虽有的是出于小说家言，但这两句华美的辞章却是有目共睹的。试看，“落霞”自高而低；“孤鹜”横空而飞；“秋水”“长空”分明是清丽景物；“一色”暗示了青青蒙蒙，融成一体。这是一幅具有旷远的背景，在水天一色的一片青碧之中点缀以红霞白露，色彩明丽的画面。在审美风格上，它静中寓动，刚而能润，壮优兼美。

《滕王阁序》是骈体文，文中四字为一语、六字为一语的很多，前后语句完全对偶，还讲究字的平仄关系，所以读起来声调非常和谐。

吊古战场文[1]

李华[2]

浩浩乎平沙无垠，夐[3]不见人。河水萦带，群山纠纷。黯兮惨悴，风悲日曛[4]。蓬断草枯，凛若霜晨。鸟飞不下，兽铤亡群。亭长[5]告余曰："此古战场也。常覆三军。往往鬼哭，天阴则闻。"伤心哉！秦欤？汉欤？将近代欤？

吾闻夫齐魏徭戍，荆韩召募[6]。万里奔走，连年暴露。沙草晨牧，河冰夜渡。地阔天长，不知归路。寄身锋刃，腷臆[7]谁诉？秦汉而还，多事四夷。中州耗斁[8]，无世无之。古称戎夏，不抗王师。文教失宣，武臣用奇[9]。奇兵有异于仁义，王道迂阔而莫为。呜呼噫嘻！

吾想夫北风振漠，胡兵伺便。主将骄敌，期门受战[10]。野竖旄旗，川回组练。法重心骇，威尊命贱[11]。利镞穿骨，惊沙入面。主客相搏，山川震眩。声析江河，势崩雷电。至若穷阴凝闭，凛冽海隅；积雪没胫，坚冰在须；鸷鸟休巢，征马踟蹰；缯纩无温，堕指裂肤。当此苦寒，天假强胡，凭陵杀气，以相剪屠。径截辎重，横攻士卒。都尉新降，将军覆没。尸填巨港之岸，血满长城之窟。无贵无贱，同为枯骨。可胜言哉！鼓衰兮力尽，矢竭兮弦绝，白刃交兮宝刀折，两军蹙兮生死决。降矣哉！终身夷狄。战矣哉！骨暴沙砾。鸟无声兮山寂寂，夜正长兮风淅淅。魂魄结兮天沉沉，鬼神聚兮云幂幂[12]。日光寒兮草短，月色苦兮霜白，伤心惨目，有如是耶！

吾闻之：牧用赵卒，大破林胡，开地千里，遁逃匈奴。汉倾天下，财殚力痡。任人而已，其在多乎？周逐猃狁，北至太原，既城朔方，全师而还。饮至策勋，和乐且闲，穆穆棣棣，君臣之间。秦起长城，竟海为关，荼毒生灵，万里朱殷[13]。汉击匈奴，虽得阴山，枕骸遍野，功不补患。

苍苍蒸民[14]，谁无父母？提携捧负，畏其不寿。谁无兄弟，如足如手？谁无夫妇，如宾如友？生也何恩？杀也何咎？其存其没，家莫闻知。人或有言，将信将疑，悁悁[15]心目，寝寐见之。布奠倾觞[16]，哭望天涯。天地为愁，草木凄悲。吊祭不至，精魂何依？必有凶年，人其流离。呜呼噫嘻！时耶？命耶？从古如斯。为之奈何？守在四夷。

【注释】

1.《吊古战场文》:选自《李遐叔文集》。作者主张宣文教、施仁义、行王道以统一天下,因此吊古战场实为说明战争之酷烈。2.李华(约公元715—约774年),字遐叔,唐赞皇(今河北赞皇)人。少旷达,后擢进士弘辞科。天宝间官至监察御史,秉公执政,为权佞所嫉,后去官隐山阳。他是古文运动的先驱者,著有《李遐叔文集》。3.“夐(xiòng)”:远。4.“曛”:昏黄。5.“亭长”:秦汉制度,十里一亭,设亭长,掌捕劾盗贼。唐代亭长是地方上掌管治安与传达禁令的小官吏。6.“徭”:劳役。“戍”:守边。“荆”:楚国。齐、魏、楚、韩都是战国时大国,这里泛指战国时代。“召募”:指招募兵士。7.“腷臆(bì yì)”:哀愤忧闷的心情。8.“耗斁(dù)”:遭受损害。9.“文教”:指古代用以统治、教化的礼乐典章制度。“失宣”:没有得到提倡。“奇”:指奇诡之计。10.“期门”:指军营的门口。接上句是说,因主将骄傲,敌人直接袭击到军营门前。11.“法重心骇,威尊命贱”:这句是说,军法严峻,战士们心魂震慑,难顾生死。12.“幂幂”:阴森惨淡。13.“万里朱殷”:这句说,秦代修建长城,直到海边,残害百姓,血染万里。14.“苍苍”:盛多的样子。“蒸”:众多。15.“悁悁”:忧闷的样子。16.“布奠倾觞”:陈列祭品,洒酒祭奠。

本文的写作时间,据有关材料推断,大致应在唐玄宗天宝末年,“安史之乱”的前夕。此际李华有过“奉使朔方”的经历,曾“北至垂朔,驻车山阴”,文章的产生当离不开这个背景。

从内容来看,全文似可划分为三个有机组成部分。第一部分是文章的首段,作者的笔触上来就把读者带进一个空旷的境地,把一方人迹鲜至的边陲荒野毫无掩饰地展示在人们的面前:茫茫的大漠,悲号的狂风,惨淡的日光,飘旋的飞蓬,更有那河水呜咽如泣,群峰幽怪峥嵘。飞鸟至此盘旋不敢落脚,野兽来这里也惊恐万般,四散逃命。这里就是千百年来发生过无数次拼死格斗的古战场呵!寥寥数笔,既勾勒出了这古战场纯客观的景象,也描写了活动在这里的自然界生灵。尤其是巧妙借用有生命的飞禽走兽来反衬古战场的沉寂可怖,益发显示出了它的悲凉凄清。字里行间充满着令人压抑不安的凝重气氛,这无疑会引起读者的强烈共鸣。

接下来几节文字是文章的第二部分。作者因凭吊古战场旧地而思绪难平,回顾了自古以来连绵不断的战乱边患,并借助于联翩的浮想,淋漓尽致地描摹了发生在古战场的那一幕幕悲壮历史画面,极言战争之残酷,之惨烈。于是随着作者的述说,我们似乎看到了在那无休无止的戍边生涯中,去家万里的士卒们无望凯旋却又不得不一次次与敌人刀枪搏击的悲壮情景,似乎目睹了在那朔风凛冽的严冬季节,进犯的敌兵与中原军队直杀得天翻地覆的浴血场面。尸横遍野,血流成川。将军士卒不分贵贱一起变成沙场白骨,那殷红的血水几把长城洞窟灌满。这一切是何等的悲壮,又是多么的惨不忍言!作者还进而具体探究了历代边塞战争不断的原因,他认为这主要是秦汉以来封建帝王重武轻文，放弃教化，相互以偷袭攻杀为能事，从而造成了千百年间中原与四方各民族的连绵战争场面。

文章自“吾闻之”以下为第三部分内容。作者在从正反两方面总结千百年来的历史经验教训的基础上，明确指出只有提倡文教、施行仁义、用将唯贤、“守在四夷”，才是正确的国策。他希望彻底结束古往今来连绵不断的边患战乱，让以往已经战死疆场的孤魂野鬼有所归依；让现在和未来更多的人子丈夫不再抛骨于大漠荒野，而得以享受家庭团圆之乐，侍奉于父母双亲面前。与前文极尽描述边塞战争之惨烈相比，这最后一段文字写得入情入理，声情并茂，动人心弦，感人至深。

李华作《吊古战场文》是有感而发的。天宝末，正是唐王朝由繁盛顶点走向急剧衰落的转折时期。玄宗皇帝“深居禁中，专以声色自娱”，朝廷中奸佞当道，政治腐败，统治集团又好大喜功，极力扩张军队，以备边为名行开疆拓土之实，进一步加深了人民的苦难。这种祸国殃民的黩武行为，在杜甫等人诗作中曾有过深刻而形象的反映。李华当时在河南府治下为地方官，对这一切自然是会亲眼目睹的。加之天宝末他以监察御使身份出使朔方，既看到了北方古战场的“伤心惨目”景象，又了解到边将骄奢的现状，这更会加深他对守边士卒和穷苦百姓的同情，对国家命运的忧虑。故而在《吊古战场文》中，作者的同情和忧虑是交织在一起的。他反复渲染古战场的愁惨悲凉，描绘战争场面的惊心动魄，揭示守边将士难以逃脱阵亡的命运，抒发家人无穷无尽的哀思，其目的都是为了批判统治集团穷兵黩武的政策，反对以开拓疆土为名的不义战争。从此意义来说，李华此文与杜甫的《兵车行》《出塞》等名作有着相似的思想意义和社会价值，堪称是一篇以吊古为名而行讽谏之实的力作。

就文学格式来说，吊文一般应是吊人。李华的《吊古战场文》看似吊古战场，实际上也是吊人，是为祭吊那千千万万战死疆场而未能留下姓名的戍边将士而作的。文章声调凄楚低沉，给人以愁惨压抑之感，这是为作者当时的思想感情所决定的，也是本文特殊的内容所决定的。在艺术表现手法上，本文虽然用了六朝以来沿袭已久的骈文形式，但由于它内容上写得情真意切，质朴感人，故而已完全摆脱了那种虚徒华表、空洞无聊的形式主义浮靡文风，而初具唐代古文的气势。后人每称李华为古文运动之先驱，此文正有助于说明这个问题。从句式看，全篇音韵和谐，语言流畅，行文回环往复，时而凄厉，时而忧郁；笔调哀婉，感情真挚。加之严谨的构思，形象的铺陈，精当的议论，都使《吊古战场文》有着一种不同寻常的艺术感染力量。

送董邵南序[1]

韩愈[2]

燕赵古称多感慨悲歌之士。董生举进士，连不得志于有司[3]，怀抱利器[4]，郁郁适兹土[5]，吾知其必有合也。董生勉乎哉！

夫以子之不遇时，苟慕义彊仁[6]者，皆爱惜焉。矧[7]燕赵之士，出乎其性者哉！然吾尝闻风俗与化移易[8]，吾恶知其今不异于古所云耶[9]？聊以吾子之行卜之也[10]。董生勉乎哉！

吾因子有所感矣。为我吊望诸君[11]之墓；而观于其市，复有昔时屠狗者[12]乎？为我谢曰：明天子在上，可以出而仕矣！

【注释】

1.《送董邵南序》：选自《昌黎先生集》卷二十。“董邵南”，寿州安丰

（今安徽省寿县）人，举进士，不得志。韩愈对董的不得志表示同情，又对他投托藩镇不赞成。2. 韩愈（公元768—824年），字退之，邓州南阳（今河南南阳）人。祖上曾居住昌黎郡（今辽宁义县），后人称他韩昌黎，死后谥为"文"，所以称为韩文公。他是唐代古文运动的主要人物。他的散文的成就在历史上有深远的影响。作品《韩昌黎集》，是他的门人李汉编订的。3. "董生举进士"二句："举进士"，指被乡里贡举，至长安应进士科考试。"有司"，古时设官分职，各有所司，因称官吏为有司，这里指主考官。4. "怀抱利器"：这里指有学识才干。5. "郁郁"：心情烦闷的样子。"适"：往。"兹土"：这个地方，指河北。6. "慕义彊仁"：向慕道义，以仁自勉。"彊"：同"强"，勉强，勉力。7. "矧（shěn）"：何况。8. "化"：教化。"移易"：改变。句意谓我曾听说一个地方的风俗可以因教化而有所改变。9. "恶知"：岂知。这句是说，我哪里知道古代的风俗到今天不发生变化呢？10. "卜"，这里是测验的意思。这句是说，聊且从董生此行测验一下吧！11. "望诸君"：即乐毅，曾为燕国大将，后因被谗，奔赵国，赵封他于观津，号"望诸君"。12. "屠狗者"：指隐于市廛的豪侠之士，如高渐离等。

中唐以后，应举者极多，而所取名额有限，读书人的出路，就成了社会的一个大问题。按说，科举本来是想使"天下英雄入我彀中"，然而由于无法尽取"天下英雄"，反而给统治集团造成难题，那些科场失意的"英雄"，往往就成了自己的对立面。比如，当时士人之应各地藩镇辟召，以在其幕府供职，是普遍的现象。在藩镇与中央政府存在矛盾的情况下，大批士人为藩镇所用,对唐朝廷来说,也就是日益严重的人才损失问题。但各地藩镇积极招徕、网罗科场失意的士人或及第而未授官的进士,却成为失意士人谋求仕进的重要途径。

具体到董邵南要投奔的河北三镇,自安史乱后,长期割据,自立制度,隐然与唐朝中央政府分庭抗礼。不少失意士人投奔到河北三镇任职,就逐渐对唐王朝离心。相传诗人李益到幽州后所作诗,就有类似心情的表露。韩愈的《送董邵南序》,行文虽短,但他提出了当时社会的一个严重问题,揭出河北藩镇对于知识分子的吸引力以及知识分子同这些地方政权相"合"后可能引起的后果。这显然是一个极有政治意义的问题。这篇短文,因其包蕴丰富的时代意义,且具备雄奇的气势而闻名于世。

送下第的士子,大多是慰藉劝勉的。比如柳宗元的《送严公贶下第归兴元觐省诗序》《送元秀才下第东归序》,就是当时较典型的送下第人的写作格局,即以同情的笔调劝慰士子,希望他们修志增艺,再来应试,语气温润和婉,下笔中正闳达。然而比起韩愈的《送董邵南序》不能不说略逊一筹。

《送董邵南序》一开始,就以迅疾错落的文笔给人以不凡的感觉:"燕赵古称多感慨悲歌之士。董生举进士,连不得志于有司,怀抱利器,郁郁适兹土,吾知其必有合也。董生勉乎哉!"开头极简洁又极富感情色彩地叙述了董邵南远行的情况和缘由,跟着说了祝福和勉励的意思。紧接着第二段写了两层意思：一层顺着第一段的"有合"说下来，深入一步，说因为是燕赵，有合就更不成问题。这层意思是宾，是陪衬。接着陡然一转，引出第二层的正面意思，"风俗与化移易"，能否有合尚在不定之中。言外之意是去不去还值得考虑。第三段顺着第二段的"聊以吾子之行卜之"说下来，既委婉又明确地表示了自己的意见。"吊望诸君之墓"是慨叹乐毅生不逢时，以致从燕国逃到赵国；谢屠狗者是表示凡是有才能的人都可以到朝中来效力。这样以古喻今，意思极为明显，像董邵南这样怀抱利器的人，就更应该留在长安，为唐朝的中央政府效力了。韩愈的思想毕竟是忠君尊儒，拥护"大一统"的，所以不愿意董邵南到河北去任职。这篇赠序就是如此委婉地表达了这个意思。然而，从别一视角来观察这篇赠序，它又有了另一层意义：韩愈作为董邵南的朋友，对他科场"连不得志"深表同情，不便明言劝阻，只是委婉曲折地请董邵南赴河北去向那里的志士仁人致意："明天子在上，可以出而仕矣！"这实在等于是对"明天子"的一个讽刺，因为"怀抱利器"的"郁郁"之士们，已经越来越成为他的对抗者了。

从政治上说，《送董邵南序》的确反映出科举制度作为"牢笼"手段的局限：既然无法尽取"天下英雄"，那么，一旦封建统治集团进入衰朽垂亡之时，这些伴随科举制度而产生的愤怨不平的落第士子们，往往成为改朝换代中极为活跃而且能量巨大的分子，这一点在从唐到清的历代王朝兴亡交替中几乎成为规律性现象。由此，我们可以看出，韩愈写《送董邵南序》既表达了自己对董生的慰勉、同情和尽了朋友间善意的规劝之道，同时也隐然地批评了唐王朝“有司”不行仁义，才使得像董邵南这样“怀抱利器”、德才兼备的人远走他乡，其蕴含之深意是希望朝廷励精图治，延揽和珍惜人才，以使其效命国家。韩愈这种深微曲折、含蓄委婉的笔墨，难怪后世读者要感到“妙远不测”了。

韩愈是古文大家，也是杰出的诗人。他的“以文为诗”，在文学史上已有定论；其实，韩愈不仅“以文为诗”，而且还能“以诗为文”。像《送董邵南序》这样一篇蕴藉而精炼的短文中，韩愈竟然把如此复杂的心情用含蓄而不板滞的抒情笔调给以深刻、圆满、缜密地表达，这正是他“以诗为文”在艺术上的高度成就，是他驾驭文字能力最见功力的表现。相传清人姚鼐平时因身体羸弱，很少高声朗诵文章，但当他读韩愈这篇文章时，不禁一改旧习，高声朗读，以音节求神气，“数易而始成声”。事实上，我们今人读此文时也会深切感到，它辞气慷慨，情韵高远，散句中心暗有声调。读来如诗。《送董邵南序》要的正是这种效果。韩愈曾在《答刘正夫书》中指出：写文章“无难易，唯其是尔”。就是说文章的形式没有一定的模式，与文意相适合是唯一的准则。《送董邵南序》可算是他的这一文学观点的具体体现。

师说[1]

韩愈

古之学者必有师。师者,所以传道、受业、解惑[2]也。人非生而知之者,孰能无惑?惑而不从师,其为惑也,终不解矣。

生乎吾前,其闻道[3]也,固先乎吾,吾从而师之;生乎吾后,其闻道也,亦先乎吾,吾从而师之。吾师道也,夫庸知[4]其年之先后生于吾乎?是故无贵无贱,无长无少,道之所存,师之所存也。

嗟乎!师道[5]之不传也久矣,欲人之无惑也难矣。古之圣人,其出人[6]也远矣,犹且从师而问焉;今之众人,其下圣人[7]也,亦远矣,而耻学于师。是故圣益圣,愚益愚。圣人之所以为圣,愚人之所以为愚,其皆出于此乎?

爱其子,择师而教之;于其身也,则耻师焉,惑矣!彼童子之师,授之书而习其句读[8]者也,非吾所谓传其道、解其惑者也。句读之不知，惑之不解，或师焉，或不焉，小学而大遗[9]，吾未见其明也。

巫医乐师百工之人[10]，不耻[11]相师，士大夫之族，曰师、曰弟子云者，则群聚而笑之。问之，则曰："彼与彼，年相若也，道相似也，位卑则足羞，官盛则近谀。"呜呼！师道之不复，可知矣！巫医乐师百工之人，君子不齿，今其智乃反不能及，其可怪也欤！

圣人无常师。孔子师郯子、苌弘、师襄、老聃[12]。郯子之徒，其贤不及孔子。孔子曰："三人行，则必有我师。"是故弟子不必不如师，师不必贤于弟子，闻道有先后，术业有专攻，如是而已。

李氏子蟠，年十七，好古文，六艺经传，皆通习之[13]。不拘于时，学于余。余嘉其能行古道，作《师说》以贻之。

【注释】

1.《师说》：选自《昌黎先生集》卷十二。2."道"：指儒家所宣扬的修身、齐家、治国、平天下之类的学说。"受"，同"授"，传授。"业"，学业。"惑"，疑难。3."闻道"：指懂得圣人之道。4."庸知"：岂知，哪管。5."师道"：指从师学道的风尚。6."出人"：超过常人。7."下圣人"：低于圣人。8."句读"：断句。"读"：亦作"逗"，句中的停顿。9."小学而大遗"：学了小的，而遗漏了大的。10."巫"：旧时以祈神召鬼等迷信活动为职业的人。“乐师”：以歌唱奏乐为职业的人。“百工”：各种工匠。11.“不齿”：不能并列。“齿”：排列，并列。12.“郯子”：郯国（今山东省郯城县）的国君，孔子曾向他请教古代少昊氏“以鸟名官”的问题。“苌弘”：周敬王时的大夫，孔子至周，向他请教过音乐的问题。“师襄”：鲁国的乐师，孔子曾向他学习弹琴。“老聃”：即老子，孔子曾向他问礼。13.“六艺经传”二句：“六艺”，指六经，即《诗》《书》《礼》《乐》《易》《春秋》；“经”，六经之正义；“传”，解释经的著作；“通”，普遍。

前人很重视韩愈的理论文，其实他的理论文，不在于说理说得多么高明，而在于他具有一种蓬勃的气势。这种蓬勃的气势，源于炽热的感情；炽热的感情，源于现实的激发和典籍的陶冶。他的《原道》《原性》《原毁》《论佛骨表》，固然反映了一定的社会现实，也表达了作者分明的爱憎，但与其说是说理精深，倒不如说是“攻势凌厉”。他的抒情性论文，像《伯夷颂》《获麟解》《杂说》一、四之类，不管你同意不同意他的论点，都不能不受它的感染而为它所激动。弱于理、强于气，很有点近于《孟子》。只有《争臣论》以及我们要赏析的这篇《师说》，词明理举，堪称论文之佳作。

柳宗元在几篇文章中论到过韩愈的“师说”。在《答韦中立论师道书》中说：“今之世，不闻有师，有辄哗笑之，以为狂人。独韩愈奋不顾流俗，犯笑侮，收召后学，作《师说》，因抗颜而为师。世果群怪聚骂，指目牵引，而增与为言辞，愈以是得狂名。”在《答严厚舆秀才论为师道书》中说：“今世固不少章句师，仆幸非其人，吾子欲之，其有乐而望吾子者矣。言道、讲古、穷文辞以为师，则固吾属事。仆才能勇敢不如韩退之，故又不为人师。”这里都是说韩愈作《师说》的勇气。在《师友箴·并序》中说：“今之世，为人师者众笑之，举世不师，故道益离。”“不师如之何？吾何以成！”“吾欲从师，可从者谁？借有可从，举世笑之。”这里指出“为人师”要被众人耻笑，但士子不从师学道，如何在学道上有所成就？说明从师之重要，也说明《师说》一文的重要。

从柳宗元的多次论述里，可以看出韩愈作《师说》决非一般论说，是反抗世俗不正确风气、批驳错误的观点、不怕人们耻笑，为建构新的师道而努力，是具有很大的理论勇气的。事实是，唐朝以科举选拔人才，知识分子只有通过读书学文、参加科考才能进入仕途。然而那些世族子弟却凭他们门第高贵、有人在朝即可飞黄腾达。因此他们耻于从师，而且对于收徒传道的人加之以狂名，一时成为风气。韩愈作《师说》正是针对这种风气，反复阐述求学的必要，抨击士大夫骄傲自大、背弃师道的狂妄态度。《师说》的突出特色是文以理为主，理因文而明，笔路自由放恣，且又衢通条贯，突出了中心思想，侃侃而谈，浑灏自然。全篇虽论述从师求学之重要，但作者决不枯燥繁冗地说教，而是在层层递进的论述中抒发感慨，以跌宕之文情来强化盎然之理趣，从而使人们对从师与耻师的孰是孰非，了了分明。“古之学者必有师”，开篇便径言要旨，语气干脆，将“必”字嵌入其间，把从师求学的重要性强调到不容置疑的程度。“必有师”的根据是什么？作者先从“传道、受业、解惑”来概括师的作用，后从“惑而不从师，其为惑也，终不解矣”来肯定师的作用。前后以“必有师”作为联结点。下面谈到怎样从师，为的是使人们既可领悟从师之必要，又能知晓从师的途径。文章围绕从师之道来论述从师的原则，意在说明：学者要能明道，固然要乐于从师，而同时也要赖于师者的能够“传道”。作者用排比句式，反复申明“吾从而师之”，赋议论以感情色彩，可见其与流俗之不容，对邪风之深恶。他还认为：能否堪称师者，不可以出世的先后来衡量，不可以年龄之大小来划线，不可以地位的高低来区分，而要以“道”的有无来决定，也就是说为“道”来求师，所以行文顺流而下，自然推导出令人信服的结论：“无贵无贱，无长无少，道之所存，师之所存也。”这就一扫对于“师”的狭隘观点，开阔了人们的思想视野。

第二段写得更加精彩动人。这一段开始，未说先叹：“嗟乎！师道之不传也久矣！欲人之无惑也难矣。”这两句，乍看似无出奇处，然而一经联系上一段，就显得非常有力，因为文章至此出现了一个转折，使文气掀起了一道波澜，避免了滞涩。这两句往下，作者一连安排了三层对比，对士大夫们不重视师道的愚昧行为进行批评和讽刺，笔端饱含感情。作者唏嘘慨叹，纵横论述，通过感情的过滤，使道理更能为人们所接受。议论性散文，在述理时兼重感情的抒发，尤重文学的感染，否则就失去了散文的审美特征。《师说》在这一点上也堪称典范。

《师说》除说理外，还举出例证来加强说服力。例证有两种，一种是一般地说的，像“巫医乐师百工之人不齿相师”，接下来，就指出士大夫耻相师的错误。一种是具体指出，以当时人们奉为至高无上的大圣人孔子的言行作证，说明人必有师，人们应该多方面地向别人学习，而老师和学生也只是相对而言。这样说，就回答上面“道相似也”的问题。不仅“道相似也”的可以相师，就是对不如自己的人，只要有一技之长，也应向他学习技艺。从而显出“古之学者必有师”是符合圣人之道，是符合师道的，今之学者以从师为耻是错误的。

《师说》具有高度的理论说服力。文章围绕传道、受业、解惑来立论，经过矜慎论证，最后得出无可辩驳的结论——师道的必要性。文章有理论，有事实，有分析，文势反复起伏，如剥笋般，剥了一层又一层，越剥越深，越说越透；亦如海涛，一浪推动一浪，起伏不断，直到最后把问题的本质核心完全揭露无遗。全文从虚到实，又从实到虚，正、反、合三大段文字，有破有立，虚实结合，极富说服力。

韩愈的散文，在风格上雄健明快，汪洋恣肆，这是古今研究韩愈散文一致公认的特色。《师说》正表现了这种特色，它舒直自若，气势飞动，不可中断。当然，形成韩愈散文审美风格的因素很多，但是，善于运用对比，运用排偶来展开议论，是具有一定作用的。比如，“生乎吾前，其闻道也固先乎吾，吾从而师之”，与“生乎吾后，其闻道也亦先乎吾，吾从而师之”，是排比句。“古之圣人，其出人也远矣，犹且从师而问焉”，与“今之众人，其下圣人也亦远矣，而耻学于师”，也是排比句。排比句是对偶的，可以增强气势，但接下去的句子又有变化。像前一个排比句后接“吾师道也”，是用散句；后一个排比句后接“是故圣益圣，愚益愚，圣人之所以为圣，愚人之所以为愚，其皆出于此乎？”从“是故”到“其皆出于此乎”这一长句是散句，但这一长句中的“圣益圣，愚益愚”，“圣人之所以为圣，愚人之所以为愚”又是对偶句。这些正是散句和偶句的错综变化，使文章写得有气势，又灵活变化，构成本文语言上的特色。

陋室铭[1]

刘禹锡[2]

山不在高,有仙则名。水不在深,有龙则灵。斯是陋室,惟吾德馨[3]。苔痕上阶绿,草色入帘青。谈笑有鸿儒,往来无白丁。可以调素琴,阅金经[4]。无丝竹之乱耳,无案牍之劳形。南阳诸葛庐,西蜀子云亭[5]。孔子云:“何陋之有?”

【注释】

1.《陋室铭》:选自《全唐文》卷六〇八。“铭”,文体之一种。2.刘禹锡(公元772—842年),字梦得,洛阳人。自称是汉代中山王刘胜后裔,因此也算河北中山人。曾参加以王叔文为首的政治集团,提出一系列改革主张。改革失败后,被贬,后做过许多地方的刺史。晚年迁太子宾客。著作有《刘梦得文集》三十卷,《外集》十卷。3.“惟吾德馨”:只因我的品德是美好的。“馨”,能散布到远处的香气。4.“金经”:指用泥金书写的佛经。5."子云":扬雄的字。其在成都有宅,人称扬子宅。

《陋室铭》是唐代杰出诗人刘禹锡的脍炙人口、流传百代的散文精品。《陋室铭》这一题目很可能是受西汉韩婴《韩诗外传》的启示而拟定的。《韩诗外传》卷五写道:"彼大儒者,虽隐居穷巷陋室,无置锥之地,而王公不能与争名矣。"刘禹锡以"铭"命名也是很有意味的。本来,"铭"是一种文体,是古代镂刻在器物或碑版之上,用以称颂功德、劝申鉴戒的文字。可是刘禹锡却以"铭"来写"陋室",表明他要抒发的是高洁雅致的胸襟和悠然闲适的生活情趣,从而表现出一种孤芳自赏,不肯与权贵同流合污的思想感情。这就突破了原来铭体文的传统题材范围,在思想与艺术上都有极大的创新意义。

《陋室铭》全文仅八十一个字。作者灵气所至,信笔写来,一气呵成,毫无刻意经营的痕迹。然而,如果仔细剖析,却可见全文自首至尾,章法有序,结构谨严。

"斯是陋室,惟吾德馨",这个主旨,在开篇处并未完全点明,而是暗运斧斤,徐徐道出。作者下笔不直写陋室,却说山不在高,有了神仙就出了名;水不在乎深,有了龙就显出圣灵。然后自然地引出揭示主旨的第三层:"斯是陋室,惟吾德馨。"所谓陋室虽陋,但道德是芬芳的,因此陋室也就不陋了。这几句用比衬的手法,用山水比衬室,用不高和不深比衬陋,用仙和龙比衬主人,用名和灵比衬德馨,由远及近,由大到小,从而一步一步把歌颂陋室的主旨引发出来。这种“旁起”之写法,使文章有波澜、有曲折,因此也就有了引人入胜之妙。特别值得注意的是作者用笔之精炼。二十四个字,每一句,每一字都非虚设,而是互相照应,这就大大发挥了比衬与暗示的作用。而且“陋室”不陋不是径直地点出,这就达到想落天外,不落窠臼的境界。

从“苔痕上阶绿,草色入帘青”到“无丝竹之乱耳,无案牍之劳形”,是对陋室做正面的、具体的描写。这是全文的“核”。这个“核”又有三个层次:“苔痕”两句是第一层次,作者以诗笔写文,画意浓郁,色彩和谐,造成一种清幽静谧的艺术氛围。这里一“上”字和一“入”字,用得非常传神,把静景全然写活,富有情趣。这可能就是德国美学家莱辛所说:绘画所描绘不出的画境。第二层次,是“谈笑有鸿儒,往来无白丁”。这里是从写室中景的清幽淡雅,过渡到写室中人的高雅渊博。前一句是实写,后一句是虚写,两句在于衬托室中主人公是位德才兼备、且具有高雅脱俗情怀的人物。“可以调素琴”至“无案牍之劳形”是文中的第三层次,集中写室中之事,写主人公在陋室中的活动。在写作上,这几句也颇有特色。“可以调素琴,阅金经”,用的是散行句式,是从正面说;“无丝竹之乱耳,无案牍之劳形”,用的是骈句,是从反面说。骈散句之间,既有呼应,又有对照;一正一反,虚实相生,相映成趣,行文的缜密、矜慎,由此可见一般。以上所写陋室之景、陋室之人、陋室之事，目的在于表现陋室主人的道德高尚、淡雅绝俗、孤芳自赏的情愫，创造出一个情景、事理交融的意境。

刘禹锡在这一段文字中全然没有发议论之处，然而却让人感到情境之中蕴含着深邃隽永的哲理：陋室之所以值得铭赞，正由于室主人之德馨。唯有品德高洁之士来住，那么陋室之中，一切皆为佳趣，陋室也就不陋了。

行文至此，意思似已写尽，因为陋室不陋的主旨已经突显出来。然而才华横溢的作者似感意犹未尽，他要从纵深方面开掘、生发，深一层次地写陋室主人公的文化品格。“南阳诸葛庐”以下三句，是全文的一个有力煞尾。作者采用类比的手法，以历史上知名人物的名室和自己的陋室做比，意谓，诸葛庐和子云亭也都是陋室，但由于主人的品德高尚，因而陋室不陋；那么自己的陋室又何陋而有呢？有了这一层意思，就大大加重了文中主旨的分量，使作品多了一层波澜；从中进一步透露出作者希望像古圣贤那样有所作为的情志。最后作者以孔子的话结束全篇，既贴切有力又饶有兴味，遗韵无穷。

总之，刘禹锡这篇《陋室铭》辞意简密，情味隽浓，在优美的诗一般的艺术境界中表达出精萃的内容，读后令人获得咀嚼不尽的韵味。而其深刻的影响，不仅是在美文的审美理想的培育上，更在于一篇《陋室铭》影响了后代许许多多的知识分子的情操。刘禹锡的高风亮节以及《陋室铭》人格美典型的创造及其教化作用,在我们的民族生活中对人文性格的塑造产生的影响是不容低估的。

捕蛇者说[1]

柳宗元[2]

永州之野产异蛇，黑质而白章，触草木尽死，以啮人，无御之者。然得而腊之以为饵[3]，可以已大风、挛踠、瘘、疠[4]，去死肌，杀三虫[5]。其始，太医以王命聚之[6]，岁赋其二，募有能捕之者，当其租入[7]。永之人争奔走焉。

有蒋氏者，专其利三世矣。问之，则曰："吾祖死于是，吾父死于是，今吾嗣为之十二年，几死者数矣。"言之貌若甚戚者。

余悲之，且曰："若毒之乎？余将告于莅事者[8]，更若役，复若赋[9]，则何如？"

蒋氏大戚，汪然[10]出涕曰："君将哀而生之乎？则吾斯役之不幸，未若复吾赋不幸之甚也。向吾不为斯役，则久已病矣。自吾氏三世居是乡，积于今，六十岁矣。而乡邻之生日蹙[11]，殚其地之出，竭其庐之入[12]，号呼而转徙[13]，饥渴而顿踣[14]，触风雨，犯寒暑，呼嘘毒疠[15]，往往而死者相藉[16]也。曩与吾祖居者，今其室十无一焉；与吾父居者，今其室十无二三焉；与吾居十二年者，今其室十无四五焉。非死则徙尔。而吾以捕蛇独存。

“悍吏[17]之来吾乡，叫嚣乎东西，隳突乎南北[18]，哗然而骇者，虽鸡狗不得宁焉。吾恂恂[19]而起，视其缶，而吾蛇尚存，则弛然[20]而卧。谨食之，时而献焉。退而甘食其土之有，以尽吾齿[21]。盖一岁之犯死[22]者二焉。其余则熙熙而乐，岂若吾乡邻之旦旦有是哉？今虽死乎此，比吾乡邻之死则已后矣，又安敢毒耶？”

余闻而愈悲。孔子曰：“苛政猛于虎也[23]。”吾尝疑乎是，今以蒋氏观之，犹信[24]。呜呼！孰知赋敛之毒有甚是蛇者乎？故为之说，以俟夫观人风者[25]得焉。

【注释】

1.《捕蛇者说》：选自《唐柳先生集》卷十六。本文写于柳宗元被贬为永州司马期间。2.柳宗元（公元773—819年），字子厚，河东（今山西永济）人。唐顺宗时为礼部员外郎，曾参加王叔文集团的政治改革活动。改革失败，柳宗元被贬，后病死于柳州任上。柳宗元和韩愈同为古文运动的主要人物，并称为“韩柳”，后人列为唐宋八大家之一。有《柳河东集》。3.“腊（xī）”：干肉。这里用作动词，指做成干肉。“饵”：食品，这里指药饵。4.“已”:止,这里指治疗。“大风”:麻风病。“挛踠”:手脚蜷曲不能伸展的病。“瘘”:颈肿。“疠”:癞疮。5.“三虫”:指三尸之虫。道家以为人体内有三种作祟的虫,上者在脑,伤人眼;中者在胸,伤五脏;下者在腹,伤胃。6.“太医”:又称御医,皇帝的御用医生。“王命”:皇帝的命令。“聚”:搜集、征收。句意谓太医奉皇帝之命征集这种蛇。7.“当”:抵挡。“租入”:租税。8.“莅事者”:主管政事的人。“莅”:临视。9.“更若役”二句:“更”,更换;“役”,徭役,此指捕蛇;“复”,恢复,“赋”,田租。10.“汪然”:流泪的样子。11.“生”:生活。“蹙”:窘迫。句意谓乡邻的生活一天天地窘迫。12.“殚其地”二句:“殚”,尽;“出”,指出产;“庐”,房舍,这里指家;“入”,收入。13.“转徙”:辗转迁徙,即逃亡。14.“顿踣”:困顿跌倒。“顿”,劳顿;“踣”,倒下。15.“呼嘘”:呼吸。“毒疠”:瘴气。16.“藉”:垫,枕。17.“悍吏”:强暴的差役。18.“叫嚣乎”二句:“隳突”,乱闯乱闹;“隳”,毁坏;“突”,冲撞。19.“恂恂”:担心的样子。20.“弛然”:放心的样子。“弛”,松弛。21.“以尽吾齿”:以尽我的天年。“齿”,年岁。22.“犯死”:冒死亡的危险。23.“苛政猛于虎”:残酷的政治比老虎还凶呵。这是孔子说的一句话。24.“犹信”:庶几可信。25.“观人风者”:考察民情风俗的人。“人风”,即民风。

这是一篇取材独特、寓意深刻的作品。全文虽仅有四百余言,却包容了颇为广泛的社会内容,有着重要的认识价值。作者运用高度典型化的手法,叙述了发生在永州一带贫困山民为免除赋税而争相冒死捕捉毒蛇的触目惊心的社会现实,其中又具体描写了三代捕蛇为业的蒋氏一家的悲惨境遇。窥一斑而知全豹,文章正是通过这样一个极为普通而又颇有代表性的人物和事例,从一个特殊的角度深刻而又辛辣地暴露了严酷的现实生活,并给人们留下了无尽的思考。

从文学创作方面看,本文写得精炼生动,言简意深,有着很强的表现力和感染力。作者始终紧紧扣住毒蛇和赋敛二者关系这条主线,运用烘托、对比等方法,渐次推进,层层深入。篇首极言永州毒蛇之毒,“触草木尽死,以啮人无御之者”,令人闻之心悸。这一方面确是写出了当地毒蛇之特性,同时也是为了引起下文。蛇毒如此,可知捕蛇之艰险。可山民们却又冒死争相捕蛇以避赋税,其赋税之毒更待何言!接着,作者将笔触集中在专门从事捕蛇的蒋氏一家身上:几十年间,其祖父死于捉蛇,其父复死于此役。他自己在从事捕蛇的十二年间,也是几次险遭大难。就在这般随时都可能死于非命的可怖阴影笼罩下,蒋氏却宁肯继续捕蛇以谋取生计,而不愿转向承担赋税,这其中该有着多么深切的心酸隐痛!诚如蒋氏所言,毒蛇虽毒,官府之赋税更有甚于蛇。数十年来,与其祖父同辈的乡邻,已是十户不存其一,父辈乡邻十难得二三,与自己同时者也仅有十之四五了。他们都到哪里去了?不是全家病饿而死绝,便是外出流离谋生,寒冬酷暑,陈尸异乡。何故?为官府赋税所煎逼也。而自己一家所以能苟活下来,正因为专事捕蛇而免除了官府的赋税的缘故。所以即便今日死于蛇口，较之乡邻已是后者，又何畏毒蛇之害人呢！文章至此，已是水到渠成，主题自现。看似平静的叙说中实包含着滴滴血泪，感情上毫无矫揉造作，描述上则格外真切自然。山野毒蛇与官府赋税何者更毒狠，更吃人，已令读者有目共睹，而永州山民之所以冒死捕蛇而不堪赋税，不是合于情理之中么？可作者似意犹未尽，又信手而贴切地引来一句为世人所熟知的话作为点睛之笔："苛政猛于虎也！"此时此地，恰似一语千言，其结构之精巧，立意之深远，不能不使后世人们每每读来触发万千感叹！

《捕蛇者说》真实地反映了中唐时期的社会现实。自"安史之乱"后，唐帝国从繁盛的顶峰急剧地衰落下来，藩镇割据，人口锐减，战乱不断，国家财政入不敷出。为了应付日益严峻的内忧外患，唐王朝加紧了对劳动人民的横征暴敛。科税之名，凡有数百，"废者不削，重者不去，新旧仍积，不知其涯"（《新唐书》）。加之"权臣猾吏，因缘为奸"，百姓们只得"竭膏血，鬻亲爱，旬输月送，无有休息"（同上，又见《旧唐书》）。柳宗元在参与政治革新失败后先后贬谪永州、柳州，其间与下层劳动人民有过直接的接触，亲身感受到了统治集团敲骨吸髓般的赋税所带来的民不聊生的社会现实。此文正是在此思想基础上有感而发，它有力地控诉了封建统治者残酷剥削压迫人民的罪行，也真实地表达了对劳动人民不幸遭遇的深切同情，而这些又是与作者进步的社会政治思想分不开的。在历代为数不少的类似主题文章中,《捕蛇者说》自有其不同寻常的感染力和社会意义。

文章通篇简洁凝炼,多用短句,往往寥寥数字或几个传神的句子略加刻画点染,便能使人物的动作神态跃然纸上。句式富于变化,错落有致。风格清峻而不失生动,立意深远而描述明快。结尾加以简要评论,与题目所点出的“说”这种文体呼应了起来,也使全文主题更为鲜明突出,手法上显得灵活轻便。

段太尉逸事状[1]

柳宗元

太尉始为泾州刺史时[2],汾阳王以副元帅居蒲[3],王子晞为尚书,领行营节度使,寓军邠州[4],纵士卒无赖[5]。邠人偷嗜暴恶者[6],率以货窜名军伍中,则肆志,吏不得问[7]。日群行丐取[8]于市,不赚[9],辄奋击,折人手足,椎釜鬲瓮盎盈道上[10],袒臂[11]徐去,至撞杀孕妇人。邠宁节度使白孝德以王故[12],戚[13]不敢言。

太尉自州以状白府[14],愿计事[15]。至则曰:"天子以生人付公理[16],公见人被暴害,因恬然[17],且大乱,若何?"孝德曰:"愿奉教。"太尉曰:"某为泾州,甚适,少事[18]。今不忍人无寇暴死,以乱天子边事。公诚以都虞侯命某者,能为公已乱,使公之人不得害[19]。"孝德曰:"幸甚!如太尉请!"

既署[20]一月,晞军士十七人入市取酒,又以刃刺酒翁[21]、坏酿器,酒流沟中。太尉列卒取十七人,皆断头注槊上,植市门外[22]。晞一营大噪,尽甲[23]。孝德震恐,召太尉,曰："将奈何？"太尉曰："无伤也，请辞于军[24]。"孝德使数十人从太尉，太尉尽辞去。解佩刀，选老躄[25]者一人持马，至晞门下。甲者出，太尉笑且入，曰："杀一老卒，何甲也？吾戴吾头来矣。"甲者愕。因谕曰："尚书固负若属耶[26]？副元帅固负若属耶？奈何欲以乱败郭氏？为白尚书，出听我言。"晞出见太尉，太尉曰："副元帅勋塞天地，当务始终[27]。今尚书恣[28]卒为暴，暴且乱，乱天子边，欲谁归罪？罪且及副元帅。今邠人恶子弟以货窜名军籍中，杀害人，如是不止，几日不大乱？大乱由尚书出，人皆曰：尚书倚副元帅，不戢士[29]。然则郭氏功名，其与[30]存者几何？"

言未毕，晞再拜曰："公幸教晞以道，恩甚大，愿奉军以从。"顾叱左右曰："皆解甲，散还火伍[31]中，敢哗者死。"太尉曰："吾未晡食，请假设草具[32]。"既食，曰："吾疾作，愿留宿门下。"命持马者去，旦日[33]来。遂卧军中。晞不解衣，戒候卒击柝卫太尉[34]。旦，俱至孝德所，谢不能[35]，请改过。邠州由是无祸。

先是，太尉在泾州为营田官[36]，泾大将焦令谌取人田，自占数十顷，给与农[37]，曰："且熟[38]，归我半。"是岁大旱，野无草。农以告谌，谌曰："我知入数[39]而已，不知旱也。"督责[40]益急。且饥死，无以偿，即告太尉。太尉判状，辞甚巽[41]，使人求谕谌[42]。谌盛怒，召农者曰："我畏段某耶？何敢言我[43]!"取判铺背上,以大杖击二十,垂[44]死,舆来庭中[45]。太尉大泣曰:"乃我困汝。"即自取水洗去血,裂裳衣疮,手注善药[46],旦夕自哺农者,然后食。取骑马卖,市[47]谷代偿,使勿知。

淮西寓军帅[48]尹少荣,刚直士也。入见谌,大骂曰:"汝诚人耶?泾州野如赭[49],人且饥死,而必得谷,又用大杖击无罪者。段公,仁信大人也,而汝不知敬。今段公唯一马,贱卖市谷入汝,汝又取不耻。凡为人傲[50]天灾、犯大人、击无罪者,又取仁者谷,使主人出无马,汝将何以视天地[51]?尚不愧奴隶耶?"谌虽暴抗[52],然闻言则大愧,流汗,不能食,曰:"吾终不可以见段公!"一夕自恨死[53]。

及太尉自泾州以司农征[54],戒其族:"过岐[55],朱泚幸致货币[56],慎勿纳。"及过,泚固致大绫三百匹。太尉婿韦晤坚拒,不得命[57]。至都,太尉怒曰:"果不用吾言。"晤谢曰:"处贱[58],无以拒也。"太尉曰:"然终不以在吾第[59]。"以如司农治事堂,栖之梁木上[60]。泚反,太尉终[61]。吏以告泚,泚取视,其故封识[62]具存。

太尉逸事如右*。元和九年[63]月日,永州司马员外置同正员[64]柳宗元谨上史馆。

---

* 古籍为竖排版,"如右"即"如上文"之意。——编者注

今之称太尉大节者，出入[65]以为武人，一时奋不虑死，以取名天下。不知太尉之所立如是。宗元尝出入岐周邠斄间[66]，过真定，北上马岭[67]，历亭鄣堡戍[68]，窃好问老校退卒[69]，能言其事：太尉为人姁姁[70]，常低首拱手行步，言气卑弱，未尝以色待物[71]。人视之，儒者也。遇不可，必达其志[72]，决非偶然者[73]。会州刺史崔公[74]来，言信行直，备得太尉遗事，覆校无疑[75]。或恐尚逸坠，未集太史氏[76]，敢以状私于执事[77]，谨状。

【注释】

1.《段太尉逸事状》：选自《唐柳先生集》卷八。"段太尉"，名秀实，字成公，汧阳（今陕西省汧阳县）人。因反对朱泚称帝，被害。后追赠太尉，谥"忠烈"。"逸事"：即佚事，散佚未经记录的事迹。"状"：指行状，人死后，在写"墓志铭"或"传"之前，先有一篇总述死者生平事迹的材料，以供为死者编写传记或墓志铭时所用，这种文章叫做"行状"。"逸事状"，是"行状"的一种变体，只记录逸事。柳宗元写这篇"逸事状"是送给韩愈的，韩愈时任史馆修撰。2."泾州"：故治在今甘肃省泾川县北。"刺史"：州郡的长官。段秀实曾任泾州刺史。3."汾阳王"：郭子仪的封爵。唐代宗时，郭为关内河东副元帅、河中节度使。"蒲"：州名，今山西省永济县，时为河中府府治。4."王子晞"三句："晞"，即郭晞，子仪第三子，善骑射，随父征伐有功；"领"，代理；"行营"，出征时的军营；"行营节度使"，副元帅军营的统领。因当时郭子仪不在军营，所以让他的儿子郭晞"领行营节度使”,代理军务。“寓”,寄寓;“邠州”,今陕西省邠县。吐蕃进逼邠州,子仪遣晞将兵万人救之。5.“无赖”:这里是横暴的意思。6.“偷”:苟且,诈伪。“嗜”:嗜欲,指贪婪。句意谓邠州人中那些诈伪、贪婪、凶残、邪恶的人。7.“率以货”三句:“率”,大都,一作“卒”,同“猝”,是骤然的意思;“货”,财货;“以货”,用贿赂的手段;“窜名”,把名字混入的意思;“军伍”,军队;“肆志”,任意,这里指任意妄为;“不得问”,不能干涉。8.“丐取”:索取。9.“不赚”:不满足。“赚”同“慊”,满足,快意。10.“椎”:同“槌”,用作动词,打碎。“鬲”:一种像鼎的烹饪器。“盎”:腹大口小的容器。“盈”:满。11.“袒臂”:裸露着臂膀,这里形容傲慢的样子。一本作“把臂”,谓相互挽着胳膊。12.“宁”:宁州,今甘肃省宁县。“白孝德”:李光弼的部将,曾为邠宁节度使,后封昌化郡王。“以王故”:因为汾阳王的缘故。白当时归郭子仪节制,故有所顾忌。13.“戚”:忧愁。14.“状”:陈述事实的一种文书。“白”:禀告。“府”:指邠宁节度使的衙门。15.“计事”:商议事情。16.“生人”:即“生民”,指人民。“理”:治。句意谓皇帝把老百姓交给你治理。17.“因”:仍。“恬然”:安适的样子。这句是说,听任事态发展,处之安然。18.“某为”三句:“某”,当时段太尉自称秀实,作者尊敬太尉,不直写他的名字,用“某”字代替;“为泾州”,指做泾州刺史;“适”,安适;“少事”,事务不多。这三句是说,我做泾州刺史,很安闲,事情不多。19.“公诚”三句:“诚”,果然;“都虞侯”,唐代后期藩镇府中的一种武官,管惩治不法军士;“命”,委派;“已乱”,制止暴乱;“不得害”,不受害。20.“署”:暂时代理。21.“酒翁”:即酿酒的技工。22.“皆断头”二句:“注”,附着;“槊”,长矛;“植”,竖立。这两句是说,把头砍下,插在长矛上，竖在市门外。23.“尽甲”：全都披上铠甲。“甲”用如动词。24.“辞”：致辞。“军”：指郭晞的军队。25.“躄”：脚瘸叫跛，两脚瘸叫躄。26.“固”：乃，这里是难道的意思。“负”：亏负，对不起。“若属”：你们这班人。27.“副元帅”二句：这两句是说，郭子仪的功勋充满了天地之间，应当使他的功名有始有终。28.“恣”：纵任。29.“戢”：收敛，管束。“士”：兵士。30.“与”：句中助词，无义。31.“火伍”：唐代兵制，五人为伍，十人为火。这里指队伍。32.“吾未”二句：“晡”，申时，就是下午三时至五时；“晡食”，即晚饭；“假”，这里是借用的意思；“设”，置，安排；“草具”，粗糙的食品。这两句是说，我未吃晚饭，请借备些粗劣食物。33.“旦日”：明天。34.“戒”：告戒、命令；“候卒”：守卫的兵士；“柝”：巡夜打更用的梆子；“击柝”：打更；“卫”：保卫。35.“谢不能”：道歉，表示自己无能。36.“营田官”：指营田副使。唐代兵制，驻军万人以上置营田副使一人，掌管军队屯垦。白孝德初任邠宁节度使时，曾以段秀实任度支、营田副使。37.“泾大将”三句：“焦令谌”，泾州节度使，马璘部将；“人田”，即民田；“自占”，占为已有；“给与农”，交给农民去耕种。38.“且熟”：将来熟的时候。39.“入数”：应交纳的谷米数目。40.“责”：索取。41.“巽”：同“逊”，谦逊。42.“求谕谌”：向焦令谌请求，并对他进行劝告。43.“言我”：等于说“控告我”。44.“垂”：将近。45.“舆”：抬。“庭”：指段太尉当时的办公厅。46.“裂裳”二句：“衣疮”，用衣裳缠裹伤口；“手”，亲手；“注”，附着，敷。这两句是说，撕破自己的衣裳，给农民包扎伤口，亲手敷上好药。47.“市”：买。48.“淮西寓军帅”：寄寓在泾州的淮西军帅。“淮西”：指淮西镇，辖蔡（今河南汝南）、申（今河南信阳）、光（今河南横川）

三州。安史乱后，唐室削弱，吐蕃不断乘机侵扰，故唐室常调别处军队到西北一带驻防。49.“野”：田野。“赭”：赤色。这里形容禾苗干枯，干旱严重。50.“傲”：此作轻视讲。51.“视天地”：等于说“仰视天，俯视地”。意即活在人世间。52.“抗”：傲慢无礼。53.“一夕自恨死”：《通鉴考异》“按《段公别传》，大历八年（公元773年）焦令谌犹存。盖宗元得于传闻，其实令谌不死也。”54.“司农”：指司农卿。“征”：召。唐德宗建中元年（公元780年），朝廷召段秀实做司农卿，自泾州调入京师（长安）。55.“岐”：唐州名，治所在今陕西省凤翔县。56.“朱泚”：唐代宗时，曾任卢龙节度使，时为凤翔尹。“幸”：这里是倘若的意思。“致”：送。这句是说，朱泚如果馈送财物。57.“不得命”：不得允许。意即推辞不掉。58.“处贱”：自己处在卑下的地位。59.“终”：竟。“第”：住宅。这里说，无论如何，不可以把大绫放在我宅子里。60.“以如”二句：“以”字下省略“之”字。“如”：送往。“治事堂”：办公厅。“栖”：安放。61.“泚反”二句：德宗建中四年（公元783年）十月，泾原节度使姚令言所部兵在长安哗变，拥朱泚为主。泚谋称帝，召段秀实议事，秀实唾泚面大骂，并以笏击泚，中其额，秀实被杀。62.“封识”：指包装外皮的缄封字迹。“识”，题识。63.“元和九年”即814年。“元和”，唐宪宗李纯年号。64.“员外置同正员”：指定额以外设置的官员，但其待遇则与正员相同。65.“出入”：指出为泾州刺史和入为司农卿等事。66.“出入”：这里是往来的意思。“岐”：即岐州。“周”：指周代的“周原”，故址在今陕西省岐山县东北岐山下。“邰（tái）”：在今陕西省武功县西南。唐贞元十年（公元794年），作者曾至邠州军中探望叔父。这里岐周等地，当泛指今陕西西部岐山、邠县一带地方。67.“过真定”二句：真定，今河北省正定县。但这里可能指另一地方。或疑作“真宁”，唐县名，今甘肃省正宁县。“马岭”，山名，在今甘肃省庆阳县西北。68.“亭鄣”：古时边疆险要处供防守的堡垒。“堡”：土筑的小城。“戍”：边防地的营垒。这里都是指各种驻防戍守的地方。69.“老校退卒”：年老的军校，退休的士兵。70.“姁姁（xǔxǔ）”：和善的样子。71.“以色待物”：用严厉的脸色待人。72.“遇不可”二句：“不可”，指不同意的；“达其志”，把志愿表达出来。73.“决非偶然者”：这里说段秀实的遭遇决不是如上文所说“一时奋不虑死”。74.“崔公”：指崔能，字子才，元和九年任永州刺史。75.“覆校无疑”：反复印证，无可怀疑。76.“或恐”二句：“逸坠”，遗失散落；“太史氏”，指当时的史官。这两句是说，又恐怕这些事迹散失不传，未被史官采录。77.“私于执事”：私下交给你。“执事”，即侍从左右的人。不直接称呼对方，而称供使令的人，表示恭敬。此指韩愈。

“逸事状”是“行状”的变体，只记录人物的轶事，于生平世系、名字爵里不做细致的考索。轶事往往能补充传记、行状之阙疑，起到丰富人物形象的功用。

柳宗元这篇文章，着重记述了段秀实两件逸事。其一叙邠州行营节度使郭晞仗恃军功父势，纵容麾下横行街市，荼毒州民；段秀实不畏权贵，依法整饬，又只身入营，犯颜直谏，终使地方得以宁靖。其二叙泾州大将焦令谌强占农田，残民以逞，段秀实引咎自责，屈己恤民，使焦令谌愧悔无地，自恨而死。

两件事从不同的侧面勾勒出段秀实智勇、仁爱的性格风范。文章起始，先交代郭晞纵军剽掠、气焰熏蒸而邠宁节度使白孝德“戚不敢言”的严重情势。既而写段秀实赴州请命，执法如山，将入市作恶的十七名军士枭首示众，以至“晞一营大噪，尽甲。孝德震恐”。然后写段秀实只身入营，谈笑自若。主要是通过对比，以白孝德的怯懦恐惧反衬段秀实的沉着刚勇。进而用凝炼的语言展示段秀实对郭晞动之以情，晓之以理的过程，突出了人物性格中“智”的一面。段的一席话有理有节、恩威并著，他以郭氏家族的功名利益打动郭晞，陈说厉害，句句切中肯綮。事后又留宿军中，以示信任，终于使郭晞感激涕零，改过迁善，“邠州由是无祸”。

至此，一位智勇兼备、为国分忧的仁人志士形象已从平实的叙述中脱颖而出。

第二件轶事则侧重描写段秀实仁厚谦冲的品德，也是用对映比衬的手法，先渲染焦令谌的凶横残暴：荒岁逼租，笞人垂死，且“舆来庭中”，欲窘辱身为支度营田副使的段秀实。然后写段见状痛哭，“即自取水洗去血，裂裳衣疮，手注善药，日夕自哺农者，然后食。取骑马卖，市谷代偿，使勿知”。一句中连用“取、洗、裂、衣、注、哺”六个行为动词表现段秀实爱民如子、体恤入微的仁厚之心，既而再借淮西寓军帅尹少荣之口，烘托出段秀实舍己助人、虚怀若谷的长者胸襟。

两事叙讫，段秀实智勇仁爱的品格魅力已得到了较为形象化的展示，以下再用段氏拒收贿赂，治家清肃的事迹补充其人识见非凡、廉洁正直的禀赋操守，从而使人物性格更为丰满。

这种传状类的文体，强调的是语言的质朴，叙述的客观和材料的翔实，它不可能像策论杂记一类的散文可以纵横捭阖、波澜迭起，故往往容易失之平庸而缺乏感人之致，柳宗元这篇逸事状，却能于冷静中见热忱，平实处见忧愤，实系杰作。

综览全文，首先是选材得当。作者通过亲自踏勘、多方覆校，从纷繁错综的传闻遗迹中，提炼出最能反映现实、针砭社会的两则轶事，加以适当的剪裁和必要的描写，既使人物性格得到典型化的再现，又揭露了安史乱后一批新贵军阀拥兵自重、盘剥人民的罪恶行径。其次是文笔简劲，拙中见巧。虽无一语抒情，而伤时忧世之意自然盈溢；虽无一句议论，而臧否抑扬之判较然可分。于平实谨严的叙述中显示了深厚的功力。再次是章法严谨、条理清晰。材料不以时间顺序编排，而根据表现人物性格的需要先写智勇，再写仁爱，最后写廉能，中间用“先是”“及”两个关联词语点明事情发生的先后，使叙述层次井然，并突出了材料的轻重主次，从而赋予了人物以更丰满的内涵、更立体的形象。

最后用赅要的结语阐明本文的宗旨，表现出作者不肯趋世媚俗的批判精神。

阿房宫赋[1]

杜牧[2]

六王毕，四海一[3]。蜀山兀[4]，阿房出。覆压三百余里，隔离天日[5]。骊山北构而西折[6]，直走咸阳。二川溶溶[7]，流入宫墙。五步一楼，十步一阁；廊腰缦回[8]，檐牙高啄[9]；各抱地势，钩心斗角[10]。盘盘焉，囷囷焉，蜂房水涡[11]，矗不知其几千万落[12]。长桥卧波，未雲何龙[13]？复道行空，不霁何虹[14]？高低冥迷，不知西东。歌台暖响，春光融融；舞殿冷袖，风雨凄凄[15]。一日之内，一宫之间，而气候不齐。

妃嫔媵嫱，王子皇孙[16]，辞楼下殿，辇来于秦[17]。朝歌夜弦，为秦宫人。明星荧荧，开妆镜也[18]；绿云扰扰[19]，梳晓鬟也；渭流涨腻，弃脂水也；烟斜雾横，焚椒兰也；雷霆乍惊，宫车过也；辘辘远听，杳不知其所之也。一肌一容，尽态极妍[20]，缦立远视，而望幸焉[21]；有不见者，三十六年！燕赵之收藏，韩魏之经营，齐楚之精英，几世几年，摽掠其人，倚叠如山[22]；一旦不能有，输来其间；鼎铛玉石，金块珠砾，弃掷逦迤，秦人视之，亦不甚惜[23]。

嗟乎！一人之心，千万人之心也。秦爱纷奢，人亦念其家，奈何取之尽锱铢[24]，用之如泥沙！使负栋之柱，多于南亩之农夫；架梁之椽，多于机上之工女；钉头磷磷，多于在庾之粟粒[25]；瓦缝参差，多于周身之帛缕；直栏横槛，多于九土之城郭；管弦呕哑，多于市人之言语。使天下之人，不敢言而敢怒，独夫之心，日益骄固。戍卒叫，函谷举[26]。楚人一炬，可怜焦土[27]。

呜呼！灭六国者，六国也，非秦也；族[28]秦者，秦也，非天下也。嗟乎！使六国各爱其人，则足以拒秦。使秦复爱六国之人，则递三世可至万世而为君，谁得而族灭也？秦人不暇自哀，而后人哀之；后人哀之而不鉴[29]之，亦使后人而复哀后人也。

【注释】

1.《阿房宫赋》：选自《樊山文集》卷一。“阿房宫”，秦始皇所建之宫苑，故址在今陕西省咸阳县境。作者在《上知己文章启》中说：“宝历大起宫室，广声色，故作阿房宫赋。”2. 杜牧（公元 803—852 年），字牧之，京兆万年（今陕西西安东）人。进士，历任黄州、池州、湖州刺史、中书舍人。《新唐书》本传称他为人“刚直有奇气”，是个关心时政的人。平生以诗著名，时人因他是杜甫之后的重要诗人，所以称他为“小杜”。著有《樊川文集》。3.“六王毕”二句：指秦始皇灭六国，统一了天下。4.“兀”：本指物高大而上平。这里指光秃。5.“覆压”二句：上句指阿房宫所占的地面的广阔；下句形容楼阁的高大。6.“骊山”二句：从骊山北边建宫室，绵延不绝，再折而向西，直到咸阳。“北构”，指向北方建造。7.“二川”句：“二川”，指渭水樊川；“溶溶”，水流动的样子。8.“廊腰”：指游廊转折处。“缦”：无纹样的缯帛；“缦回”：形容游廊曲折，如缦带之回环萦绕。9.“檐牙高啄”：此句形容屋檐尖耸，如禽鸟之仰首啄物。10.“钩心”：指各建筑物向中心攒聚，相互钩连。“斗角”：指建筑物的檐角并出相接，重叠交错。11.“盘盘焉”三句：“盘盘”，重叠盘结的样子；“囷囷”，屈曲攒聚的样子；“蜂房”，蜂窝；“水涡”，水流的旋涡。都是形容房屋的层叠稠密。12.“落”：院落，指一组房屋。13.“长桥”二句：“卧波”，横拖在水上；“雩”，同“雩”，古时求雨的祭名。古人认为有龙必有雨。这两句故设疑辞，意谓未下雨，何来龙？此处极言长桥之似龙。14.“复道”二句：“复道”，即阁道，建筑物之间的空中通道；“霁”，雨止天晴。15.“歌台”四句：上两句形容台上歌声酣畅，有如春光之融和；下两句形容殿中舞袖飘动，有如风雨之寒凉。比喻歌舞给人的不同感受。16.“妃嫔”二句：“妃、嫔、媵、嫱”，都是封建王侯妻妾的名称。“媵”，陪嫁的人，亦是妾之一种。这两句是指六国诸侯的妻妾和子女。17.“辞楼”二句：“辇”，帝王或皇后乘坐之车。这里用作动词，乘坐之意。18.“明星”二句：“荧荧”，光亮的样子。二句意谓，妆镜闪烁，如同繁星。形容宫女众多。19.“绿云”：比喻女子乌黑的头发。“扰扰”：纷乱的样子。20.“一肌”二句：“一”，所有的，每一个;“肌、容”,指宫女的肌肤和容貌;“尽、极”,都是非常的意思;“态”,与“妍”同义;“妍”,姿容美丽。21.“缦立远视”二句:“缦立”,舒徐伫待之意;“幸”,帝王驾临某地或被帝王宠爱,都叫“幸”;“望幸”,盼望皇帝到她那里去,得到皇帝的宠爱。22.“燕赵”六句:“摽”:同“剽”,抢劫;“人”,即民;“倚叠”,堆积。这六句指六国搜刮民财之众多。23.“鼎铛”五句:“铛”,锅类的器皿;“逦迤”,接连不断的样子。这里说秦人对这些财富并不珍惜,把鼎当锅,把玉当石,把金当土,把珠当砂。24.“锱铢”:古代两种量度名。普通说法,铢是二十四分之一两。六铢为一锱。25.“钉头”二句:“磷磷”,本指分散地露出水面的石头,这里形容钉头密排的样子;“庾”,露天的谷仓。26.“戍卒叫”二句:指陈涉、吴广。他们原来是被秦征发作戍卒的人。“戍卒叫”,指陈、吴等行至大泽乡号召起义;“举”,攻克;“函谷举”,指函谷关被刘邦攻破事。27.“楚人”二句:指项羽焚秦宫室事。项羽是楚人。28.“族”:此处是灭的意思。29.“鉴”:借鉴。这里指引以为戒。

一个曾经踏平六国、雄心勃勃、叱咤风云的秦王朝,顷刻间,竟那么容易地坍落、毁灭了。这巨大的历史悲剧,曾激起过后代多少人的思索和慨叹!对于杜牧这位具有匡世济国思想的诗人来说,秦王朝转瞬毁灭的原因不能不引起他的沉思。因为他多次表示过自己是很注意研究历代“治乱兴亡之迹,财赋兵甲之事,地形之险易得失”“古人之长短得失”的。无疑,秦王朝的由极盛到极衰的悲剧以及短短三十六年即毁于一旦,这不能不极大地震撼杜牧的心灵！

过秦之文多矣！然而选择怎样一个角度来写，这是文章成败的一个关键。《阿房宫赋》之所以不同凡响，就在于杜牧找到了一个过秦的独特视角。它以极其铺张扬厉、跌宕扑朔的重笔尽情描绘阿房宫之宏大、瑰丽、奢靡。笔笔落在阿房宫上，句句却又意在过秦，这正是大手笔的匠心独运的结果。正由于此，《阿房宫赋》才成为超越众多过秦之文而被千古传诵的上品佳构。

先秦普遍萌发的忧患意识，奠定了中华民族悲剧人格形象的心理基础。悲剧人格的价值意义也因忧患的内容而各有不同。《阿房宫赋》写作的引发原因是因为唐敬宗李湛继位后，广造宫室，天怒人怨。可见，这是一篇讽时刺世之作，是杜牧忧患意识的产物。正因为如此，深刻的沉思，无限的悲慨，才造就了作者不平凡的笔力。

《阿房宫赋》起笔即见杜牧之才思不凡。“六王毕，四海一；蜀山兀，阿房出。”四个三字句如泰山拔地，突兀峥嵘、铿锵有力、斩钉截铁，具有力敌千钧、涵盖全文的气势。只这一个“毕”字，一个“一”字，就把秦帝国的强盛显示殆尽。也正是在这样壮阔雄伟的背景之上，作者展现出蜀山一空、阿房崛起的景象。“兀”和“出”两个动词用得既突兀又有力量，好像一个特写镜头，一下子就把气势磅礴的阿房宫推到了人们的眼前。这是文章先声夺人的力量之所在。试想，如果这篇赋不以此四个有力的短句领起，而是以直接描绘开始，则不仅会使人觉得平滞无力，且对此赋之意义亦必有减损。现在的写法，头两句说明了秦帝国统一天下的气概，后两句则展示了阿房宫的宏伟规模和建造它的辛苦。上下意义衔接，时代的形势，帝王的奢靡与野心，一齐跃然而出。

紧接着四句以后，展开了一幅宏伟壮丽的图画。作者放笔渲染烘托，在极其阔大、极其突兀的背景上飞速旋转，由大而小，由远及近，由广阔而具体：从“覆压三百余里”，到“流入宫墙”一段画其外貌，三百余里以见其长；隔离天日，以显其大。背倚骊山，连绵逶迤，直达咸阳；面对大河，二川奔流，直入宫墙。是山，则起伏不断；是水，则滔滔不绝。这是抓住最有特征性的景物来描写的，从而显示出杜牧高超的艺术概括力，所以这里既无无谓的铺陈，又不流于空疏，笔墨不多，却把阿房宫的形势、规模、气魄通过具体描写表现了出来。

下面用十个句子写出阿房宫里楼阁之胜，亦即绘其内景：从“五步一楼，十步一阁”，到“矗不知其几千万落”，充分写了楼阁之密，宫室之美。这里，廊腰缦回突出曲线美；钩心斗角显出结构美。而“盘盘焉，囷囷焉”，是概描各式各样的楼阁的形状，或盘结旋绕，或屈曲簇涌，像蜂房那样深邃，如旋涡那样迂回。“矗不知其几千万落”，是掷笔长叹，言其笔墨无法尽言。

接下去，作者凭他的如椽巨笔、丰富的想象、精美的文字，极尽描摹之能事。他用短小的四字句，两句一气，一连写了“长桥卧波，未雩何龙？”等六句。这六句排列巧妙，比喻新颖，音调铿锵，就像流着的泉水一样淙淙作响。在这里，作者分别用两句话状写一个景物，写法是第一句写实景，但其中也有比喻，第二句就全然用比喻写，以加强第一句的印象。最后两句还以感叹抒情的意味对前四句做了一个小结。再往下当我们读到“歌台暖响，春光融融”等七句时，诗情画意、音乐之美，一齐涌出，令人心胸开阔，精神爽快。

以上十三句的描写，四字句、三字句、八字句、比喻、铺陈、夸张、设问、反问，夹杂而下，抑扬顿挫，有声、有色、有形，在有限的笔墨中，竟再现了阿房宫的壮丽，而这座神奇迷离的“阿房宫”又纯属杜牧的创造。

在对宏伟、富丽的建筑总体描绘后，又勾勒出宫内歌台舞殿之盛况；接着即转入声色之乐，重点渲染了宫中美人的盛装冶容，然后又将视线移向宫内的各种珍玩陈设。三个层次构成了对阿房宫的直接叙述描写。值得注意的是，作者在描绘阿房宫时还可以不露声色地渲染，写始皇帝的纵心溢志。而一经写到宫中生活，写到了人，强烈的历史悲剧意识使作者再也无法沉默了，或者说再无法那样“客观”了。“一肌一容，尽态极妍，缦立远视，而望幸焉，有不得见者三十六年。”这几句看似只一个宫人形象的特写，可在这轻松的笔触之下，不是分明可以听到重轭下人们的呻吟么！这里作者第一次透露了在这繁华兴盛的背后，还潜藏着辛酸，隐含着悲哀怨愤，酝酿着焚毁阿房宫的火种。

接下去，作者又以急促的节奏，大笔挥洒地写秦的奢靡挥霍："燕赵之收藏，韩魏之经营，齐楚之精英"等十三句，表面看依然绚丽，但读来令人情感沉重。作者几乎是一字一叹，一句一感慨，它凝聚着作者对历史、对现实极为深沉的感受，极为深刻的思考。

这时作者再也无法抑制内心的悲愤，笔锋亦急转直下，大声疾呼："嗟乎，一人之心，千万人之心也。秦爱纷奢，人亦念其家。奈何取之尽锱铢，用之如泥沙？"紧接着作者用了一连串的对比，映衬出阿房宫的靡奢、秦之残暴，揭示出貌似强大的秦帝国中遍布于天下的干柴。六个排比句的运用，如急管繁弦声声紧扣，直接道出了在残暴的统治下天下之人的不敢言而敢怒，道出了秦王朝的必然命运。读到此，再回头品味开始四个短句，才知道作者那铺张扬厉地摹写阿房宫，其意旨皆在其最终化为焦土。这其间，作者的历史悲剧意识是何等强烈。轰轰烈烈、气势磅礴、豪华富丽的秦王朝，竟是一把火就把它抹去了。前人评说："一篇无数壮丽，只以四字了之。"而这四字正是杜牧的艺术功力和强烈的悲剧意识的明证。一句话就把上文一切铺张扬厉、繁缛绚烂之文通通统摄其中了。

最后,作者禁不住把一腔肺腑之言尽情吐露,用"呜呼"与"嗟夫"两个感叹词,各领起一段议论。作者以更深广的历史眼光,把一千年前的史实与一千年后的现实联系起来,生发开去,用抽象的议论,理性的演绎,做出令人折服的推论和判断。从全文总体看,前半是例证,是虚设;后半是从现象中提炼出来的认识、见解,不容改变取代,则又是实实在在的。层次清晰,虚实相生,描写与议论远照近应,过渡自然,结构确是精密奇巧。

杜牧在《答庄充书》中主张:"凡为文以意为主,气为辅,以辞采章句为之兵卫。"像以上所言该文之结构、节奏、气势可能都是杜牧认为的"为辅""为之兵"。更重要的是全文的立意。所谓"宝历大起宫室,广声色,故作《阿房宫赋》",显然这才是他写此赋的要旨。即借秦始皇滥用人力、物资修建阿房宫,企图穷极享乐于一时,结果却国亡于一旦的故实,来隐射、讽刺、抨击唐敬宗统治下出现的类似社会现象,这即为《阿房宫赋》的写作意图。

岳阳楼记[1]

范仲淹[2]

庆历四年春，滕子京谪守巴陵郡。越明年，政通人和，百废具兴[3]。乃重修岳阳楼，增其旧制，刻唐贤、今人诗赋于其上；属[4]予作文以记之。

予观夫巴陵胜状，在洞庭一湖。衔远山，吞长江，浩浩汤汤[5]，横无际涯，朝晖夕阴，气象万千，此则岳阳楼之大观也。前人之述备矣。然则北通巫峡，南极潇湘，迁客骚人[6]，多会于此，览物之情，得无异乎？

若夫霪雨霏霏，连月不开，阴风怒号，浊浪排空，日星隐曜，山岳潜形；商旅不行，樯倾楫摧[7]；薄暮冥冥，虎啸猿啼；登斯楼也，则有去国怀乡，忧谗畏讥，满目萧然，感极而悲者矣。

至若春和景明，波澜不惊，上下天光，一碧万顷；沙鸥翔集，锦鳞游泳，岸芷汀兰，郁郁青青。而或长烟一空，皓月千里，浮光跃金，静影沉璧，渔歌互答，此乐何极！登斯楼也，则有心旷神怡，宠辱偕忘，把酒临风，其喜洋洋者矣。

嗟夫！予尝求古仁人之心，或异二者之为。何哉？不以物喜，不以己悲。居庙堂之高，则忧其民；处江湖之远，则忧其君：是进亦忧，退亦忧。然则何时而乐耶？其必曰：先天下之忧而忧，后天下之乐而乐乎？噫！微斯人，吾谁与归[8]！时六年九月十五日。

【注释】

1.《岳阳楼记》：选自《范文正公集》卷七。岳阳楼是岳州巴陵县（今湖南岳阳）的城西门楼。相传建于唐初。本文写于宋仁宗庆历六年（公元1046年）。作者时知邓州（治所在今河南邓县）。2.范仲淹（公元989—1052年），字希文，苏州吴县（今江苏吴县）人。宋真宗大中祥符八年（公元1015年）进士。曾任谏官、知府、经略安抚副使、枢密院副使、参知政事等，是北宋前期政治改革运动的领袖。其诗、词、散文都很出色，著有《范文正公集》。3.“越”：及，到。“百废具兴”：各种废弃之事，都兴办起来。4.“属”：同“嘱”。5.“汤汤”：同“荡荡（shāng shāng）”，水势盛大的样子。6.“迁”：左迁，即贬官；“迁客”，被贬官的人；“骚人”，即诗人。7.“樯倾楫摧”：船桅倾倒，船桨摧折。8.“微斯人”二句：“微”，非，没有；“斯人”，指古之仁人；“与”，语词；“谁与归”，即归向谁。

我国许多名胜古迹，多因著名作家的文章而驰名古今。岳阳楼，如果没有范仲淹的一篇“记”，可能不会如此声名赫赫。然而范仲淹要想写好岳阳楼很难。第一，有关岳阳楼的作品太多。唐代诗人孟浩然在一首题为《临洞庭》的诗里早已生动地表现了洞庭湖浩瀚的气势，成为千古绝唱。而杜甫的《登岳阳楼》更是写岳阳楼的精品。韩愈、白居易等名家皆有有关岳阳楼的佳作。到了宋代也有很多人写过这样的作品，像夏侯嘉正的《洞庭赋》就传诵一时。重修岳阳楼的滕宗谅又把唐宋人有关的诗赋全刻在楼上。要避开前人，尤其是名家的笔墨，另辟蹊径决非易事；第二，滕宗谅是范的好友，为人“豪迈自负，罕受人言”（《过庭录》）。范仲淹既要不落前人写岳阳楼之窠臼，又要含蓄地规劝好友，更是难事。然而，范仲淹毕竟是大手笔，他以出色的艺术匠心，用三百六十八个字，即完成了特定任务，给我们留下一篇弥足珍重的散文遗产。

《岳阳楼记》决非描绘风光之作。它是通过对洞庭湖上呈现的两种不同景色和游客因登楼而引起的不同心情的描写，表现了作者忧国忧民的思想和他“先天下之忧而忧，后天下之乐而乐”的伟大抱负和崇高的思想境界。

作者在文中给我们描绘了两幅鲜明的对映画面：一幅是岳阳楼的“霪雨霏霏”的变景（这里所说的“变景”是对前面“朝晖夕阴”的“常景”说的）。另一幅是岳阳楼的“春和景明”的佳景。但是，仅仅做这样的景物描写，实在不能阐明作者的原意。

作者的主旨命意，其实是在通过上面的“阴惨之景”（即变景）和“阳和之景”（即佳景）来否定和批判两种“悲喜观”，即两种人的览物之情，从而提出自己的见解。

为了把景物描写和不同的人们在不同的景物（或特定环境）面前产生的不同心情自然地结合起来描述，作者首先给我们提出这样一个问题，就是，岳阳楼上既然能看到这样的雄伟气象，那么“迁客骚人”“览物之情，得无异乎”？通过这样一个设问，就自然地引出了底下的两段文字，既描绘了岳阳楼上所看到的不同景致，而且也写出了两种人的览物之情，即两种不同的精神境界：一种是在“霪雨霏霏，连月不开……”的变幻景象面前产生的“去国怀乡，忧谗畏讥，满目萧然，感极而悲”的情感；另一种是在“春和景明，波澜不惊；上下天光，一碧万顷……”的佳景面前引起的“心旷神怡，宠辱偕忘，把酒临风，其喜洋洋者矣”的情感。这两种“览物之情”在本质上都是一样的，他们都是随物以为悲喜的。因此，他们也都是作者所不赞同的否定的对象。从下面作者所提出的“予尝求古仁人之心，或异二者之为”就可以明显地看出作者对这两种悲喜观的有力否定。

那么，作者的主张和见解是什么呢？“不以物喜，不以己悲。居庙堂之高，则忧其民；处江湖之远，则忧其君。”这种“进亦忧退亦忧”的精神是不以个人得失为基础的。只有这样的人，才能有“先天下之忧而忧，后天下之乐而乐”的崇高精神境界。读到这里，才知道上边两大段文字，原来是为末尾做映衬。这个结穴，才是作者主意之所在，也就是此文之所为而作。实质上，他追求的是一种更深沉、壮阔而内在的美德，追求比自然美更高一级的心灵美。忧国忧民，不计个人得失，这种宽大的胸襟，高尚的抱负，才熔炼出千古生辉，鼓舞人心的典型名句：“先天下之忧而忧，后天下之乐而乐”。其意义多么伟大，志向多么崇高，这是作者人格的写照，思想感情的结晶。也是忧患意识的人格精神境界的经典性总结。范仲淹同时代人欧阳修在为他写的碑文中说，范仲淹从小就有志于天下，常自诵曰：“士当先天下之忧而忧，后天下之乐而乐也。”可见《岳阳楼记》所言正是他一生行为的准则。孟子说：“达则兼善天下，穷则独善其身。”这已成为古代许多士大夫的信条。范仲淹写这篇文章时正贬官在外，“处江湖之远”，本来可以采取独善其身的态度，落得清闲快乐。可是他不肯这样，仍然以天下为己任，用“先天下之忧而忧，后天下之乐而乐”这两句话来勉励自己和朋友，这必须有胆、有识、有志。而范仲淹的人格和性格，也正是在我们读了这样的人生警句后才有了更加鲜明的轮廓。这就是心灵交通，旷代而相感。它启示我们：有了这样崇高的人格，才能写出这样动人的文章。文如其人。炼文骨先炼人。这是古往今来，所有作家都逃不过的规律。

就艺术而论,《岳阳楼记》也是一篇绝妙的文章。

首先是它的结构的整体性。作者开篇即言明作记的原因,接着就描述岳阳楼的大观,再进而写洞庭湖的两种景色和一般人登楼随之而发生的表面不同而实质一样的两种不同的心情,最后借"古仁人"发抒自己的正面见解和伟大抱负。由于它符合思想发展的自然法则,所以文势清晰,层次分明,有着逻辑的力量。这一逻辑,即是从"作文以记之"领起全篇,从一般的概括的叙述,转入个别的具体的描绘,从反面的命题导出正面的结论。

其次,作者善用铺叙的方法来描述事物,使画面广大丰富,能创造宏阔的气势。本篇作者先叙述洞庭湖的形势、景象和交通,次引出"迁客骚人",再分头描述他们眼中所见的洞庭湖上的雨景和晴景以及他们因不同景色所生的情,读来确实"浩浩汤汤"。作者还善用排比和对比的方法表述思想和描写事物。"若夫霪雨霏霏"到"感极而悲者矣"一节,与"至若春和景明"到"其喜洋洋者矣"一节,同样用虚字领起,虚字作结,中间都参有相同的字句,"登斯楼也,则有……",结构两两相似,排比在此所起的作用是使人对这两节给予同样的注意,增加匀称齐整的美感。第三节"迁客骚人"的"以物喜""以己悲"和第四节的"古仁人"的"不以物喜""不以己悲",两者恰恰相反,对比在此所起的作用是使二者互相照映,更易显出各自的伟大与渺小。

再有，本文虽是散文，但有着诗的语言的特征，达到了形散神不散的境界。表现在语言的概括上，如写“岳阳楼之大观”，作者仅用了“衔远山，吞长江，浩浩汤汤，横无际涯，朝晖夕阴，气象万千”二十二个字，便展现了洞庭湖的波澜壮阔、雄浑伟大，使人看到了一个完整的巨大的图象。与杜甫的“昔闻洞庭水，今上岳阳楼。吴楚东南坼，乾坤日夜浮”（《登岳阳楼》）正可媲美。表现在语言的鲜明性上，如“至若春和景明”一节，其中有光泽（景明、天光、浮光、皓月），有色彩（碧、锦、青青），有图形（一碧万顷、长烟一空、皓月千里、静影沉璧），有气味（郁郁），有声音（渔歌），有鱼鸟（沙鸥、锦鳞），有花草（岸芷汀兰），有动态（翔集、游泳、把酒临风），有静体（芷、兰、月、沉璧）……而这一切又都是对事物的最精确的描绘。这里的语言，有着诗人的灵感的创造，是加工的语言，是鲜明的诗的语言。表现在语句的整齐和对仗上，除首末两段外，基本上都是四言成句的；第三段若把少数几个连接词、语气词（若夫、者矣、至若等）除去，便全是四言句。对仗的句子，如“北通巫峡，南极潇湘”“长烟一空，皓月千里”等等均是。句子的整齐和对仗的讲求，都能给人一种均衡的形式美。在声调方面，基本上顾到平仄对称的原则，如“阴风怒号，浊浪排空，日星隐曜，山岳潜形”，如“长烟一空，皓月千里，浮光跃金，静影沉璧”（符号“·”表示平声，符号“△”表示“仄”声）。在韵律方面，最后两段则大致押着宽泛的韵脚，拿当时的韵书做标准，“明”和“惊”同韵，“忘”和“洋”同韵；“悲”和“为”韵不同，但韵书注明“同用”。总之，由于声韵的接近，因此读起来朗朗上口，富于音乐性的美感。

《岳阳楼记》曾以写景著名，可是这篇文章却并非写景文。古文中的“记”，从前的许多文论家都认为是“纪事之文”。而《岳阳楼记》却只有一段是纪事，中间几段，大部分写景，最后一段又分明是议论。范仲淹把纪事、写景、议论冶于一炉，正显示了他的创造性。不过只说有纪事，有写景，有议论，还不足以说明这篇散文的主要特点。这篇文章，实质上是议论文，一篇独特的议论文。写议论文，一般是先提论点，后提论据。而这篇文章的论点却在最后，即“先天下之忧而忧，后天下之乐而乐”。这个论点是通过对“迁客骚人”的否定树立起来的。总之，有扼要的纪事，有生动的写景，有简明的议论；写景与议论，又带有浓郁的抒情色彩。而这一切又都是为树立论点服务的。这种写法，不能不说是“别开生面”。

总之，在《岳阳楼记》中既有自然美的形象描写，又有社会美的哲理警句，这两者融洽妥贴地存在于一篇散文中，再加语言秀丽隽逸，层次井然有序，感情真切高昂等等，这一切构成了散文的艺术美。由此，我们不难看出，《岳阳楼记》美就美在自然美、社会美、艺术美的“三美”合一。

醉翁亭记[1]

欧阳修[2]

环滁皆山也。其西南诸峰,林壑尤美。望之蔚然而深秀者,琅琊[3]也。山行六七里,渐闻水声潺潺,而泻出于两峰之间者,酿泉也。峰回路转,有亭翼然临于泉上者,醉翁亭也。作亭者谁?山之僧智仙也。名之者谁?太守自谓也。太守与客来饮于此,饮少辄醉,而年又最高,故自号曰醉翁也。醉翁之意不在酒,在乎山水之间也。山水之乐,得之心而寓之酒也[4]。

若夫日出而林霏开,云归而岩穴暝,晦明变化者,山间之朝暮也。野芳发而幽香,佳木秀而繁阴,风霜高洁,水落而石出者,山间之四时也。朝而往,暮而归,四时之景不同,而乐亦无穷也。

至于负者歌于途,行者休于树,前者呼,后者应,伛偻提携[5],往来而不绝者,滁人游也。临豀而渔,豀深而鱼肥;

酿泉为酒，泉香而酒洌；山肴野蔌，杂然而前陈者，太守宴也。宴酣之乐，非丝非竹；射[6]者中，奕者胜；觥筹交错，起坐而喧哗者，众宾欢也。苍颜白发，颓然乎其间者，太守醉也。

已而夕阳在山，人影散乱，太守归而宾客从也。树林阴翳，鸣声上下，游人去而禽鸟乐也。然而禽鸟知山林之乐，而不知人之乐；人知从太守游而乐，不知太守之乐其乐也。醉能同其乐，醒能述以文者，太守也。太守谓谁？庐陵欧阳修也。

【注释】

1.《醉翁亭记》：选自《欧阳文忠公文集·居士集》卷三十九。宋仁宗庆历五年（公元1045年），因杜衍、范仲淹等被诬结党，欧阳修替他们辩护，也被贬官，知滁州（今安徽滁县）。次年作《醉翁亭记》。2.欧阳修（公元1007—1072年），字永叔，晚年号六一居士，庐陵（今江西吉安）人。出身寒微，仁宗天圣八年（公元1030年）进士，曾任谏官和主考官，也做过按察使、知州等地方官，晚年做过枢密副使、参知政事等军政要职。他早年主张革新政治，但屡遭排斥，直到晚年，始终坚持以“宽简”“节用”为政的观点。欧阳修在学术上和文学上有多方面的成就，是历史学家、金石学家，但最主要的成就还是在文学方面。著有《欧阳文忠公文集》。3.“琅琊”：山名，在今安徽滁县西南十里。4.“山水之乐”二句：寓，寄托。这里是说，心里体会到山水的乐趣，而把它寄托在饮酒之中。5.“伛偻（yǔ lǚ)”：弯腰曲背的样子，指老年人。“提携”：牵引而行。6.“射”：这里指投壶。古代酒席间比赛射箭的游戏。是用九个动物形象作为射箭的目标，射中的有不同的饮酒办法。

欧阳修于宋仁宗庆历五年任滁州太守，他是受毁谤而遭贬谪的，那时他才三十九岁，次年四十岁自号醉翁。他在《醉翁吟》里有“我昔被谪居滁山，名虽为翁实少年”之句。他在滁州“乐其地僻而事简，又爱其俗之安闲”，所谓“小邦为政，期年粗有所成”，便常常游览山水，寄情诗酒，借山水之乐以排遣沦谪的郁悒，自号醉翁，原是别有寓意的。

《醉翁亭记》的题材是登山临水，流连光景。这样的素材看起来似乎很难写出什么具有大道理的文章来，然而欧阳修的《醉翁亭记》淋漓尽致地写出了、渲染了他在滁州“与民同乐”的德政。这篇文章，初读时常常会被他流利生动、清新圆熟的笔调以及滁人之游、众宾之欢、太守之醉、群鸟之乐等情景和错落有致、散而不乱的章法所吸引，最后使你不知不觉地陶醉在那幅“物阜民康”“官民同乐”的社会图画里。这篇文章，表面上看好像是一篇没有任何政治内容的山水游记之作，然而在实质上，作者的目的恰恰是为了歌颂他自己的政绩，歌颂他治下的升平景象。在这里作者不是突破了题材的“限制”，从小题材里做出了大文章么？值得注意的是，作者对自己进行歌颂时，手段十分高明，他使你不知不觉地受他的感染，也就是说他从这样的小题材里生发出那一套“大道理”来，完全不是生拉硬扯地“挤”出来的，而是别有会心地从肺腑中流出来的真情实感。

《醉翁亭记》是一篇明快轻松的文字，但的确并不是一篇单纯写景的轻飘飘的文字。应当认为，这里活泼地跳跃着作家的政治理想和并不单纯的思想情怀，却是隐蔽的。

欧阳修的《醉翁亭记》一向被看作是一篇奇文。它的奇处，不同于一些散文作家尚奇好怪，追求尖新，或者用险峻冷僻的文字。它的新奇处在于，在写法上作者采用了虚拟的第三人称的手法，具有独特的艺术效果。在《醉翁亭记》中，作者虽然在写自己，却舍却了第一人称的手法，这是很值得玩味的。正如“长歌当哭应在痛定之后”一样，赋文述乐也当在乐宁之后，处于极度兴奋中的当事人是很难表述清楚自己的感情的。为此，作者采用了虚拟的第三人称的手法。作品中写的是作为醉翁的欧阳修，而作为作者的欧阳修则清醒地站在一旁，与愉悦之至的感情保持一定的距离，冷静地观察和描述醉翁亭边的欢快景象。这种写法至少有三大好处：一是作为议论的语言可以写得更加含蓄；二是对醉翁的容颜可以详尽地加以描述；三是可以把太守的心理活动写得更加玄妙，让人难以捉摸其中隐含的真实意义，而用第一人称，则达不到这样的艺术效果。

在结构上，作者采取层层深入的写法，并极讲凝聚法。在这篇散文中先展开一个远景镜头，从滁州优美的山水风景中转到酿泉和醉翁亭，这是自外而内进行烘托，逐步缩小描写范围，最后突出一点，更能显示醉翁亭自然环境的秀丽，从而也更能够表现出亭子所在地的幽深和优美。作品又有从内而外进行烘托的手法，当从醉翁亭转向一批游人，从游人中显出欧阳修以后，就以欧阳修为焦点逐渐地把景物展开，写他看到游览乐趣，山民的生活，写他对山水风景的感情，又写他醉后归途中所见。从这里发抒感怀，写法固然新奇，但没有雕琢痕迹，看来朴素自然，清新流畅。总之，作者是先从山水结构形势上写景，又从时间变化上写景，都是层层深入的手法。这种手法，亦可称之为凝聚法，它使人先接触宏观世界，而后导入微观世界，这是符合人类由远及近，由大到小，由浅入深，由表象到里象的欣赏习惯的。作者深谙此法，因此，写来得心应手，且读者易于接受。

在语言上，大量运用虚词。欧阳修的《醉翁亭记》，从内容上是企图表达作者的欢快心境的，但散文这种形式没有给他提供诗歌那样表达感情的节律，作者选用了“也”字通贯全篇，就是为上述目的的。文中都以“也”字作结。二十一个“也”字，有规律地分布在一篇四百多字的散文中，一唱三叹，形成一种类似押韵的效果。由于重复出现的“也”字是一个语气词，随着作者情绪的变化，语句的更迭，“也”字也就被赋予了不同的感情和语气。因而，“也”虽多次出现，却并未使读者生厌，反而形成了特有的形式美感。

另外，作者改变了过去排句对偶的传统用法，他交错地运用对偶的句子，有单句成对的，有双句成对的，也有三句成对的。

这篇散文是一篇优美的散文诗。它把写景、抒情、咏物巧妙地结合起来，写出珠玉一样的诗句，再用虚字“而”“也”等连缀起来，如果把虚字去掉，则是很好的诗句。然而它毕竟是一首散文诗，作者采用这一形式，写自己的“游心骋目”，可以更自由些，可以把观景物的心情的变化写得更有层次。

欧阳修对于自己的文章是精益求精、反复删改的。根据《朱子语类辑略》卷八载：“欧公文，亦多是修改到妙处。顷有人买得他《醉翁亭》稿，初说滁州四面有山，凡数十字，末后改定，又曰：‘环滁皆山也’五字而已。”此说根据多少，似难印证，但文中“环滁皆山也”劈头而起的一句，足以惊呆那些习惯于按照陈套来写文章的人们。环滁而起的山势的突兀不凡，恰好衬托了文势的突兀不凡。一句之后，迅即展开了一个气势雄伟的全景。它不仅文字简练，而且达到了审美上的先声夺人的效应！

五代史伶官传序[1]

欧阳修

呜呼！盛衰之理，虽曰天命，岂非人事哉！原庄宗[2]之所以得天下，与其所以失之者，可以知之矣。世言晋王[3]之将终也，以三矢赐庄宗而告之曰："梁[4]，吾仇也；燕王[5]，吾所立；契丹与吾约为兄弟，而皆背晋以归梁[6]。此三者吾遗恨也。与尔三矢，尔其无忘乃父之志！"庄宗受而藏之于庙。其后用兵，则遣从事以一少牢告庙[7]，请其矢，盛以锦囊，负而前驱，及凯旋而纳之。方其系燕父子以组[8]，函梁君臣之首，入于太庙[9]，还矢先王，而告以成功，其意气之盛，可谓壮哉！及仇雠已灭，天下已定，一夫夜呼，乱者四应[10]，苍皇东出，未及见贼[11]，而士卒离散，君臣相顾，不知所归，至于誓天断发，泣下沾襟[12]，何其衰也！

岂得之难而失之易欤？抑本其成败之迹，而皆自于人欤？《书》曰："满招损，谦得益[13]。"忧劳可以兴国，逸豫可以亡身，自然之理也。故方其盛也，举天下之豪杰，莫能与之争；及其衰也，数十伶人困之，而身死国灭[14]，为天下笑。夫祸患常积于忽微[15]，而智勇多困于所溺，岂独伶人也哉！作《伶官传》。

【注释】

1.《五代史伶官传序》：选自《新五代史·伶官传》。"五代(公元907—960年)"，指唐宋之间的五个封建王朝，即后梁、后唐、后晋、后汉、后周。《五代史》是欧阳修晚年写的一部关于五代历史的史书，共七十四卷，目录一卷。原名《五代史记》，亦称《新五代史》。"伶官"，封建时代称演戏的艺人为伶；在宫廷中授有官职的伶人叫伶官。《伶官传》是《新五代史》中的一篇，现在所选是这一篇的开头一部分。2."原"：用作动词，推原，意即推究事物的根本。"庄宗"：即后唐庄宗李存勖，李克用之长子。3."世言"：社会上的传闻。"晋王"：指庄宗的父亲李克用。4."梁"：指后梁太祖朱温。他与李克用互相争斗，结下世仇。5."燕王"：指刘仁恭。原为幽州的小军官，投靠李克用，后叛晋。6."契丹"二句：唐末，契丹首领耶律阿保机建国做了皇帝，称契丹，后改国号为"辽"。天祐二年(公元905年)，李克用与阿保机会于云州东城，希望联合出兵，攻打朱温。后阿保机背约，而与朱温通好。7."则遣"句："从事"，此处泛指属官；"少牢"，古代祭祀，用牛、羊、豕为祭品的称为"太牢"，只用羊、豕的，称之为"少牢"；"告庙"，古时帝王和诸侯外出或遇有大事，照例要向祖庙祭祀祷告，叫告庙。8."方其"句："其"，指李存勖；"系"，用绳索拴起来；"燕父子”，刘仁恭、刘守光父子二人；“组”，绳索。后梁乾化元年（公元911年），刘守光自称大燕皇帝。次年，李存勖攻打幽州，俘刘仁恭及其家族三百人，刘守光逃到沧州，后亦被俘。9.“函梁”二句：“函”，匣子，用作动词，意即用匣子盛着；“梁君臣”，指朱温之子朱友贞及其部将皇甫麟。10.“一夫”二句：“一夫”，一个人，指皇甫晖。后唐同光四年贝州军士皇甫晖等叛变，沧州等地驻军相继叛变。11.“仓皇”二句：“仓皇”：匆忙的样子。贝州军士叛变后，李存勖从洛阳向大梁进军，到了万胜镇，听说他派去镇压兵变的李嗣源已占据大梁，叛唐称帝，他只得匆忙返回洛阳。12.“君臣”四句：李存勖带领残兵回到石桥西，置酒野炊，悲涕不乐，问部下有何策相救，随从者百余名将士援刀截发，以断首自誓。13.“满招损”二句：自满要招致祸患，谦虚能得到益处。14.“数十伶人”二句：李存勖迷恋伶人。伶人郭从谦乘李嗣源攻占大梁，率部下作乱。15.“忽微”：极言数目之小，就寸而言，忽是寸的十万分之一，微是百万分之一。这里比喻微细的事情。

《五代史伶官传序》以总结历史经验教训的笔调，简要地概述了庄宗的一生，以世事的兴衰在于人事而非天命的进步历史观作为立论基点，阐释了“忧劳可以兴国，逸豫可以亡身”的道理，勉励人应该以史实为鉴戒，以免“得之难而失之易”。这是一篇抒情色彩很浓的说理文。

《新五代史》历来就以文辞的斐然可观为人称道，而著名的《伶官传序》更被清朝的文学家沈德潜誉为“抑扬顿挫，得《史记》神髓,《五代史》中第一篇文字”。这篇文章之所以成为历代传诵的名文,首先是由于说理透彻有力。作者深沉的历史感,在文章的一开始便展现了出来。其历史沉思集中在一点上:国家盛衰兴亡的道理,虽说是天命,难道不是在于人为吗?因为,用“天命”来解释王朝的兴衰更迭,是古代封建统治集团为自己辩护的托词,也就是用宿命论的观点来贬低前代的统治,神化自己的统治。但实际上,中国古代的有识之士早就看清,历史毕竟是由人创造的。所以,欧阳修开宗明义突出了盛衰兴亡之理,由于“人事”而未必由于“天命”,为全篇树立了议论的主干。这里所谓的“人事”,主要表现在两个方面,即“忧劳可以兴国,逸豫可以亡身”和“祸患常积于忽微,而智勇多困于所溺”。这些意在说明,封建统治为什么成功又为什么失败。欧阳修以精炼的笔墨,提出了自己的主张,态度鲜明,一针见血。

古人为文,讲求“开合”,亦即说理和论事之关系。既然要论辩是非,先要有一个区分是非的道理,把这个道理先讲清楚,再来讨论事实,就容易明白真理与谬误。欧阳修承接上段,引用了一则富有传奇色彩的史实:晋王李克用曾以三支箭作为遗命,要庄宗为他报仇。庄宗果然励志图强,用武力为父亲报了仇。然而庄宗此后即纵情声色,营宫室,采美女,从而使兵民怨乱。到926年,军士皇甫晖等发生兵变,伶人郭从谦又指挥一部分禁卫军作乱，李存勖乃被杀。这就是欧阳修在本篇中所谈到的主要史实，而这正是欧阳修感慨之所系，也是作者论述盛衰人事之理的极好的例子。所以，欧阳修前扬后抑，先渲染庄宗兴国时“其意气之盛，可谓壮哉”，后渲染“泣下沾襟，何其衰也”。在盛衰逆转中，作者进行了一番设问：这究竟是应了江山“得之难而失之易”的老话，还是从本质上看，成败在于人事的作为呢？答案本来是明确的，这里只是加强语气，使文势起伏、跌宕有致。

最后，文章又从论事转入说理。由于历史的启示，作者很自然地得出“忧劳可以兴国，逸豫可以亡身”的历史哲学。至于文章最后总结的，祸患乃是一点一滴积累起来的，智勇之人，会被自己耽溺的东西所害，这是一种普遍的历史经验。在古代编修历史，其主要功用就是为统治者提供历史借鉴，也就是说，历史是一种“资治”用的“通鉴”。欧阳修对历史的沉思，显然也是带有这种目的。

《五代史伶官传序》在论事和说理上感情充沛，具有很强的感染力。作者通过一唱三叹、纡徐含蓄的手法，令读者得到感受，受到启示，从而使文章的主题思想获得了认同。特别是文章中一组组简洁而强烈的对比，如人事与天命，盛与衰，得与失，难与易，成与败，兴与亡，忧劳与逸豫，这些精确的对称性的词汇，把抽象的结论和具体的史料贯穿起来，大大强化了内容的思辨性和哲理意味。

另外,本文有气势有力量,语言简炼雄健,沉厚淋漓,诵读时,使人感到抑扬顿挫,有反复咏叹的味道。作者惯于运骈入散或以散破骈,凡最关键的足以点名主题的语句,都用最精炼而形象的四字句、六字句即骈俪句来描写,以便强化节奏感。这样就使议论和情韵结合起来,构成了欧阳修议论文的特色。本篇还使用格言式的警句,如"忧劳可以兴国,逸豫可以亡身""祸害常积于忽微,而智勇多困于所溺",语言精炼,构成对偶,带有总结历史经验的意味,显得警策动人。欧阳修的史论性散文确实深得司马迁《史记》之神髓。

六　国[1]

苏洵[2]

六国破灭，非兵不利、战不善，弊在赂秦；赂秦而力亏，破灭之道也。或曰：六国互丧[3]，率赂秦耶？曰：不赂者以赂者丧。盖失强援，不能独完，故曰：弊在赂秦也。

秦以攻取之外，小则获邑，大则得城，较秦之所得，与战胜而得者，其实百倍；诸侯之所亡，与战败而亡者，其实亦百倍。则秦之所大欲，诸侯之所大患，固不在战矣。

思厥先祖父暴霜露、斩荆棘，以有尺寸之地，子孙视之不甚惜，举以予人，如弃草芥。今日割五城，明日割十城，然后得一夕安寝；起视四境，而秦兵又至矣。然则诸侯之地有限，暴秦之欲无厌，奉之弥繁，侵之愈急，故不战而强弱胜负已判矣。至于颠覆，理固宜然。古人云："以地事秦，犹抱薪救火，薪不尽，火不灭[4]。"此言得之。

齐人未尝赂秦，终继五国迁灭，何哉？与嬴[5]而不助五国也。五国既丧，齐亦不免矣。燕赵之君，始有远略，能守其土，义不赂秦，是故燕虽小国而后亡，斯用兵之效也。至丹以荆卿为计，始速祸焉[6]。赵尝五战于秦，二败而三胜，后秦击赵者再，李牧连却之。洎牧以谗诛[7]，邯郸为郡[8]，惜其用武而不终也。且燕赵处秦革灭殆尽之际，可谓智力孤危；战败而亡，诚不得已。向使三国[9]各爱其地，齐人勿附于秦，刺客不行，良将犹在，则胜负之数，存亡之理，当与秦相较，或未易量。

呜呼！以赂秦之地，封天下之谋臣，以事秦之心，礼天下之奇才，并力西向，则吾恐秦人食之不得下咽也。悲夫！有如此之势，而为秦人积威之所劫[10]，日削月割，以趋于亡。为国者无使为积威之所劫哉！

夫六国与秦皆诸侯，其势弱于秦，而犹有可以不赂而胜之之势；苟以天下之大，下而从六国破亡之故事[11]，是又在六国下矣。

【注释】

1.《六国》：选自《嘉祐集》卷三。这是苏洵所写的《权书》中的一篇。《权书》共十篇，都是史论文章。原题为《六国》，通行选本标题为《六国论》。2.苏洵（公元1009—1066年），字明允，眉山（今属四川）人。宋代著名散文家。明代以来，被列为唐宋八大家之一。著有《嘉祐集》十五卷。3."互丧":相继灭亡。4."古人云"五句:战国时许多人都曾用这种话来比喻秦的贪心、无厌和割地事秦的危险。5."与嬴":指和秦国联合。6."至丹"二句:"丹",燕太子丹;"荆卿",荆轲。燕太子丹派荆轲往刺秦王,未成,秦大怒,发兵灭燕。7."洎牧以谗诛":"洎(jì)",及至。据史载,赵王迁七年(公元前229年),秦使王翦攻赵,赵使李牧等御之。秦以金贿赂赵王宠臣郭开,为反间计,郭开诬李牧谋反,赵王信谗,暗中捕杀李牧。8."邯郸为郡":秦灭赵后,把赵地变为秦国的一个郡。"邯郸",赵之都城,此处代指赵国。9."三国":指楚、魏、韩三个与秦为邻的国家。10."积威":积累起来之威势。"劫",指控制。11."天下":指北宋统治之疆域。"下而从":降低而蹈袭。"故事":旧事,前事。

苏洵与其子苏轼、苏辙各有一篇论"六国"的文章,虽然都是史论文章,但实属两种类型。苏轼的《六国论》(《权书》之八),就六国久存而秦速亡这一历史现象做分析,其中突出强调的是"士"的作用。在苏轼看来,六国之所以久存乃是由于"诸侯卿相皆争养士"。因此,只要把那些"士"养起来,老百姓想造反也找不到带头人,天下乃可少安而不速亡了。苏轼这一意见显然是浅薄的。而苏辙的《六国论》则就山东六国"不免于灭亡"的史实,指出它们的相继覆亡乃是由于不能团结御敌,咎由自取。这种见解虽有一定道理,但仍显得表面化。而且苏氏兄弟探索六国覆亡原因时都是就史论史,不直接牵涉现实政治。

然而,苏洵写《六国论》,论六国是宾,是手段,论现实政治才是主，才是目的。试看，作者以高屋建瓴之势，雄浑酣畅的笔触，大力铺陈六国迁灭的情景，指明六国之亡，关键在于“赂秦”(所谓“弊在赂秦”)，一针见血地揭开了赂秦者心灵的秘密：“为秦人积威之所劫。”从而语重心长地向当权者提出，“为国者无使为积威之所劫”的箴言。这一切中肯綮之笔，亮出了苏洵写作《六国论》的要旨。

苏洵一贯的政治主张是反对卑躬媚敌。在他看来，宋王朝所奉行的“斥地与敌，守内虚外”的国策，必将导致国家的败亡。他看到了买静求安势必加深内患，因为贿多势必导致赋敛加重，摧残百姓，这就难保天下之“久安而无变”。因此，他明确地提出：“天下之计不如勿赂(贿赂)。”(《机策·审敌》)

《六国论》从总结六国破灭的经验教训入手，提出对敌斗争应该注意的问题，以借古喻今、借题发挥的手法，发表自己对当时政治的见解，借以批评北宋朝廷屈辱求和的外交路线，最后明确提出“为国者无使为积威之所劫”这一至理名言，充分体现出苏洵的远见卓识。

《六国论》在一定意义上说是一篇反思性很强的论文。反思性的散文的基本条件和基本特征是：一、必须以总结利用历史经验教训为目的和主要内容，既有反思的客体对象，又有反思的主体特征；二、具有较大的历史距离感。前者是更为根本、主要的条件。据此审察苏洵的《六国论》，我们可以看出它是具有这样的审美特征的。苏洵文中的论述是为了呼唤改变现状，进行深沉思索，总结深刻教训，防止悲剧重演。值得注意的是，这篇反思性很强的散文虽然以历史回顾总结为主要内容，它却是在现实与理想的反差的激发下进行思辨的，而这又是以现实为潜在基础和出发点的。苏洵是由于在现实中问题得不到合理的解决，才希冀从历史的启示中汲取经验，提供模式，寄托殷望，即是将历史和前人的镜子当作解决现实问题的参照系。因此对于苏洵的《六国论》来说，它背后隐藏的深层意识则是当代意识。这样，《六国论》的反思性就把历史、现实和理想的因素熔为一炉了，从而建构成一座历史的回音壁。

苏洵的散文得力于纵横家，议论风发，文字老辣。《六国论》集中体现了他那精于布局、富于雄辩的长处。

文章一上来就开门见山，点破“六国破灭”的致命伤是“弊在赂秦”，起笔精警，为全篇张目。接着就“赂秦而力亏，破灭之道也”分作两层申说开去。一是用平实的叙述权衡得失，让读者从简单计算中看到“赂秦”无异于自杀自灭。二是用形象的描绘，极写六国之君的祖、父创业维艰，而其子孙却“举以予人，如弃草芥”。然后再就所谓“不赂者以赂者丧”展开论述。这里作者对“附秦”之举做了严肃的批判，而对燕赵之亡则惋惜之情溢于言表。最后从古代历史引渡到现实政治，以古代社会治乱、国家兴衰的历史经验教训作为处理当前国家的重大问题的借鉴,于是主题的深刻意蕴得到了充分的展现。从全文的布局来看,也收结得沉着有力。

前人评论苏洵的文章“博辩宏伟”,或者说他的文章奔腾上下、纵横出入的气势有如江河决口,《六国论》充分体现了他的散文的特色和成就。他见识深远,眼光犀利,议论精审透彻,行文干练老辣,既讲究回荡,而收煞又意味含蓄不尽,这不能不说是苏洵艺术功力深厚的表现。

墨池记[1]

曾巩[2]

临川之城东，有地隐然[3]而高，以临于溪，曰新城。新城之上，有池洼然而方以长[4]，曰王羲之之墨池者，荀伯子[5]《临川记》云也。羲之尝慕张芝“临池学书，池水尽黑[6]”。此为其故迹，岂信然邪？

方羲之之不可强以仕[7]，而尝极东方，出沧海[8]，以娱其意于山水之间，岂有徜徉肆恣[9]，而又尝自休于此邪？羲之之书晚乃善，则其所能，盖亦以精力自致者[10]，非天成也。然后世未有能及者，岂其学不如彼邪？则学固岂可以少哉！况欲深造道德者邪？

墨池之上，今为州学舍[11]。教授王君盛恐其不彰也，书“晋王右军墨池”之六字于楹间以揭之[12]，又告于巩曰：“愿有记。”推王君之心，岂爱人之善，虽一能不以废[13]，而因以及乎其迹邪？其亦欲推其事以勉其学者邪？夫人之有一能，而使后人尚之如此，况仁人庄士[14]之遗风余思，被于来世者何如哉。

庆历八年九月十二日，曾巩记。

【注释】

1.《墨池记》：选自《元丰类稿》卷十七。“墨池”：在江西临川，相传是东晋书法家王羲之练习书法洗笔砚的地方。2. 曾巩（公元 1019—1083 年），字子固，南丰（今江西南丰）人。宋仁宗嘉祐二年（公元 1057 年）进士，曾编校史馆书籍，为实录检讨官，出知福州，入为中书舍人。著有《元丰类稿》。3.“隐然”：安稳的样子。4.“洼然”：凹下去的样子。“方以长”：方而长。5. 荀伯子（公元 378—438 年）：南朝宋颍川颍阴（今河南许昌）人，入宋为尚书左丞。6.“羲之”二句：“张芝”，字伯英，东汉末年的书法家，擅草书，世人称之为“草圣”。相传他勤学苦练，因常洗笔砚，临近的池水都被染黑了。7.“方”：当。“强以仕”：勉强做官。8.“极东方”二句：“极”，动词，穷尽；“极东方”，指游到最东边的地方；“沧海”，这里指东海。9.“徜徉”：随意漫游。“肆恣”：尽情任意。10.“以精力自致者”：费精力用功夫而自己达到的。11.“州学舍”：宋代州、郡、府、县皆设学校。这里州指抚州。“学舍”：学校房舍。12.“楹间”：房屋前柱子的中间。“揭”：挂起、标出。13.“虽一能不以废”：即使是一技之长，也不湮没他。14.“庄士”：庄重之士。

素以文笔精警、风格冲淡著称的曾巩，在唐宋古文八大家中，可谓独树一帜，自成一体，人们称为“南丰体”。由于他的散文风格与他的老师欧阳修最为相近，所以向来并称“欧曾”。由于他的文章能穷尽事理、从容周详而平易，很早就得到欧阳修的称许和推崇。同时代的王安石更给予他极高的评价，有诗说“曾子文章众无有，水之江汉星之斗”。用河流中的长江，群星中的北斗比喻他的文章。《墨池记》一文议论萦纡，即物明理，历来被认为是他的一篇代表作。

宋仁宗庆历八年（公元1048年）九月，曾巩当时三十岁，尚未进入仕途，而文章却已名满天下了。他因慕大书法家王羲之的盛名，便从抚州南丰来到附近的临川，凭吊据称为王羲之墨池的遗迹。于此他应州学（抚州所办的官学）王盛教授之请，写下了这篇议论曲尽其致、气势纵横跌宕的《墨池记》。关于“墨池”，据有关史书记载，王羲之学书的故迹，除江西抚州的墨池外，在浙江会稽（绍兴）、永嘉（温州）以及江西庐山、湖北蕲水等地都有。本文目的不在于考证，因此没有深究的必要，所以全文皆以虚话委婉之语出之。

《墨池记》通过记述王羲之的一件遗闻轶事，阐明书法（乃至任何技能）的达于精妙的境界，要靠自己刻苦学习钻研，“以精力自致”，并“非天成”，进而强调应该努力学习提高思想道德修养。这篇短文，从一定意义上讲，已超出了记叙古迹的范围，而成为一篇寓意深邃的“劝学篇”。

曾巩的散文，气势纵横，波澜起伏，文笔精警，结构严谨，长于议论。《墨池记》的开篇不求单刀直入，起笔扣题，而是着眼于整体，落墨于大处，表面上写的全是新城，没有一字提及墨池，其实却为我们粗线条地勾勒出了墨池四周的地理环境，因此极像电影中的一个“全景镜头”。此后，由远而近，由大而小，记述墨池的位置、形状，仅用“洼然而方以长”六字，把墨池展现于读者眼前，犹如现代电影的特写镜头。文字洗练，层次井然，给人以清晰的整体的印象。紧跟一句“曰王羲之之墨池者”这一判断，似不经自己亲自道破，而借古人荀伯子之口说出，这种写法既巧妙，又富情趣。

经过对墨池位置、形状、来历等简要介绍，完成了十分必要的层层铺垫之后，文章这才开始了转折。作者由叙述转到议论，从墨池遗迹而生发出一番富有哲理的精辟论述：“羲之之书晚乃善，则其所能，盖亦以精力自致者，非天成也。”可以说，文章前一段所言，都是为了确立这个论断做衬托。这里没有对名人大家的“超尘出世”的神奇颂扬，而是实事求是地揭示了事理的真谛。这个论断一经摆明，作者便紧紧抓住，针对生活中的现实加以推论：既然王羲之之所以成为书法大家，是“以精力自致”，并“非天成”，那么，后世之人没有达到他的书法成就，不就是因为下的功夫不如他吗？那么，努力学习刻苦钻研怎能缺少呢？何况要加深思想道德的修养更怎能不勤奋刻苦学习呢？这里尽管省略了详细论证过程，然而由于所持证据极为充分，加上前文已述说了他的“临池学书，池水尽黑”的感人事迹，作为此处“精力自致”的有力明证，所以依然显得言之有据，论之有理，足以服人。总之，这种步步深入阐发事理、逻辑严密、言简意赅，确实使文章气势昂扬高涨，神采飞动。

曾巩是一位语言大师。在北宋诗文革新运动中，他力倡平易朴实之文风，全力反对华而不实的“西昆体”。《墨池记》典型地反映了曾巩的质朴无华而又精炼含蓄的散文美学风格。全文不求词藻华丽，既不用冷僻字眼，又不作矫揉造作的惊人之语，一切皆似自然天成，因此，读来令人感到亲切。另外，文章大量使用设问句，于委婉含蓄之中，寓有发人深思的无穷意趣。

爱莲说[1]

周敦颐[2]

水陆草木之花,可爱者甚蕃。晋陶渊明独爱菊;自李唐来,世人甚爱牡丹;予独爱莲之出淤泥而不染,濯清涟而不妖,中通外直,不蔓不枝,香远益清,亭亭净植,可远观而不可亵玩焉[3]。

予谓菊,花之隐逸者也;牡丹,花之富贵者也;莲,花之君子者也。噫!菊之爱,陶之后鲜有闻;莲之爱,同予者何人?牡丹之爱,宜乎[4] 众矣!

【注释】

1.《爱莲说》:选自《宋濂溪周元公先生集》卷四。2. 周敦颐(公元1016—1073年),字茂叔,宋代道州营道(今湖南道县)人。曾担任州县地方官,治绩显著。他是宋明理学的开山祖,著有《太极图说》《通书》,合刻名《周元公集》。3.“中通外直”五句:“亭亭”,耸立的样子;“植”,树立;

“亵”，轻慢。这五句说，莲花里面贯通，外面笔直，不蔓延，没有枝节，香气远播，越觉得清香扑鼻，洁净地挺立在水上，只可远看，不可走近肆意玩弄。4.“宜乎”：当然，自然。

周敦颐的《爱莲说》虽寥寥一百一十九字，却极富情致，是一篇颇为后人称道、经世而不衰的散文精品。它托物寓意，阐释爱莲的道理，借以表现自己的人格和操守。

任何社会都需要从它的历史演进中，寻求一种人格美典型来说明和维系它的统一性，来协调和巩固人们共有的人生理想和文化传统，以教化和规范人们的行为。在中国历史上，人格美典型塑造更是各个阶级、各个学派的一种十分自觉的普遍意识，其中尤以儒家为最。《爱莲说》的作者周敦颐，即是借莲花以说君子，象征性地写出了菊、莲、牡丹三种花卉的不同品格，通过对莲花的赞颂，表达了自己洁身自好、不同流俗的志趣和理想。从某种意义来说，它也表现了作者的理学思想。

作者在文章开始即表示了对花的喜爱有着与众不同的选择，通过与菊花、牡丹的比较，表明独钟情于莲花的态度。“予独爱莲”一语，既与首句“水陆草木之花，可爱者甚蕃”相照应，把莲花推为群芳之冠；又与陶渊明独爱菊、自唐以来世人甚爱牡丹相映衬，暗示出自己的意趣，既有别于陶渊明，更相乖于世人。作者在做了这些铺垫以后，即对莲花做具体描绘，说明莲之可爱。这里表面句句写莲,实则为理想中的君子造像:洁净而不染纤尘,美丽而不显妖媚,有着通直的基干、沁人的清香和亭亭的丽姿,这些描写虽着墨不多,却兼摄形神,特征鲜明,继而作者以无限的感慨心情指出,能像爱菊的陶渊明那样远离污浊社会的隐者,东晋以后已经很少了;能追慕君子之风,自己得引为同志者,则更乏其人;而世人皆争名逐利,汲汲于富贵。所以说"牡丹之爱,宜乎众矣",显然是含蓄地流露出对世风日下、恶俗浇漓的深沉隐忧与不满情绪。

总之,《爱莲说》的主旨意在说明:借莲花之可爱,以勉励人们要具有不同流合污的所谓君子的高尚人格,并隐约地讥讽了社会上追求功名富贵、庸俗不堪的人们,这说明周敦颐有一种人格美的崇拜,而这又与知识分子的人格审美和内心世界的道德完善有着更为密切的关系。《爱莲说》也正是在这个意义上更富有人生的哲学意味。

那么周敦颐何以选择莲花作为君子的象征呢?这又似能从他的理学思想中找到某些答案。周敦颐的理学思想是道家思想与传统儒家思想以及佛家思想的混合。其中佛教思想的影响应该说是周敦颐爱莲的一个重要原因。因为莲花与佛教关系甚深。佛氏多以莲为比,如来之佛座,皆作莲花形,称莲台。所以周敦颐在《题莲》一诗中说:"佛爱我亦爱,清香蝶不偷。一般清意味,不上美人头。"一句"佛爱我亦爱"充分表现了周敦颐的思想。另外,《华严经探玄记》有一段以莲为喻言佛性的文字,提到莲花“在泥不染”,具有“一香、二净、三柔软、四可爱”的“四德”。周敦颐笔下之莲花与之别无二致。由此可见,佛教思想对《爱莲说》的构思具有很大影响。因为莲花具备了周敦颐所崇拜的君子人格的一切美好的东西,所以他才借用来为自己的学说服务,并以具体的可视的形象为他的人格道德观做出了注脚。虽然说,这样的理解,使我们看出周敦颐思想的某些局限性,但多少年来,人们都在以自己的感受去理解它,使莲花成为高尚洁美人格的象征,这毕竟是周敦颐伟大的功绩。

《爱莲说》的杰出,还在于它艺术上的别致、精巧,其中最为明显的是托物以象征。我国以及世界上一些伟大的作家,都曾把自己深刻的思想和对社会生活的评价寄寓在蕴涵于具有象征意义的形象里,运用象征不是记实或感怀,而是追求“象下之义”,弦外之音。《爱莲说》不是描绘一幅特定的形象画面,描写这统一画面中的众多物象,而是集中地围绕一个物象来写,并且多侧面地展现物象的特征和气质。因为所托之物,能够将抽象的感情化作具象,使纷纭的思想凝成结晶,并成为构思的核心,把千丝万缕组成精粹的短章。

托物以象征还在于它的咏物的精工,做到了形神兼备。文章对莲花的状摹和歌咏所连用的七个短语,分别从莲花的环境、形态、香气等方面突现它的特点。文笔细腻,体物入微,描写精工。这就不但栩栩如生地表现了它的外部特征，做到了形似；而且传神地揭示了它的内在气质，达到了神似。并在形神兼备的基础上，寄寓着作者的理想和情怀，从中见出了作者纯熟的写作技巧。

答司马谏议书[1]

王安石[2]

某[3]启:昨日蒙教,窃以为与君实游处[4]相好之日久,而议事每不合,所操之术多异故也。虽欲强聒,终必不蒙见察,故略上报,不复一一自辨。重念蒙君实视遇厚,于反覆不宜卤莽,故今具道所以,冀君实或见恕也。

盖儒者所争,尤在于名实[5]。名实已明,而天下之理得矣。今君实所以见教者,以为侵官、生事、征利、拒谏[6],以致天下怨谤也。某则以谓受命于人主,议法度而修之于朝廷,以授之于有司,不为侵官;举先王之政,以兴利除弊,不为生事;为天下理财,不为征利;辟邪说,难壬人[7],不为拒谏。至于怨诽之多,则固前知其如此也。

人习于苟且非一日,士大夫多以不恤国事、同俗自媚于众为善。上乃欲变此,而某不量敌之众寡,欲出力助上以抗之,则众何为而不汹汹?然盘庚之迁,胥怨者民也[8],

非特朝廷士大夫而已。盘庚不为怨者故改其度：度义而后动，是而不见可悔故也。

如君实责我以在位久，未能助上大有为，以膏泽斯民[9]，则某知罪矣；如曰今日当一切不事事，守前所为而已，则非某之所敢知。无由会晤，不任区区向往之至[10]。

【注释】

1.《答司马谏议书》：选自《临川先生文集》卷七十三。“谏议”，官名，即谏议大夫；“司马谏议”，指司马光，他是反对王安石变法的首领之一。此信是王安石执政后的第二年写的。2. 王安石（公元1021—1086年），字介甫，晚年号半山。临川（今江西抚州）人。宋仁宗庆历二年（公元1042年）进士，曾受曾巩、欧阳修、文彦博等的赏识。神宗熙宁二年（公元1069年）参知政事，始立制置三司条例司，议行新法。此后在变法与反变法的斗争中，一再罢相，一再起用。由于新法推行不力，流弊丛生，王安石晚年乃退居金陵，不再过问政事。著作有《王荆公诗文集》。3.“某”：古代书信，都自称名。起草时为省事，也写作某。也有由于作者的子孙、门人编集时，用“某”字代称，为表示尊敬或避讳的。4.“君实”：司马光的字。“游处”：指朋友交游往来。5.“盖儒者”二句：“名实”，名称与实际。这里是说，自己要议法度、兴利除弊、理财和辟邪说，而司马光诬他是侵官、生事、征利、拒谏，作者认为这种恶名不符合实际。6.“以为”句：“侵官”，侵犯原来官吏的职权；“生事”，凭空制造事端；“征利”，求利、谋利；“拒谏”，拒绝劝谏。7.“辟邪说”二句：“辟”，驳斥；“难”，诘难；“壬人”，即善以巧言献媚之人。8.“然盘庚”二句:“盘庚”,商代的一个国君,他曾把国都由黄河之北迁于殷(在今河南安阳西);“胥”,皆。9.“膏泽斯民”:施恩惠给人民。“膏”,油;“泽”,雨露。10.“不任”句:“不任”,如同说“不胜”;“区区”,小,此谦指自己内心。意谓内心不胜仰慕,这是旧时写信的客套话。

王安石的散文主要是一些政论文章,严格地说这些文章不属艺术散文之列。但是由于他的文笔朴素、简洁,语言生动、形象,使这些政论文章具有相当强的感染力。历来的人们常常把他的《上仁宗皇帝言事书》《答司马谏议书》当作古典散文的典范来传诵,并且把他列入“唐宋八大家”中,这是有道理的。他的政论文章的特色就是笔力雄健,文风峭刻,笔端富有感情,读他的文章也可以想见他那种刚毅果断的政治家风度。

在王安石变法过程中,对农业生产力的发展,国防力量的加强,的确起了很好的作用。但由于新法损害了守旧派的利益,不少官僚群起反对他、攻讦他,甚至强加罪名来陷害他。其中司马光是反对新法最早、最力,也最全面的一个。他在熙宁三年上疏请罢青苗法,也直接三次写信给王安石指斥新法。在司马光的信中,认为王安石推行新法是“侵官、生事、征利、拒谏”,弄得朝野上下一团糟,所以他竭力劝王安石撤消三司条例司,废止新法。《答司马谏议书》就是王安石答复司马光的《与王介甫书》的信。信中对司马光的责难一一加以辩明,做了简要而又明确的答辩，表明自己坚定不移的决心，显示出他的革新进取和坚持政治原则的可贵精神。

全文是由两大段组成的。第一段说明回信的目的和他写回信时的复杂心情。这段话是在和对方具有深厚友谊的基础上，申明彼此对立的政见之不可统一，因而用了极其委婉的措词，表现了毫不苟且的严正态度。这段文字的最大特色是：绵里藏针，柔中寓刚。作者毫无金刚怒目之态，然而在原则问题上却寸步不让，做到了有理、有利、有节。读者可以看出王安石不因公事而不顾私交和不因私交而轻忽公事的严肃作风。

第二大段接着针对司马光来信中对新法的批评，一一做了扼要的辩析，这是全文的中心内容。根据内容，这一段又可分为两小节。前一节在于剖辩司马光对新政措施的曲解，指出这种曲解是由于不明“名实”的关系；后一节在于分析许多人“汹汹然”的原因和自己不见可悔的决心。作者于此采取以子之矛攻子之盾的办法，将论敌置于无法遁脱之地。在进入主要论述之首，以“儒者”共识的要求为发端，以对方用以律人的标准为前提，以对方津津乐道的语言为自己立论的总纲，迫使对方有口难辩，如欲申说，必陷入自相矛盾之境。王安石以其雄辩之事实，使被诬加的“罪名”破、使对方的“美名”裂，反击十分有力。

司马光信中极力指责王安石实行新法是“侵官、生事、征利、拒谏”，而且还引经据典，证明王安石所作所为是离经叛道，使之无容置辩。王安石则抓住论敌要害，以高屋建瓴之势，熔铸千钧于笔端，对每一点指责仅用三言两语破的。整篇文章总共才三百五十余字，真正做到“一以当十”“以少胜多”。文章中心部分对所谓的“侵官、生事、征利、拒谏”等罪责的反驳，不纠缠于烦琐细节，不作强聒之言，义正辞严地给予有力的驳论。这样的论辩，言之有物，理直气壮，是非曲直自然清楚。总之，王安石的反驳，字字千钧，证明政治改革有根有据，合理合法，堂堂正正，置论敌于无言以对的困窘境地，由此足见这位政治家兼文学家王安石的如椽巨笔的分量，清人刘熙载说：“半山（即王安石）文善用揭过法，只下一二语，便可扫却他人数大段，是何简贵！”他又引谢叠山语，称王安石文是“笔力简而健”（《艺概·文概》）。这一评语正是切中肯綮。

在辩明了事实之后，作者又分析了众人之“汹汹然”的原因和自己坚决执行新法的“不可见悔”的决心。这里着重指出，当时的人都习惯于苟且偷安的生活，惧怕政治上的任何变革。而最可耻的是一般目光短浅的士大夫，只顾个人的利益，不体恤国家的难处和人民的疾苦。王安石不顾反对派的“汹汹然”，矢志“出力助上以抗之”，态度坚决，旗帜鲜明。他不回避问题，正面而立，勇武之气逼人，傲岸之态毕现。

王安石为了阐明自己的观点，还引用历史上盘庚权衡利弊决计迁都而不畏众怨的事实,借以表明自己对实行变法也将坚信不悔,“不为怨者故改其度”。接着采用“先屈后伸”“绵里藏针”的论战方法,虚作假设之言,柔中寓刚,明说自己愿意接受变法不力、“未能助上大有为”、没为人民谋利益的“罪责”,而决不“守前所为”“一切不事事”;实则句句刺向司马光,论战艺术何其老辣精熟!

最后两句,与信的开头相照应,用古代书信礼节性话语作结。整篇文章环环相扣,间不容发。清末吴汝纶评述本文时说:“固由兀傲性成,亦理足气盛,故劲悍廉厉无枝叶如此。”(转引自高步瀛《唐宋文举要》卷七《王介甫文》)这是很有见地的。

《答司马谏议书》鲜明地反映出王安石与司马光政见的根本分歧,同时也表现了它的作者对保守力量毫不妥协的态度和不以个人得失为意的宽广的胸怀。从这里,我们看到了那种有远见、有魄力、有度量、思虑周详、态度严正的杰出政治家风度。

这篇短信笔力精锐,文字经济而富有说服力,语气委婉而严正,既不伤害私人的友谊,也不向反对的意见妥协。作者的修辞和逻辑推理是根据对具体的人、具体的场合,运用了反驳、引导、对比、证明、启发、类推等方法,由近及远、由远及近、层层逼进进行的,它是驳论性政论文的典范之作。

游褒禅山记[1]

王安石

褒禅山亦谓之华山。唐浮图慧褒始舍于其址[2]，而卒葬之。以故，其后名之曰褒禅。今所谓慧空禅院[3]者，褒之庐冢[4]也。距其院东五里，所谓华山洞者，以其乃华山之阳[5]名之也。距洞百余步，有碑仆道[6]，其文漫灭[7]，独其为文犹可识，曰花山[8]。今言“华”如“华实”之“华”者，盖音谬也[9]。其下平旷，有泉侧出，而记游者甚众，所谓前洞也。由山以上五六里，有穴窈然[10]，入之甚寒，问其深，则其好游者不能穷也，谓之后洞。余与四人拥火以入，入之愈深，其进愈难，而其见愈奇。有怠而欲出者，曰：“不出，火且尽。”遂与之俱出。盖予所至，比好游者尚不能十一，然视其左右，来而记之者已少。盖其又深，则其至又加少矣。方是时，予之力尚足以入，火尚足以明也。既其出，则或咎其欲出者，而予亦悔其随之，而不得极夫游之乐也。

于是予有叹焉。古人之观于天地、山川、草木、虫鱼、鸟兽，往往有得，以其求思之深而无不在[11]也。夫夷以近，则游者众；险以远，则至者少，而世之奇伟、瑰怪、非常之观，常在于险远，而人之所罕至焉，故非有志者不能至也。有志矣，不随以止也，然力不足者，亦不能至也；有志与力，而又不随以怠，至于幽暗昏惑而无物以相之，亦不能至也。然力足以至焉，于人为可讥，而在己为有悔；尽吾志也，而不能至者，可以无悔矣，其孰能讥之乎？此予之所得也。

余于仆碑，又以悲夫古书之不存，后世之谬其传而莫能名者，何可胜道也哉[12]！此所以学者不可以不深思而慎取之也。

四人者：庐陵萧君圭君玉，长乐王回深父[13]，余弟安国平父、安上纯父。

至和元年七月某日，临川王某记。

【注释】

1.《游褒禅山记》：选自《临川先生文集》卷八十三。“褒禅山”：在今安徽含山北。本文作于宋仁宗至和元年（公元1054年），当时作者三十四岁，在舒州（今安徽安庆）任职。2.“唐浮图”句：“浮图”，梵语的译音，有佛、佛教徒、佛塔等意义，这里指和尚；“慧褒”，唐代的一个名僧；“舍”，筑室居住，这里用作动词。3.“禅院”：佛寺。“禅”，梵语“禅那”的省称，静修的意思，后来泛指与佛教有关的人和物。4.“庐冢”：房舍和坟墓。5.“华山之阳”：华山的南面。山南为阳。6.“仆道”：倒在道上。“仆”，倒伏。7.“漫灭”：磨灭不清。8.“独其”句：只是从碑文残留的字迹中还可辨认出“花山”二字。9.“今言”二句：意思是，现在把“华山”的“华”读作“华实”的“华”（huá），大概是读错了字音（应读作“画”）。10.“窈然”：幽暗深远的样子。11.“无不在”：没有不到的地方。也就是细致、周密之意。12.“余于仆碑”四句：“谬其传”，错误地传下去；“莫能名”，不能弄清真相。13.“长乐”：今福建长乐。“王回深父”：王回，字深父。宋代理学家。

这篇文章名为游记而实意不在记游。乃是借山水佳胜以抒发治学的见解，全文夹叙夹议，不时从自然造物之奇引发出深邃睿智的学术思想，字里行间充溢着勤学慎思、探究真理的精神，在众多的山水游记中卓荦不群，风标独举。

文章起始先说明褒禅山名的由来及有关胜迹名称字音的沿革，已初步透露了作者并非徒作登临观赏的意向。

既而写由平旷之前洞渐入于幽深窈暗之后洞。一般的游客乍历奇境，势必于日后追记种种奇观胜概，鬼斧神工，极尽夸饰之能。此篇作者却不落窠臼，只以“入之愈深，其进愈难，而其见愈奇”一语带过。语虽甚平，细加咀嚼，则回味无穷，别有一种人生哲理的启迪蕴蓄其间，使人如饮杏花村老酒，入口无奇，而回味悠长醇厚。

文中又以前洞平旷“而记游者甚众”，同后洞幽邃，“来而记之者已少。盖其又深，则其至又加少矣”进行对比，隐喻治学之规律，学无止境，正如作者所历之后洞“问其深，则其好游者不能穷也”。学习愈深入，遇到的困难就愈大，而所得的收获也就愈多，所以说“入之愈深，其进愈难，而其见愈奇”。但一般人对待学问之道，却往往满足于浅尝辄止，不肯做深入的探究，这就如同登山览胜的游人，都喜欢在平坦开阔的前洞观赏题诗，可是一旦面临深窈幽邃的后洞，便鲜有人肯冒险前行，更鲜有人能穷尽始终，窥其底蕴。作者由此而引咎自责，用“方是时，予之力尚足以入，火尚足以明也”，曲喻治学道路上的半途而废，往往并非由于外部条件的阻碍，而恰恰在于个人意志的动摇。

以下再由上面的感悟引发出“夫夷以近，则游者众；险以远，则至者少。而世之奇伟瑰怪非常之观，常在于险远，而人之所罕至焉”的精辟见解。进一步说明要达到高深的学术造诣，就必须具备不畏艰难险阻的决心和百折不挠的精神。并随之提出志与力与恒的相辅相成的关系。有了志向，还不等于一定能够成功，必须有足够的力量和持之以恒的韧性作为辅助，因地制宜，因势利导，才庶几乎达到常人难以企望的崇高境界。这种识见实际已超出了学问之道而进入了人生价值的范畴，于学于人均有发蒙解惑的作用。

王安石写作此文，正当其酝酿改革朝政、实行变法的时期，他深知朝政窳败，积重难返，仍然决心兴利除弊，斡旋到底。故本文虽主要谈治学，结尾处却有意无意地流露出知难而进、鞠躬尽瘁的改革家的悲壮孤独意绪——“尽吾志也而不能至者，可以无悔矣，其孰能讥之乎？”

综观全文，处处皆涉游历登临，而又处处不离为学求知之道，议论思辨汪洋捭阖却完全借助可触可见的形象表达，所以更见中肯透辟，发人深省。

文章结构严谨，前后呼应，笔力遒劲，具有明确的目的性和雄辩的逻辑性，体现出一个进步政治家慎思明辨、追求真理的精神风采，今日读来，仍能给人以启发鞭策。

赤壁赋[1]

苏轼[2]

壬戌之秋，七月既望，苏子与客泛舟游于赤壁之下。清风徐来，水波不兴。举酒属客，诵明月之诗，歌窈窕之章[3]。少焉，月出于东山之上，徘徊于斗牛[4]之间。白露横江，水光接天。纵一苇之所如[5]，凌万顷之茫然。浩浩乎如冯虚御风[6]，而不知其所止。飘飘乎如遗世独立，羽化而登仙[7]。

于是饮酒乐甚，扣舷而歌之。歌曰："桂棹兮兰桨，击空明兮泝流光。渺渺兮予怀，望美人[8]兮天一方。"客有吹洞箫者，倚歌而和之。其声呜呜然，如怨、如慕、如泣、如诉；余音嫋嫋，不绝如缕。舞幽壑之潜蛟，泣孤舟之嫠妇[9]。

苏子愀然，正襟危坐而问客曰："何为其然也？"客曰："'月明星稀，乌鹊南飞[10]'，此非曹孟德之诗乎？西望夏口，东望武昌，山川相缪[11]，郁乎苍苍，此非孟德之困于周郎者乎[12]？方其破荆州、下江陵[13]、顺流而东也，舳舻千里，旌旗蔽空，酾酒临江，横槊赋诗[14]，固一世之雄也，而今安在哉？况吾与子渔樵于江渚之上，侣鱼虾而友麋鹿，驾一叶之扁舟，举匏樽[15]以相属；寄蜉蝣于天地，渺沧海之一粟！哀吾生之须臾，羡长江之无穷，挟飞仙以遨游，抱明月而长终。知不可乎骤得，托遗响于悲风。"

苏子曰："客亦知夫水与月乎？逝者如斯，而未尝往也，盈虚者如彼，而卒莫消长也。盖将自其变者而观之，则天地曾不能以一瞬；自其不变者而观之，则物与我皆无尽也，而又何羡乎？且夫天地之间，物各有主，苟非吾之所有，虽一毫而莫取。惟江上之清风，与山间之明月，耳得之而为声，目遇之而成色，取之无禁，用之不竭，是造物者之无尽藏也[16]，而吾与子之所共适。"

客喜而笑。洗盏更酌。肴核既尽，杯盘狼藉。相与枕藉乎舟中，不知东方之既白。

【注释】

1.《赤壁赋》：选自《经进东坡文集事略》卷一。"赤壁"：有两处，一在湖北省嘉鱼县东北，三国时，周瑜、刘备大破曹兵处，一在黄州（今湖北黄冈），是当地名胜，也叫赤鼻矶。苏轼所游览的是黄州的赤壁。他曾两次至此，写了两篇赋，这里选的是前一篇，是为《前赤壁赋》。2. 苏轼（公元

1037—1101年),字子瞻,号东坡,眉山(今属四川)人。宋仁宗嘉祐二年进士,受到欧阳修的赏识。因政见与王安石不合,出为杭州通判。后知密州、徐州。宋神宗元丰二年(公元1079年),因文字被诬入狱,后被贬为黄州团练副使。哲宗元祐元年(公元1086年),司马光等旧党当权,召为中书舍人,翰林学士,知制诰。哲宗绍圣年间,新党再一次当权,他又被贬到惠州(今广东惠阳)、儋州(今海南儋县)。直到徽宗建中靖国元年(公元1101年),六十六岁时北还,不久即逝世。苏轼是全才的作家,散文和诗词都足以"雄视百代"。书法和绘画也有很高的造诣。苏轼和父亲苏洵、弟弟苏辙,被人合称为"三苏"。著作有《苏东坡集》《东坡乐府》等。3."诵明月"二句:"明月之诗",指《诗经·陈风·月出》;"窈窕之章",指其首章。4."斗牛":两个星宿名,南斗和牵牛。5."纵":任凭。"一苇":比喻小船。6."冯":同"凭",依凭。"虚":太空。"御风":驾御着风。7."飘飘乎"二句:"遗世",遗弃人世;"羽化",变化飞升的意思。道家谓人飞升成仙叫羽化。8."美人":此处指所倾慕、所向往的人。9."舞幽壑"二句:"幽壑",即深洞。"嫠(lí)妇":寡妇。"舞""泣":都是使动用法。10."月明星稀"二句:这是曹操《短歌行》中的两句。传说是曹操攻吴,屯兵赤壁,夜间乘月观望江景时所作。11."缪":同"缭",缭绕。12."此非孟德"句:"此",这地方。"周郎",即周瑜,因他任建威中郎将时仅二十四岁,吴中皆呼为周郎。13."方其"二句:"荆州",曹操破刘表时的荆州州治在湖北襄阳;"下",攻下;"江陵",今湖北江陵县。建安十三年(公元208年),赤壁之战前,曹操曾打破荆州,刘表子刘琮降服,而后又攻克江陵,沿江东下,进驻赤壁。14."酾酒"二句:"酾(shī)",即滤酒;"酾酒",

这里是饮酒之意；“槊”，长矛。15.“匏樽”：用匏（葫芦的一种）做的酒器。16.“造物者”：古时以万物是天所造成的，故称天为造物者，即现在所说之“自然”。“无尽藏（zàng）”：佛家语，即无穷无尽的宝藏。

真正完美的艺术作品，应该是真、善、美三者的有机结合。而真、善、美又是三个既有区别又有联系的美学标准，具体评价作品时，固然可以侧重解剖、分析其中某一方面，但倘若对一部作品做全面的美学评价，就必须把三者统一起来，不能只谈一个方面而忽视其他方面。苏轼的《前赤壁赋》就是真、善、美达到完美结合的千古绝妙的佳篇，它经得起真、善、美全方位的检验，在它那似赋似论、又似散文诗的文字中，写景、抒情和言理三者水乳交融，其中“理”是通过“诗”的意境得到了形象和优美的表现；或者可以说，在诗的意境中，升华和滤聚出了“理”的境界。特别是这篇赋的形象的具体可感性、感情的丰富性，真能使读者如闻其声、如见其人、如临其境，它的艺术语言的准确性、凝炼性、音乐性、独创性，可以说达到了炉火纯青的程度。正是在这个意义上，它是古典散文中一篇不可多得的艺术珍品。

《前赤壁赋》和同时所写的《念奴娇·赤壁怀古》一样，作于苏轼一生最为困难的时期。1079年他因作诗，文语涉讪谤，被逮下狱，备经严勘，几至死地。这就是所谓的“乌台诗案”。

次年他被贬黄州,这既是他仕途转入逆境的开始,也是他生活的转折点。但这却使他的文艺创作获得了更大的丰收。元丰五年(公元1082年)七月,苏轼到黄州的赤鼻矶游览,写下此赋。尽管苏轼所游之赤壁并非历史上发生大战的真正赤壁;因为苏东坡写赤壁词、赋,其重心决非周瑜破曹之壮举,却在于借此展开自己的心灵史。

《前赤壁赋》的主旨是通过抒发赤壁之游的感怀,表达诗人的"超然"思想和旷达的胸怀。它以泛舟夜游赤壁为线索,写出了作者感情上的三次起伏:乐—悲—乐。第一部分写他夜游赤壁时宠辱皆忘、逸兴湍飞的心情,并点明了时间、地点和人物。第二部分始则由游兴酣畅转为思慕远方的人(事),文情下抑;客人倚歌弄箫,哀怨之声不绝如缕,文情益发压抑;从客人悲吟引出像曹孟德这样"横槊赋诗"的"一世之雄"也被大浪淘去,早不知魂归何处,空留下史载的和演绎的故事,为渔父樵夫谈笑、佐酒,更何况"渺沧海之一粟"的平庶之人!文至于此,悲凉之雾,遍被寒江、舟人,冷郁的情绪下降到了最低点;接着是全文的重心所在,作者试图从"变"与"不变"两个方面阐释自然与人生。他的这些观点有的是消极的,但也从另一方面披露了诗人旷达脱俗的高洁情怀,情绪又扬了上去。第三部分写客人转悲为喜,与主人的认识一致起来,大家洗盏更酌,醉而枕藉,将全篇情绪推上了高潮,与篇首遥相呼应。但篇首意在抒发初至江上舒放逸适的兴致;末段则重在表现对社会人生的某些重大问题感悟之后,生发的超然物外、怡然自得的心情,因此,同是喜,内涵不同,这又是首尾的不同之处。

苏轼的心路历程既然是一个由乐变悲,再由悲而变喜的发展过程,所以他的思想也经历了一个由平静到苦闷,再由苦闷而得到"解脱"的发展过程。全文的感情、思想脉络既如此,全文的结构布局和设势行文也由此而巧妙展开:第一段因是写"乐",所以结合题意采用"情景交融"之法,以自在潇洒、优美形象的文笔,大写其泛舟游观赤壁的江上风光,以此尽情表达其怡情山水的士大夫乐趣。从舷歌声止,洞箫声起,文情顿时发生由乐变悲的变化,而文笔也由写景转入抒情:客子那一番"一世之雄而今安在"的浩叹和"吾主须臾""长江无穷"的对比,由于引入了江山人物的历史环境和宇宙环境来与短暂渺小的个人相对照,从而使其所抒发的忧患情绪,带上了分外深浓的氛围。第三段的"自我解脱"因要依赖于哲学的探讨和调整,所以文笔不得不转为言理——但是这种言理却又不是枯燥空洞的说教,而是结合着具体形象、以水月为喻进行的,因而仍旧和赤壁夜游的题目紧扣,显得理中有情、理中有景。最妙的是结尾几句,用"杯盘狼藉""相与枕藉"的杂乱形象来反衬其精神世界所重获的舒坦,以"不知东方之既白"来反写他在"清风明月"的抚摩之下所得到的恬宁,谐趣妙生。

《前赤壁赋》之所以有寻绎不尽的意味是由于它内蕴的哲理。它促使人们的思维冲破狭隘的社会生活圈子，从单纯的直接感受中跃出，把人的思维引向“无限的实体或自然界的本质”（斯宾诺莎语）。面对大千世界、浩渺宇宙、苍茫人生，思考国家兴衰、人生命运、世事冷暖、民众贫富，探讨日月起伏、万物兴灭、天地永恒，思索真的内涵、善的本质、美的意义。这种思想探索本身就具有长久而动人的魅力，《前赤壁赋》对这些人类基本价值的哲学探索以其特别的广泛、深刻、自觉而震惊后世，给后人以崭新的启示。当然，苏轼的哲学逃不出时代和他的认识上的局限，比如，他借“客”之语认为，人生犹如朝生暮死的蜉蝣，只是在无限的宇宙天地中须臾暂住而已，与其穷困追求而又一无所获地混生于世，不如回归自然，寄生于天，从而旷达地“挟飞仙以遨游，抱明月而长终”。由此观之，物与我又是无穷无尽的。似乎把生命混同于自然，才有自由，才有永恒，死无异于生。但是，顺天人格完全摆脱人世的一切计虑情感，不但对大多数济世救民积极入世的悲剧人格来说很难做到，而且距离具有自我意识的个体存在所面临死亡时的具体情绪，也很遥远。因此，这种悲剧性解脱法和死亡价值，尽管在某种程度上披露了人生真谛，但终究也只能是一种理想，是一种缺乏世俗热情的哲学沉思。

但是，苏轼自己却不取此法。他认为，欲求精神苦闷的真正摆脱，只有求之于自身在哲学上的解脱，于是苏轼转而寻觅一种新的精神武器。那段著名的以水、月为喻的文字，就标志着他凭仗哲学武器而达到的自我解脱。在这段文字里，作者机智地采用了“变换角度”的相对主义思想方法从而得出了尽管宇宙不断变化而人类与天地却同样永存的结论。

这显然是佛道之学超然物外的幻境，它虽可一时自欺欺人地求得一些精神上的安慰和解脱，但超然尘世的“太虚幻境”只能存于自己的头脑之中。浪漫的幻境一旦消失，又得无可奈何地回到现实中来。而现实还是严酷险恶的，理想和抱负还得被禁锢在牢笼里，生命的车轮还是在飞快地转动，毕竟不能像水、月那样相对地长存。因而他作品中关于人生问题的抒情与议论，更多的还是“人生如朝露”之类的叹息。实际上，赋中“客人”所说的“哀吾生之须臾”正是苏轼自己的真实思想的抒发。“客人”也就是作者思想感情的“一半”。这种自问自答是古赋中常用的手法，它是受佛道思想影响的一种处世方法。

然而，我们毕竟不能轻视哲学对文学的渗透。哲学思考之所以特别显得重要，这是因为哲学探讨人生，他给人生一个审美的解释；哲学沉思万物，他使澄明的思考闪耀诗的光辉；哲学追问世界本体，他对世界本体做出艺术化的说明。事实只能是，哲学对诗的渗透，能大大拓展诗人的精神视野，也必然大大促使读者思维空间的拓展。《前赤壁赋》正是让我们既尝到了

“文学”的美味，又获得了“哲学”的满足。这就是文学与哲学的完美结合，这就是诗情、画意、哲理的有机结合。

这篇传诵千载的绝唱，在审美价值上也是不同凡响的。其内涵虽然风搏物激，潜流叠起，读起来却自然亲切，清丽平和，并无剑拔弩张之态，真正是将百炼之钢化作了绕指柔，内蕴丰厚。七百字中，上穷碧落，下探黄泉，溯古感今，吟风弄月，天地万物无所不容，然而又是气象博大而不粗疏，体物精微而不局促；写景、状物、说理、寄情浑然一体，其运机之巧，剪裁之妙，当是羚羊挂角，无迹可寻，且音律铿锵，自然和谐。苏轼《前赤壁赋》既出，千载以下，堪与匹敌者殊少。这正印证了他关于自己文思和艺术特色的一段叙述：“吾文如万斛泉源，不择地而出。在平地，滔滔汩汩，虽一日千里无难；及其与山石曲折，随风赋形，而不可知也。”（《事略》五十七，一作《自评文》或《文说》）今读赤壁一赋，确实如捧东坡慧灵的文心。

记承天寺夜游[1]

苏轼

元丰六年十月十二日夜，解衣欲睡，月色入户，欣然起行。念无与为乐者，遂至承天寺，寻张怀民，怀民亦未寝，相与步于中庭。

庭下如积水空明[2]，水中藻荇[3] 交横，盖竹柏影也。

何夜无月，何处无竹柏，但少闲人[4] 如吾两人者耳。

【注释】

1.《记承天寺夜游》：选自《东坡全集》卷七十一。“承天寺”：在湖北省黄冈县南。2.“庭下”句：意谓庭院中的月光，如一泓积水那样清澈透明。3.“藻荇”：两种水草名。藻是小圆叶的，荇是狭长叶的。4.“闲人”：只是挂名的官，无一定职守，故称“闲人”。

在中国文学史上，一生爱好月光和吟咏月光的诗人，大概以李白和苏轼最为突出。苏轼对月光有一种特殊的感情，他常常把月光拟人化，写得富有人情味。例如《卜算子·黄州定慧院寓居作》写“缺月挂疏桐，漏断人初静。谁见幽人独往来？缥渺孤鸿影”。那天边的一钩孤月，夜空的飘渺孤岛，已经与踽踽凉凉的“幽人”融为一体了。实际上，孤鸿即为诗人的身影，而月光即为诗人的灵魂。《记承天寺夜游》也是通过对月夜美妙景色的描写，流露出作者遭贬生涯中自我排遣的特殊心理。它好像一首清冷的月光曲，每一个音符都闪烁着银色的寒光，都倾诉着诗人皎洁的襟怀。

几千年来，我们民族如此充满感情，全心尽力地走向自然，钟爱客体物象，视之为生命必不可少的组成部分。寄人格美于自然物象的传统，是与我们民族对自我的表达方式密切相关的。而人格与自然物象的沟通，又不是单向的，而是双向的，人因自然而美，自然也因人而美，双方始终保持一种互相感应、互相升华的情感默契，即人格美在自然物象的外化中，既比托和观照了自身，也创造和升华了外界对象。如乎此，就更使我们清晰地看到苏轼在《记承天寺夜游》中所表达的思想和蕴含的意境。

作为一个被贬谪的朝廷“罪人”，可以想见苏轼交游断绝、门庭冷落的境况；只有月光毫无势利之情，在寂寥的寒夜中，依然来拜访他。作者的兴奋和“欣然”之情已高度概括在“欣然起行”这四个字中了。这一句与“解衣就寝”相对照，显得一伏一起，一沉闷，一活跃，迥然两种心态，两种节奏。“念无与为乐者”一句，写出心理发展过程，言外有深深的寂寞之感，心情亦由欣喜而转入沉思。它似是一声低沉的感喟，因而也造成了文气的跌宕。

作者于寂寞中求友情，见明月而思同心，这就很自然过渡到下一句“遂至承天寺寻张怀民”，“遂至”二字下得十分轻快，似是不假思索，却包含着能与之赏月者只有其人，可见挚友张怀民在苏轼心目中的地位。从文势上来说，上一句是“止”，这一句是“行”。“怀民亦未寝”的“亦”字，写出这一对难兄难弟情怀的一致，只这一句就足以表述两人的同心之情了。“相与步于中庭”可以与“无与为乐者”对照起来读，前后显得有照应，有变化，文情的跌宕表现了作者心情之舒展，似在清冷的琴弦上拨出几个欢快的音符。诗人在漫步中沉思人生的哲理，领略月光的美好。这已经是一个纯净的境界了。

秋之美，大抵是因了那明月。和刺目的阳光比，月色柔和；和沉沉黑夜比，月色皎洁。月光的色相大致是青的，她不像红那样热，也不像绿那样冷，是一种清凉之色，有一种轻柔之态，给人以甜美之感。道理虽这样讲，文学却需形象来显示。苏东坡只用了十八个字，就创造出一个绝妙上乘的意境：

“庭中如积水空明。水中藻荇交横，盖竹柏影也。”这是写月光的传神之笔。三句中无一字写月，却无处不撒满皎洁的月光。庭、水、藻、荇、竹、柏，他用了六种形象，全是比喻。先是明喻："庭中如积水空明。"月光如水，本是人们用俗了的句子，苏轼却翻出新意，而将整座庭院注满了水。水，本是无色之物，实有其物，看似却无，月光不正是如此吗？"空明"二字更是绝妙，用"空"去修饰一种色调，出奇制胜。第二句用借喻，以客代主，索性把庭中当作水中来比喻，说"藻荇交横"，最后总之以"盖竹柏影也"，点透真情。这样先客后主，明暗交替，抑抑扬扬，使人自然而然地步入到一片皎洁、恬静的月色之中。

文章末尾抒发作者面对月光如水、竹柏疏影的感触。这里的点睛之笔，在"闲人"二字。"何夜无月光，何处无竹柏"，可是却很少有人欣赏，只有他和张怀民这两个"闲人"有兴致赏月，这是用惋惜无人赏此美好的月色暗示世人大都汲汲于名利，为俗务所累。同时也表达了作者那种随缘自适，聊以自慰，虽遭贬谪仍强作轻松愉快的苦闷心情。

石钟山记[1]

苏轼

《水经》云："彭蠡之口有石钟山焉。"郦元以为下临深潭，微风鼓浪，水石相搏，声如洪钟。是说也，人常疑之。今以钟磬置水中，虽大风浪不能鸣也，而况石乎！至唐李渤始访其遗踪，得双石于潭上，扣而聆之，南声函胡，北音清越，桴止响腾，余韵徐歇。自以为得之矣[2]。然是说也，余尤疑之。石之铿然有声者，所在皆是也，而此独以钟名，何哉？

元丰七年六月丁丑，余自齐安舟行适临汝，而长子迈将赴饶之德兴尉，送之至湖口，因得观所谓石钟者。寺僧使小童持斧，于乱石间，择其一二扣之，硿硿焉[3]。余固笑而不信也。至暮夜月明，独与迈乘小舟，至绝壁下。大石侧立千尺，如猛兽奇鬼，森然欲搏人[4]，而山上栖鹘，闻人声亦惊起，磔磔云霄间[5]；又有若老人欬且笑于山谷中者，或曰："此鹳鹤也[6]。"余方心动欲还，而大声发于水上，噌吰[7]如钟鼓不绝，舟人大恐。徐而察之，则山下皆石穴罅[8]，不知其浅深，微波入焉，涵澹澎湃而为此也[9]。舟回至两山间，将入港口，有大石当中流，可坐百人，空中而多窍[10]，与风水相吞吐，有窾坎镗鞳[11]之声，与向之噌吰者相应，如乐作焉。因笑谓迈曰："汝识之乎？噌吰者，周景王之无射也[12]；窾坎镗鞳者，魏庄子之歌钟[13]也。古之人不余欺也。"

事不目见耳闻而臆断其有无，可乎？郦元之所见闻殆[14]与余同，而言之不详；士大夫终不肯以小舟夜泊绝壁之下，故莫能知；而渔工水师虽知而不能言，此世所以不传也。而陋者乃以斧斤考击[15]而求之，自以为得其实，余是以记之，盖叹郦元之简，而笑李渤之陋也。

【注释】

1.《石钟山记》：选自《经进东坡文集事略》卷四十九。石钟山位于江西省湖口县，西临鄱阳湖。当地有两个石钟山，一在县治南，叫上钟山；一在县治北，叫下钟山。两山相向，都高达五六百尺，当地人称为双钟。神宗元丰七年（公元1084年）四月，作者移官汝州团练副使。在赴任途中，他从水路绕道江西，送长子苏迈去德兴上任。六月，到了湖口，寻访了石钟山，写下了这篇游记。2."至唐李渤"八句："李渤"，洛阳人，唐宪宗元和年间任江州刺史时，曾寻访过石钟山，写有《辨石钟山》一文。"聆"，听。“南声函湖”，南面的石头声音浊重、模糊。“北音清越”，北面的石头声音清脆、高亢。“桴”(fú)：鼓槌。“腾”：上升。“余韵”：尾声。3.“硿硿(kōng kōng)焉”：硿硿地响。“硿硿”：用斧击石的声音。4.“森然”：阴森恐怖的样子。“欲搏人”：像要扑打人。5.“而山上”三句：“栖鹘(hú)”，栖宿的鹘鸟。鸟类止宿叫栖。“鹘”，又名隼(sǔn)，一种凶猛的鸟。“磔磔(zhé zhé)”，鸟鸣声。6.“又有”二句：“欬”，同“咳”，咳嗽；“鹳鹤(guàn hè)”：一种与鹤、鹭相似的水鸟。7.“噌吰(cēng hóng)”：沉重而响亮的钟声。8.“罅(xià)”：裂缝。9.“涵澹”句：“涵澹”，形容水波动荡的样子；“此”，指发于水上的“大声”。10.“窍(qiào)”：窟窿。11.“窾(kuǎn)坎镗(táng)鞳(tà)”：钟鼓撞击的声音。12.“周景王”：姬贵，东周的一个帝王。“无射(yì)”：钟名。据载，周景王二十四年(公元前521年)，铸成大钟无射。13.“魏庄子”：魏绛，春秋时晋国大夫，谥号庄子。“歌钟”：即编钟，古代的一种乐器。据史载，郑人以歌钟、磬等献给晋侯，晋侯拿一半赏赐给魏绛。14.“殆(dài)”：大体上，差不多。15.“考击”：敲打。

石钟山是我国著名旅游胜地，位于今江西九江东鄱阳湖与长江的交汇处。宋神宗元丰七年(公元1084年)四月，苏轼由黄州团练副使移官汝州团练副使。从黄州到汝州(今河南省临汝县)本不必经石钟山，但因苏轼想顺江东下，待入淮后再溯流西上，又因儿子苏迈要去饶州德兴(今江西德兴)就任县尉，正可同行至湖口，所以经过石钟山，留下这篇鞭辟入里、引人入胜的绝妙游记。

出色的游记或能以娓娓叙述,使人增长知识,增加阅历;或能以生花妙笔,由景及情,给人以美的享受,能做到这两点,已经是难能可贵了。然而还有一种更高明的游记,它不仅能做到这两点,而且能在其中蕴含着某种哲理,给人以心灵的启迪。《石钟山记》就是这样一种游记。文中对山水风光的描写只是一种手段,目的是为了揭示格物穷尽、调查研究的深刻道理,并表达一种人生的信念。

文章的内容是围绕着石钟山的名字来历进行的,所以开头就列举了两种不同说法,一是北魏郦道元,认为由于此山“下临深潭,微风鼓浪,水石相搏,声如洪钟”。二是唐代李渤曾在此地得到两块石头,“扣而聆之,南声函胡,北音清越,桴止响腾,余韵徐歇”,以为名从此来。这种手法开门见山,直接进入主题。不仅引出游历的原因,也交待了议论的题旨。在列举这两种说法的同时,作者还介绍了前人和自己的看法。郦道元的说法一直被人怀疑,因按常理推断,即使“以钟磬置水中,虽大风浪不能鸣也,而况石乎”!而作者本人却对李渤的说法尤其不以为然,他认为:“石之铿然有声者,所在皆是也,而此独以钟名,何哉?”这种怀疑精神不仅是此次游历的直接动因,也是作者所论格物精神的前提。接下来,作者父子身临其境,经过一番惊心动魄、动人心弦的探险,终于查出了真实所在。原来郦道元的说法是对的，但因说得过于简单，所以不能使人理解。而李渤的说法，则是荒唐可笑的。由此，作者悟出一个道理："事不目见耳闻，而臆断其有无，可乎?"这个道理虽然普通，但因它是作者历险之后的心得，因而显得可信而有分量。

作者不仅提出调查研究的道理，而且还进一步以亲身经历指出调查研究的代价。不调查不行，调查不彻底，浮皮潦草也不行。作者的成功也正在于此。李渤的荒唐，就在于他的浅尝辄止。从"至暮夜月明"到"舟人大恐"一段，作者在惊魂动魄之际，如果激流勇退，那么只能是前功尽弃。但他却战胜了怯懦，知难而上。从"徐而察之"到"古之人不余欺也"一段，作者终于弄明白了真相，胜利的喜悦也油然而生。读过此文，了解了作者的历险过程，我们才能真正感受到他这喜悦、兴奋以至陶醉的真正含义。没有历险，就没有喜悦，喜悦建立在历险胜利的基础之上。石钟山名字得来的考察是如此，世间诸多事情莫不如此，人生或许也是如此。这一深刻哲理，应该就是这篇游记在内容和思想上的与众不同的高明之处。由此生发开去，我们有理由相信，这种历险求真的精神是作者人生信念的一种表现。乌台诗案事件受劾，被贬黄州、汝州，是苏轼一生中最为坎坷的一段经历，他此时的心情，应该是消极和低沉的。从他这篇散文中，我们却感受到一种积极乐观，自信豁达的精神。联系文中宣扬的历险求真精神，似乎让人隐约感觉到，作者当时受贬的处境，就如同处于孤舟绝壁历险时一样，只要战胜怯懦，坚持到底，就可以到达光明的彼岸。作者在哲理之后隐藏的，正是这样一种生活强者的信念！

这篇散文写作上的最大特点，是融议论和记叙于一炉。这是宋代散文的共性，是宋人思辨精神的体现，也是苏轼表达人生信念的需要。与众不同的是，他的议论既不是游离于记叙游历之外，也不是就事论事，目光浅狭，而是具有小中见大的慧眼和统摄宇宙人生的气魄。他的议论与记叙水乳交融，密不可分，记叙是议论的手段，记叙最精彩的部分，也是议论最充分的部分，从提出问题开始，到深入险境，解决问题，二者层层深入，同步进行，因而相得益彰。这样，那段对绝壁险境出神入化、动人魂魄的描写，也就超出了记叙游历本身的意义，具有某种象征的意义，具有双关的作用。并使整个文章结构紧凑，环环相联，丝丝入扣，一气呵成，使人为他的深刻的哲理、宏阔的目光和绝妙的文采所折服。

黄州快哉亭记[1]

苏辙[2]

江出西陵，始得平地，其流奔放肆大[3]。南合湘沅，北合汉沔，其势益张。至于赤壁之下，波流浸灌[4]，与海相若。清河张君梦得谪居齐安，即其庐之西南为亭，以览观江流之胜，而余兄子瞻名之曰“快哉”。

盖亭之所见，南北百里，东西一舍[5]。涛澜汹涌，风云开阖。昼则舟楫出没于其前，夜则鱼龙悲啸于其下。变化倏忽，动心骇目，不可久视。今乃得玩之几席之上，举目而足。西望武昌诸山，冈陵起伏，草木行列，烟消日出，渔夫樵父之舍，皆可指数：此其所以为快哉者也。至于长洲之滨，故城之墟，曹孟德、孙仲谋之所睥睨[6]，周瑜、陆逊之所骋骛[7]，其流风遗迹，亦足以称快世俗。

昔楚襄王从宋玉、景差于兰台之宫，有风飒然至者，王披襟当之，曰：“快哉此风！寡人所与庶人共者耶？”宋玉曰："此独大王之雄风耳，庶人安得共之！"玉之言盖有讽焉。夫风无雌雄之异，而人有遇不遇[8]之变；楚王之所以为乐，与庶人之所以为忧，此则人之变也，而风何与焉？士生于世，使其中不自得，将何往而非病？使其中坦然，不以物伤性，将何适而非快？今张君不以谪为患，窃会计之余功[9]，而自放山水之间，此其中宜有以过人者。将蓬户瓮牖，无所不快；而况乎濯长江之清流，挹西山之白云，穷耳目之胜以自适也哉！不然，连山绝壑，长林古木，振之以清风，照之以明月，此皆骚人思士之所以悲伤憔悴而不能胜者，乌睹其为快也哉[10]！

【注释】

1.《黄州快哉亭记》：选自《栾城集》。张梦得修建快哉亭在元丰年间，苏辙与其兄苏轼皆被贬谪，此文即在此时写就。2. 苏辙（公元 1037—1112 年），字子由，号颍滨遗老，四川眉山人，苏洵之子。宋仁宗嘉祐时进士，累官尚书右丞、门下侍郎。王安石变法初期，参与草拟新法，因与吕惠卿不和，被免官。文集名《栾城集》。3."肆大"：水流阔大。"肆"，展开。4."浸（jìn）灌"：浸、灌都是"注"的意思。这里形容江水浩荡的样子。5."一舍"：三十里。古代行军每天走三十里宿营，叫做一舍。6."睥睨"：斜视的样子，引申为傲视。7."骋骛（wù）"：形容来往活跃。"骋"，直驰；"骛"，乱驰。8."遇不遇"：遇时和不遇时。一个人碰到好时机，为帝王公卿大夫所赏识，是所谓“遇”。9.“窃会计之余功”：也就是所谓“偷闲”。“窃”，这里有利用之意；“会计”，指征收钱谷等事；“余功”，剩余的时间。10.“乌睹其为快也哉”：哪里看得出这些是畅快的呢！“乌”，哪里。

中国文学史上有过这样一件有趣的轶事：宋神宗熙宁八年（公元1075年），苏轼在山东密州任上写过一篇《超然台记》，所记“超然台”，台名“超然”由其弟苏辙（子由）所命；元丰六年（公元1083年），苏子由谪监江西筠州监酒税时，写了一篇《黄州快哉亭记》，“快哉”之名却是其兄苏轼（子瞻）所题。“超然”出于《庄子》，“快哉”语本《楚辞》，二者都蕴含若心胸坦然，则“无往而不乐”之意。清人林西仲认为苏子由的《黄州快哉亭记》“可与乃兄《超然台记》并传”。此言甚是。

人生际遇各异，悲欢迥殊；然而往往不在其所处之境，而在其所怀之心。中国古代许多正直的知识分子忧患抑郁的情态，往往在悲剧人格的胸膛里郁结成化解不开的块垒。在生命之火彻底熄灭之前，主体大都正视它、抚慰它，想出各种办法来调节它、缓和它。最实在的目的是：既不放弃忧患以降志辱身，也要在严酷的世界里生存下来，显示人格的价值。

现实环境既然使悲剧人格的壮志热情无法真诚地外露，无法物化为实在的现实力量，他们的才智、胆识被压制了，道德情操被扭曲了，但他们的内心世界却是正直的、高尚的、聪明的。

他们无法摆脱或根本不愿意摆脱忧患心态，走向恬淡、虚静或坐忘的境界，于是就形成了一种深情兼智、身心分离、融痛苦于狂放的人生实践。苏辙的《黄州快哉亭记》作于被贬期间，那时他在政治上正处于逆境。但是，苏子由和其兄一样，既未忘却忧国忧民，同时对自己的被压抑，具有一种旷达的情怀，故一篇之中“快”字七出，极写其观赏形胜与览古之快，抒发其不以个人得失为怀的思想感情，这里道出了人生的一条哲理：心胸旷达何适不快。无疑，这正是苏轼兄弟经常用以调节和解脱人生悲剧的途径之一。

本文首段写亭为览观江流胜景而筑，故从大江叙起，然后点出题目；其间第一笔“谪居”，而“谪居”却为亭，且亭名“快哉”，为后半篇从“谪居”中生意设伏，然而始终不离“快哉”二字。值得注意的是，开篇即写出水势的三变，而且愈变愈大。这样写，一是为后文蓄势；二是为快哉亭描绘出一个阔大雄伟的背景，以使得小巧玲珑的亭台与雄浑壮美的长江形成鲜明的对照，收到相映成趣的艺术效果。

第二段写览观江山形胜之快，叙凭吊历史遗迹之乐，这是承上文解释亭之所以名为“快哉”的原因。前者为主，后者是陪衬；前者为实，后者为虚；凭古吊今，虚实相间，点染生姿。这段文字在写法上极有特色。“南北百里，东西一舍”，视野开阔，是从空间落笔；“波澜汹涌，风云开阖”，是总写江流胜景，显得波澜壮阔，笔意超旷；接着又分写大江昼夜之形胜，绘声绘色，写得惊心动魄。最后又总写亭之所见，以“西望”一词统摄全局，使蔚为胜景，尽收眼底。此等写法，使人真有尺幅千里，目注神驰之感！

最后一段，是就“快哉”二字发议论，称赞张梦得不以谪居为患而能自适其快。在章法上先就“快哉”二字的出处论宋玉的话，由此引出“士生于世”这两句泛论，然后又寻到张君身上，言其在贬谪中能自放于山水之间，穷耳目之胜，从正反两面说明泛论。这些从当时社会生活的实际情况来看，只能理所当然地被认为是对仕途坎坷、政治失意之士的一种慰藉之辞，但是苏辙的话却又毕竟道出了人生的一条哲理，其涵义是那样丰富，那样深刻，这就无怪乎在今天，我们仍旧如此地喜爱它，并从中得到人生的启迪。

《黄州快哉亭记》虽题为“记”，但是全文既描绘出了在快哉亭所见景色之壮丽，又抒发了作者心中的不平之气，还发表了具有哲理味道的议论，把写景、抒情、议论融合到一起，堪称构制新巧，意旨悠长。

记孙觌事[1]

朱熹[2]

靖康之难[3]，钦宗幸虏营[4]。虏人欲得某文。钦宗不得已，为诏从臣孙觌为之；阴冀其不奉诏，得以为解。而觌不复辞，一挥立就：过为贬损，以媚虏人；而词甚精丽，如宿成者。虏人大喜，至以大宗城卤获妇饷之。觌亦不辞。其后每语人曰："人不胜天久矣；古今祸乱，莫非天之所为，而一时之士，欲以人力胜之；是以多败事而少成功，而身以不免焉。孟子所谓'顺天者存，逆天者亡'者，盖谓此也。"或戏之曰："然则，子之在虏营也，顺天为已甚矣！其寿而康也，宜哉！！"觌惭无以应，闻者快之。

乙巳八月二十三日，与刘晦伯语，录记此事，因书以识云。

【注释】

1.《记孙觌事》:选自《朱文公文集》。孙觌(dí),字仲益,晋陵(今江苏武进)人。宋钦宗时,官翰林学士,能文。但政治上是主和派。2.朱熹(公元1130—1200年),字元晦(一字仲晦),徽州婺源(今江西婺源)人,绍兴进士。宋孝宗时上封事,主张皇帝要诚意正心,并论与金人讲和之非。他是南宋著名理学家。著有《朱文公文集》。3."靖康之难":指汴京沦陷,宋徽宗、宋钦宗被掳。"靖康",宋钦宗年号。4."幸":指皇帝出行至某地。朱熹记本朝事不愿说皇帝投降,而说"幸虏营"。

《记孙觌事》是朱熹的一篇既有思想深度,又有文学意味的绝妙的讽刺小品。全文寥寥二百字,活画出卖国贼的嘴脸。

孙觌工诗文,尤其于四六,与汪藻、洪迈、周必大齐名,著有《鸿庆居士集》。宋史中无传,《四库全书总目》卷一五七撮集南宋人的记述,说明孙觌的一系列秽迹恶行,但因《四库全书总目》不是文艺性的作品,著者只在于列举孙觌的有关事实,因此人物形象并不鲜明。比如写孙觌投降媚敌一事是这样记的:"汴都破后,觌受金人女乐,为钦宗草表上金主,极意献媚。"朱熹同样记这件事,却不是简单地给人物贴上卖国贼的标签,而是用剥笋的方式,层层深入,直剥到孙觌的灵魂深处。

这篇讽刺小品在写法上有非常突出的特色。孙觌灵魂中最卑污的东西很多,都可记。然而作者却只记其写降表一事,突出一斑而全豹可见，此其一。先以“靖康之难”四字勾出历史环境，然后写“虏人”勒索降表而钦宗不愿，从而把国家存亡的焦点集中到是否写降表上，让孙觌经受考验。作者以“阴冀觌不奉诏”一句写钦宗的心理活动，从而把关系国家存亡的大事摆在孙觌面前，也把读者的注意力引到孙觌身上，此其二。用“一挥而就”“词甚精丽”等句写孙觌辱国媚敌的行动已不堪入目，又用“如宿成者”，以诛其心。这一层，已剥出孙觌灵魂中最卑污的东西。“而”是转折词，承钦宗“阴冀觌不奉诏”而转。结果，他不是“不奉诏”，而是“不复辞”。他不是下笔艰难，而是一挥而就，颇有文思泉涌、兴会淋漓的神情，此其三。“虏人大喜”给赏，这是明写了的，钦宗的反应如何，则没有明写，但已从“不得已”“阴冀其不奉诏”“过为贬损”等句中做了暗示。从“虏人”与钦宗的不同反应中暴露孙觌写表、领赏的丑态。这一层只三句，作者从敌人喜而给赏和孙觌欣然两方面对这个无耻之徒做了进一步的暴露，此其四。写孙觌当众宣扬其卖国理论而恬不知耻，以见此人良心丧尽，什么坏事都干得出来，写降表并非偶然，此其五。以听众的辛辣讽刺和“闻者快之”结束全文。作者从鞭挞和斥责民族败类的创作目的出发，是要写出“闻者快之”才愿意搁笔的；而“觌惭无以应”则是“闻者快之”的前提，此其六。

朱熹写这篇小品时，孙觌已经死了十几年了。粗算起来，孙觌写降表的时间距朱熹写这篇文章的时间，总要在半个世纪以上了。而朱熹还是要跟他的学生提起这件事，并且记录下来，足见此事在朱熹看来是不该忘的事情。朱熹曾多次表示过与金人有不共戴天之仇，这样的话，有些是曾经直接说给皇帝听的，了解了这一点，他不忘前事，撰写此文，也就容易理解了。

指南录后序[1]

文天祥[2]

德祐二年[3]二月十九日，予除右丞相兼枢密使，都督诸路军马[4]。时北兵已迫修门外[5]，战、守、迁皆不及施[6]。缙绅、大夫、士萃于左丞相[7]府，莫知计所出。会使辙交驰，北邀当国者相见，众谓予一行为可以纾祸[8]。国事至此，予不得爱身，意北亦尚可以口舌动也。初，奉使往来，无留北者，予更欲一觇[9]北，归而求救国之策。于是辞相印不拜，翌日以资政殿学士行[10]。

初至北营，抗辞[11]慷慨，上下颇惊动，北亦未敢遽轻吾国。不幸吕师孟构恶于前[12]，贾余庆献谄于后[13]，予羁縻[14]不得还，国事遂不可收拾。予自度不得脱，则直前诟虏帅失信[15]，数吕师孟叔侄为逆，但欲求死，不复顾利害。北虽貌敬[16]，实则愤怒，二贵酋名曰"馆伴[17]"，夜则以兵围所寓舍，而予不得归矣。未几，贾余庆等以祈请使诣北，北驱予并往，而不在使者之目[18]。予分当引决，然而隐忍以行[19]。昔人云：将以有为也[20]。

至京口，得间奔真州[21]，即具以北虚实告东西二阃[22]，约以连兵大举，中兴机会，庶几在此。留二日，维扬[23]帅下逐客之令，不得已，变姓名[24]，诡踪迹[25]，草行露宿，日与北骑相出没于长淮间。穷饿无聊[26]，追购[27]又急，天高地迥，号呼靡及[28]。已而得舟，避渚州，出北海，然后渡扬子江，入苏州洋，展转四明、天台，以至于永嘉[29]。

呜呼！予之及于死者，不知其几矣：诋大酋[30]，当死，骂逆贼，当死；与贵酋处二十日，争曲直，屡当死；去京口，挟匕首以备不测，几自到死[31]；经北舰十余里，为巡船所物色，几从鱼腹死[32]；真州逐之城门外[33]，几彷徨死；如扬州，过瓜洲扬子桥，竟使遇哨[34]，无不死；扬州城下，进退不由[35]，殆例送死；坐桂公塘[36]土围中，骑数千过其门，几落贼手死；贾家庄几为巡徼所陵迫死[37]；夜趋高邮，迷失道，几陷死；质明，避哨竹林中，逻者数十骑，几无所逃死[38]；至高邮，制府檄下，几以捕系死[39]；行城子河，出入乱尸中，舟与哨相后先，几邂逅死[40]；至海陵，如高沙，常恐无辜死[41]；道海安、如皋，凡三百里，北与寇往来其间，无日而非可死[42]；至通州，几以不纳死[43]；以小舟涉鲸波[44]，出无可奈何，而死固付之度外矣！呜呼！死生昼夜事也。死而死矣，而境界危恶，层见错出[45]，非人世所堪，痛定思痛，痛何如哉[46]！

予在患难中，间以诗记所遭，今存其本不忍废。道中手自抄录，使北营，留北关外[47]为一卷；发北关外，历吴门、毗陵[48]、渡瓜洲，复还京口，为一卷；脱京口，趋真州、扬州、高邮、泰州、通州，为一卷；自海道至永嘉，来三山[49]，为一卷。将藏之于家，使来者[50]读之，悲予志焉。

呜呼！予之生也幸，而幸生[51]也何为？所求乎为臣，主辱臣死有余僇[52]；所求乎为子，以父母之遗体行殆而死，有余责[53]。将请罪[54]于君，君不许；请罪于母，母不许。请罪于先人之墓，生无以救国难，死犹为厉鬼以击贼，义也；赖天之灵，宗庙之福，修我戈矛[55]，从王于师，以为前驱[56]，雪九庙之耻[57]，复高祖[58]之业，所谓誓不与贼俱生，所谓鞠躬尽力，死而后已[59]，亦义也。嗟夫！若予者，将无往而不得死所矣。向也使予委骨于草莽[60]，予虽浩然无所愧怍[61]，然微以自文[62]于君亲，君亲其谓予何！诚不自意，返吾衣冠，重见日月[63]，使旦夕得正丘首[64]，复何憾哉！复何憾哉！

是年夏五、改元景炎，庐陵文天祥自序其诗，名曰《指南录》。

【注释】

1.《指南录后序》：选自《文山先生全集》卷十三。《指南录》是文天祥的一部诗集名,共四卷。内容反映元兵攻临安(杭州)、作者出使敌营、后又逃出、辗转长江南北的一段抗敌生活。时间是宋恭帝(赵显)德祐二年,亦即端宗(赵昰)景炎元年(公元1276年)至景炎二年(公元1277年),地点包括自浙江至福建。集名取"臣心一片磁针石,不指南方不肯休"(作者《渡扬子江》诗句)的意思。卷首已有《自序》一篇,这是《后序》。2.文天祥(公元1236—1282年),字宋瑞,又字履善,号文山,庐陵(今江西吉安)人。二十岁中进士第一,宋理宗时,因反对宦官劝帝迁都,弃官归家;其后又受奸相贾似道排挤,罢官而去。度宗时,起为湖南提刑,改知赣州。恭帝元年,元兵进逼。奉诏起兵勤王,一再抵抗。后奉使被留,脱险后又辗转抗战,最后兵败被执,在大都(今北京)被囚三年,不屈,就义。他的诗文慷慨沉郁,表现了爱国热情和民族气节。著有《文山集》。3."德祐二年":"德祐",宋恭帝年号;"二年",为公元1276年。是年元兵把恭帝掳去,文天祥等在福州立赵昰为帝,即端宗,改元景炎。4."予除"二句:"除",拜官、授职;"枢密使",掌管国家军事的长官;"都督",统领监督。5."时北兵"句:"北兵",即元兵。本篇中除下文"北关外"的"北"字以外,大抵原来都是"虏"字;"修门",本是战国时楚国郢都的城门,这里代指临安城门。6."战、守"句:意思是宋朝缺少准备,是抵抗或固守,还是迁都,都来不及进行了。7."左丞相":这时左丞相是吴坚。8."会使"三句:"会使辙交驰",正当使臣车辆往来频繁的时候;"当国者",主持国政的人;"纾",解;"纾祸",解除祸患。9."觇":察看。10."以资政殿学士行":以资政殿学士的资格前往。"资政殿学士",官名,这是宋朝优遇宰相罢官后的荣誉官衔。11."抗辞":正直的言辞。12."吕师孟”：吕文焕（原为宋襄阳守将，后叛变降元）之侄，时为兵部尚书。“构恶”，结怨。13.“贾余庆”：官同签书枢密院事、知临安府，在文天祥辞相印后做右丞相。德祐二年（公元1276年），与文天祥同使元军，后向元军献策，囚禁天祥。14.“羁縻”：此做“扣留”讲。15.“则直前”句：“诟”，责骂；“虏帅”，指元军统帅伯颜；“失信”，指不放文天祥回宋。16.“貌敬”：表面上恭敬。17.“二贵酋”：指忙古歹（时为万户）、唆都（时为宣抚），皆元军高级将领。“馆伴”：接待外国使臣的人员。18.“贾余庆”三句：“祈请使”，奉表请降的使节。宋对金祈请放还徽、钦二帝时所派使臣，号称为“祈请使”，这时宋对元仍沿用此称。“目”，列。前去元军军营参加谈判的人员，除文天祥被扣留外，其余贾余庆、吴坚、谢堂等人于德祐二年二月充任祈请使，往元京大都（今北京市）请降。19.“予分当”二句：“分”，本分；“引决”，自杀；“隐忍”，屈志忍耐。20.“昔人”二句：韩愈《张中丞传后叙》记载，张巡与其部将南霁云被俘，将斩，张巡激励南霁云“不可为不义屈”，“云笑曰‘欲将以有为也。公有言，云敢不死！’即不屈。”文天祥引用此语，意谓自己想暂时隐忍，以图有所作为。21.“至京口”二句：“京口”，今江苏省镇江市，这时在元军手中。“真州”，今江苏省仪征县，这时还在宋军手中。与文天祥同时脱险者有杜浒等人。22.“东西二阃”：指淮东制置使李庭芝和淮西制置使夏贵。“阃（kǔn）”：城郭门限。23.“维扬”：扬州府的别称。当时是淮东制置使驻地。文天祥逃到真州后，与安抚使苗再成计议中兴之事，写信约淮东帅李庭芝等共破元军。李庭芝怀疑文天祥通敌，命令苗再成把他杀掉，苗再成不忍，把他放走。24.“变姓名”：文天祥被逐出后，曾改姓名为清江人刘洙。25.“诡踪迹”：隐密自己的行踪。26.“无聊”:无聊赖,没有依靠。27.“追购”:悬赏追缉。28.“天高”二句:“迥(jiǒng)”,远。这两句意谓天地虽广,无处容身。29.“已而”七句:“北海”,指淮海;“苏州洋”,今上海市附近的海域;“四明”,今浙江省宁波市;“天台”,今浙江天台;“永嘉”,今浙江温州。这时长江中渚州(沙州)上已为元兵所占,作者不敢江行,因从通州(今江苏省南通县)出海,再辗转绕道以至温州。30.“诋”:骂。“大酋”:指敌帅伯颜。31.“去京口”三句:《指南录·候船难》有“予先遣二校坐舟中,密约待予甘露寺下。及至,船不知所在。意窘甚,交谓船已失约,奈何!予携匕首,不忍自残,甚不得已,有投水耳。余元庆褰裳涉水,寻一二里许,方得船至,各稽首以更生为贺”。32.“经北舰”三句:“物色”,本指形貌,引申为按形貌索求。33.“真州逐之城门外”:即上文维扬帅下令逐客事。34.“如扬州”三句:“如”,往;“瓜洲”,在江苏省扬州市南江边;“扬子桥”,在扬州市南十五里;“竟使”,倘使。35.“不由”:不能自主。36.“桂公塘”:地名,在扬州城外。37.“贾家庄”句:“贾家庄”,在扬州城北;“巡徼”,指宋方巡逻兵。38.“夜趋高邮”七句:“高邮”,今江苏省县名;“质明”,黎明。39.“至高邮”三句:“制府”,指淮东制置使的官府,时李庭芝为淮东路制置使;“檄”,晓谕或声讨的文书;“捕系”,拘系。40.“行城子河”四句:“城子河”,在高邮县境内;“舟”,指自己乘的船;“哨”,指元军哨兵;“邂逅”,不期而遇,这里指与敌军遭遇。41.“至海陵”三句:“海陵”,今江苏省泰县;“高沙”,即高邮旧名(见乾隆《高邮州志》);“无辜”,无罪。42.“道海安”四句:“道”,经过;“海安”“如皋”,皆县名,均属江苏省;“寇”,土匪。43.“至通州”二句:“纳”,接纳。当时通州也属李庭芝管辖,所以通州守官杨师亮也不敢接纳。44.“鲸波”:指汹涌的海浪。45.“层见错出”:“层”,层叠;“错”,交错。46.“痛定思痛”二句:意谓一个人遭受痛苦之后,再追忆当时的痛苦,更加悲痛。47.“留北关外”:“留”,拘留;“北关外”,指临安城北的高亭山,时为元兵驻地。48.“历吴门、毗陵”:“吴门”,即吴县,今苏州市;“毗陵”,即常州,今常州市。49.“三山”:即今福州市,因城中有闽山、越王山、九仙山三山,故名。这时宋端宗(赵昰)在福州即位。50.“来者”:后来的人。51.“幸生”:侥幸生存,苟活。52.“所求乎”二句:“僇”,罪。这两句是说,君已受辱,自己做臣子的虽身死也有余罪(因为未能使君免于受辱)。53.“以父母”二句:“父母之遗体”,指自己的身体;“殆”,危险;“行殆”,指轻冒危险。54.“请罪”:即“请死”,指请求处分自己未死之罪。55.“修我戈矛”:修整武器。56.“以为前驱”:“前驱”,引路,开道。意即愿当先锋。57.“九庙之耻”:指皇帝祖宗的耻辱。“九庙”,古时皇帝立庙祭祀祖先,共有九庙。58.“高祖”:指宋太祖(赵匡胤)。59.“所谓”三句:诸葛亮《后出师表》“先帝虑汉贼不两立,王业不偏安,故托臣以讨贼也……臣鞠躬尽瘁,死而后已。”60.“委骨于草莽”:死于荒野。“委骨”,弃骨。61.“浩然无所愧怍”:意即正大光明,没有惭愧的地方。62.“微以自文”:不能以此文饰自己(的过失)。63.“返吾”二句:“衣冠”,衣冠之乡,即指宋地;“日月”,比喻帝后。这两句是说,回到南宋,重见君王。64.“得正丘首”:传说狐狸死时,头一定对着自己的窟穴(丘),表示不忘本。后人引申指死在故乡。

《指南录后序》不是一般的诗集序文,而是惊天地泣鬼神的民族正气歌，字里行间迸溅着沸滚的爱国主义激情，表现出坚贞不屈的崇高民族气节。

司马迁在《史记》中使用了“气节”这一概念，此后，班固写《汉书》、范晔写《后汉书》皆以气节为评价历史人物的标尺。在中华民族优秀的人士中，气节的内涵因志向品行和价值目标而异。有为人刚直不阿、磊落行事的气节；有隐居不仕，不落此俗的气节；有临危不惧，忠君爱国的气节。总之，它作为不降志辱身的立身行事原则，是各阶层人物，各信仰群体，各人生领域，借以自鉴、自励的品德参照，是人格价值获得社会认可和推崇的基本前提，是内在的生命潜力得以充分释放和发扬光大的道德动力，是个人、群体、民族、国家的精神支柱和凝聚坐标。几千年来，“守气节者荣，失气节者耻”的信念深入人心。屈原、陶渊明、岳飞、文天祥、史可法之彪炳千古，无不在于他们那崇高的气节。

文天祥及其诗文之所以永垂不朽，这不仅是因为他那传诵百世的不屈不挠的人格实践，也是因为他是那样自觉地用气节来观照、激励、升华自己的人格实践。元军围困南宋京城临安，为缓和危势，探听敌情，他辞掉相位，赴北方谈判。他陈词慷慨，使元军上下震动，不敢轻视南宋。用他自己的话来说：“若使无人折狂虏，东南哪个是男儿。”（《往事》）在敌营中他痛斥南宋的奸臣降将，遭陷害扣留，几至于死。他在《后序》中说：辱骂敌酋,当死;斥责叛臣,当死;与谈判对手争曲直,屡当死;怀揣匕首,以备不测,几自到死;在逃跑途中乘船遇浪,几从鱼腹死;逃至真州后约守将起兵抗元,不被信任,被逐出城外,几彷徨死;有时昼夜之间,几度遇险,濒临死境……凡此种种,不下十数次。但其救国难、济苍生之志未有丝毫损减。他逃归温州,拥立端宗,图谋复国,转战东南。最后兵败被俘,前后两次自杀、绝食未死。被囚禁达四年之久,元朝多方威逼利诱,他始终坚贞不屈,终被害于燕京。生前他写作大量诗文,歌颂历史上忠肝义胆、气壮山河的人物,表达"人生自古谁无死,留取丹心照汗青"的爱国气节。其歌咏天地正气、浩然人格和历代节烈之士的《正气歌》,更是对自己崇高人格气节深沉奔放的阐发,也是对中华民族热血男儿的崇高人格实践做的辉煌总结。

《指南录后序》体现的豪壮人格气势,作为正气、气节的迸发形态,厚重无比,磊落通达,呈现出一种大真大善大美的力量。全文三大部分始终贯串这种精神:第一部分记叙从受命使北到逃亡南归的经过;第二部分,抒写感慨,归结为《指南录》的写作初衷;第三部分,进一步集中抒写怀抱,表白自己的志节和决心。这三大段充分表明:言因节而生,节由言而发,二者互为表里又互成因果。文天祥的这篇《后序》和其他诗文激励过我国历代为反对民族压迫而英勇奋斗、献身的人们,给他们以强有力的精神鼓舞。即使在今天,它也在发挥着激励人们树立崇高气节和英雄气概的作用。

文天祥的《指南录后序》记述的虽是亡国前的失败斗争，然而却也是一种人格正气的胜利记录。他把自己的诗集分为四卷，取“臣心一片磁针石，不指南方不肯休”之意，名之曰《指南录》，并写《自序》一篇；言犹未尽，又写了《后序》。正是这种“言犹未尽”才吐气恢宏，一气贯注。其文章之气势不可与一般美文丽辞较短长。宋人论文，有“气盛言宜”与“道胜言文”之说。这种理论有轻视文采和文学特性之偏颇。然而，如果从强调人的品格、气质对文章的影响来讲，无疑是有道理的。文天祥的一股正气，他那凛然大节，发之为文，自然会在字里行间迸发出特异的壮美光彩。

这篇《后序》虽然以叙事为主，但全文充溢着强烈而浓厚的抒情性，基调富有悲壮美。诵读全文直觉回肠荡气，感人肺腑。文中的抒情既有直接抒情又有间接抒情。直接抒情常常表现为感情沸涌不可自制，一吐为快。例如：“穷饿无聊，追购又急，天高地迥，号呼靡及。”其中还借助于抒情味极浓的语气词的配置，例如：“呜呼！予之及于死者不知其几矣！”“呜呼！死生，昼夜事也……”这全然是仰面长叹，声声催泪，不堪回首往事的悲慨，也是悲愤情绪达于极点而做的深沉的宣泄。至于间接抒情则是那贯穿全文的、蘸满感情的叙事。其情因事勃发，又各有不同，生动地表现出文天祥这位民族英雄内心丰富复杂的情愫。

古代文论中经常有尚简崇繁之争，文天祥对尚简与崇繁都是犯而不避，该简则简，该繁则尽量铺扬。关于“几乎死”的意思竟然写了十八次，通过这重叠繁复的笔墨，淋漓尽致地把那火一样的感情一次又一次地倾吐出来。它如强弩连发，又如急管繁弦，为奔纵的文章气势做了充分的展现。总之，本文充畅的气势，浪花飞溅的文句，正是得力于文天祥自身胸中波涛汹涌的思想感情。

至于本文的篇章结构更是详略适宜，变化多姿。在三段文字中，作者不断提挈笔势，开合动荡，顺承递转，依据事态的复杂进程，极尽变化之能事，写得曲折精妙。

卖柑者言[1]

刘基[2]

杭有卖果者，善藏柑，涉寒暑不溃。出之烨然[3]，玉质而金色。置于市，贾十倍，人争鬻之。予贸得其一。剖之，如有烟扑口鼻。视其中，则干若败絮。予怪而问之曰："若所市于人者，将以实笾豆[4]，奉祭祀，供宾客乎？将衒外[5]以惑愚瞽乎？甚矣哉为欺也！"

卖者笑曰："吾业是[6]有年矣。吾赖是以食[7]吾躯。吾售之，人取之，未尝有言，而独不足子所[8]乎？世之为欺者不寡矣，而独我也乎？吾子未之思也。

"今夫佩虎符、坐皋比者[9]，洸洸乎干城之具也[10]，果能授孙吴之略[11]耶？峨大冠、拖长绅者[12]，昂昂乎庙堂之器也[13]，果能建伊皋之业[14]耶？盗起而不知御，民困而不知救，吏奸而不知禁，法斁而不知理[15]，坐縻廪粟[16]而不知耻。观其坐高堂，骑大马，醉醇醴而饫肥鲜[17]者，孰不巍巍乎可畏，赫赫乎可象也？又何往而不金玉其外、败絮其中也哉！今子是之不察，而以察吾柑！”

予默然无以应。退而思其言，类东方生[18]滑稽之流。岂其愤世嫉邪者耶？而托于柑以讽耶？

【注释】

1.《卖柑者言》：选自《诚意伯刘文成公文集》卷七。本文写于元朝末年，内容是假借一个卖柑者的话来抨击现实政治。2. 刘基（公元 1311—1375 年），字伯温，处州青田（今浙江青田）人。元至顺年间进士，曾任浙东行省元帅府督事等职。因受排斥而归隐。后又应明太祖朱元璋的邀请，协助他平定天下，任太史令。洪武元年拜御史中丞。明王朝各种制度的建立刘基多参与其事。封诚意伯，后因左丞相胡惟庸构陷，忧愤而死。他诗、文皆有很高成就，与宋濂并为一代文坛领袖。著有《诚意伯文集》。3.“出之”：拿出来。“烨然”：光彩照耀的样子。4.“将以实笾豆”：“实”，动词，指装满；“笾”“豆”，古代高脚器皿名。笾用竹制，豆用木（或陶、铜）制。供祭祀和宴会时盛食物之用。5.“衒”：夸耀。“外”：指外表。6.“业是”：以这个为业。7.“食（sì）”：以食物供给人。这里是养的意思。8.“不足子所”：不能满足你的（心意）。9.“今夫”句：“佩”，带；“虎符”，兵符，古代朝廷征调兵将用的凭证；“皋比（pí）”，披在椅子上的虎皮。佩带虎符，坐虎皮椅子的人，指武将。10.“洸洸乎”句：“洸（guāng）”，威武的样子；“干城”，本义为捍卫城池，后用以代指捍卫国家的大将。11.“授孙吴之略”：“授”，教；“孙吴”，指孙膑和吴起，皆为战国时代的名将；“略”，韬略，即兵法。12.“峨大冠”句：“峨”，用作动词，高；“绅”，古代士大夫束在衣外的带子；“大冠”“长绅”，指文官的服饰。13.“昂昂乎”句：昂昂，态度轩昂的样子；庙堂，指朝廷；器，材具。14.“伊皋之业”：“伊皋”，指伊尹和皋陶（yáo）。“伊尹”，商汤的宰相；“皋陶”，舜的法官。两人皆被后世称为贤臣的代表。“业”，功业。15.“法斁而不知理”：“法”，法律、法令；“斁（dù）”，败坏；“理”，整顿。16.“坐糜廪粟”：坐在那里白吃俸米。“糜”，同“靡”，浪费。17.“饫（yù）”：饱吃。“肥鲜”：既肥且鲜的食物。18.“东方生”：指汉代东方朔。他常以滑稽之言谈讽谏皇帝。

这是一篇寓言，也是一篇文艺性很强的杂文。它通过设辞问答的形式，借卖柑者之口对那些居高位、骑大马、饫美食的统治者进行讽刺，痛斥他们都是“金玉其外，败絮其中”的腐朽昏庸、欺世盗名之徒，从而表现出作者愤世之情。

全文共分三段：第一段以作者买柑受骗的故事提出问题；第二段以卖柑者所陈理由来回答问题；第三段以结论来点明主题。

《卖柑者言》的艺术手法代表了元末明初散文艺术的最高水平，其开创性表现在以下几点：

第一，以叙带议，议中铸论。这是一篇议论文，但开篇却以说家常，道新闻为由头。杭州街头的水果小贩藏柑“涉寒暑不溃”，“出之烨然，玉质而金色”。这个由头并无空调说教，相反诉诸鲜明、具体的形象和颇有新闻色彩的社会趣事，给读者以探究作品内涵和作者睿智灼见的艺术趣味；继之，文章又叙说“视其中，则干若败絮”，顾客上当，卖柑者强词夺理，循序渐进地去诱发读者思考。正当煽起读者的猎奇心理时，叙事戛然而止，以“世之为欺者不寡矣，而独我也乎”的诘问，将读者推入评判社会现实的旋涡，去品味“金玉其外，败絮其中”的深刻哲理和寓意。在生动的叙述与深沉的哲理交织中，自然熔铸而成的立论，不仅简洁、深邃，闪耀出哲理的熠熠光辉，而且不单一，不肤浅，有情、有理、有味。

第二，取其一点，触类旁通。作者只取“金玉其外，败絮其中”之隅，由此及彼，来概述社会政治生活的全貌。“托柑以讽”表面繁华、内部溃烂的社会，腐败、黑暗的官场，外强中干、色厉内荏的官僚，腕底春秋，十分高明。作者归纳柑果外炫内烂的表象在于“欺”字，尔后，取“欺”一意，来洞察、触及、探究社会盛行“欺”风流弊的内涵，开掘立论的深意。由对社会风习转向对当权者的猛烈抨击，要言不枝不繁，简洁犀利，论理鞭辟入里而又纵横恣肆。

第三，设辞问答，反诘推理。本文突破了固有的程式，独出心裁地通过设辞反诘造成的悬念，启发读者的思考来完成论证推理。具体地说，即是在设问中质疑，在质疑中论辩。于是在强烈的情感色彩中（如讥讽、鄙夷、蔑视、指责），增强了文章的逻辑力量，从而充分显现出“嘻笑怒骂皆成文章”的文艺杂文特点。同时，反诘推理不仅使散文的议论简洁、犀利，而且在设辞问答的论证中，正确地表达了作者丰富的思想感情。

第四，勾勒形象，深化立意。本文虽是一篇地道的议论散文，但却着力于对艺术形象的勾勒和雕刻。散文的议论附丽在形象的基础上，得到铺展和深化。而这些又是通过富有个性化的人物对话来体现的。本文除开头、结尾外，通篇就是两节人物对话。通过对话既生动地勾画了小商贩的狡黠个性，而且也借卖柑者的笑态，对社会进行了无情的嘲讽；再则，在这段巧妙的答辩中，画龙点睛地写出了百姓并非聋子、瞎子，相反能对社会时弊明察秋毫。这与顾客“以惑愚瞽乎”的责问前后呼应，在反其道而行之中，深化了全文的立意。

在古典文学作品中，对封建社会进行政治批判的主题并不乏见，但因各种原因，其中有的流于泛泛空喊，缺乏艺术力量；有的割不断与封建统治的藕断丝连，政治批判只是为了社会改良和有限的“补天”。能像《卖柑者言》这样，以义无反顾和彻底绝决的精神，酣畅淋漓，不留情面地抨击封建政治，并以相应的艺术形式加以表述的文学作品，实属凤毛麟角。结合作者的经历，我们可以想见，尽管刘基登科于元末，并任江西高安县丞、浙江儒学副提举等职，但他在元代政权江河日下的潮流中，看到封建政权的不可救药，因而他在元末的作品大多能针砭时弊。他本人也在元末弃官归隐。这表现了一位古代知识分子关心社会、关心国家的崇高良知,也是中国历代知识分子以道统(关心社会的良知)与势统(封建政治统治)抗争的优良传统的表现。当然,作为封建士大夫,刘基还不可能从根本利益上背离封建统治。他摈弃了元代统治者,却又成为朱明王朝的开国功臣,便是明证。而他最终又为朱元璋所杀害,则更能形象地揭示出中国知识分子的爱国良知被统治者所扼杀的悲剧命运!

项脊轩志[1]

归有光[2]

项脊轩，旧南阁子[3]也。室仅方丈，可容一人居。百年老屋，尘泥渗漉[4]，雨泽下注；每移案，顾视无可置者。又北向不能得日，日过午已昏。余稍为修葺，使不上漏。前辟四窗，垣墙周庭[5]，以当南日。日影反照，室始洞然。又杂植兰桂竹木于庭，旧时栏楯[6]，亦遂增胜。借书满架，偃仰啸歌，冥然兀坐[7]，万籁有声，而庭阶寂寂，小鸟时来啄食，人至不去。三五之夜，明月半墙，桂影斑驳，风移影动，珊珊[8]可爱。然予居于此，多可喜，亦多可悲。

先是庭中通南北为一，迨诸父异爨[9]，内外多置小门墙，往往而是。东犬西吠，客逾庖而宴，鸡栖于厅。庭中始为篱，已为墙，凡再变矣。家有老妪，尝居于此。妪，先大母婢也。乳二世。先妣抚之甚厚[10]。室西连于中闺[11]，先妣尝一至。妪每谓予曰："某所，而[12]母立于兹。"妪又曰：

"汝姊在吾怀，呱呱而泣；娘以指扣门扉，曰'儿寒乎？欲食乎？'吾从板外相为应答。"语未毕，余泣，妪亦泣。余自束发[13]，读书轩中。一日，大母过余曰："吾儿，久不见若影，何竟日默默在此，大类女郎也？"比去，以手阖[14]门，自语曰："吾家读书久不效[15]，儿之成，则可待乎？"顷之，持一象笏[16]至，曰："此吾祖太常公宣德间执此以朝，他日汝当用之。"瞻顾遗迹，如在昨日，令人长号不自禁。

轩东故尝为厨；人往，从轩前过。余扃牖[17]而居，久之能以足音辨人。

轩凡四遭火，得不焚，殆有神护者。

项脊生曰："蜀清守丹穴，利甲天下，其后秦皇帝筑女怀清台[18]。刘玄德与曹操争天下，诸葛孔明起陇中。方二人之昧昧于一隅也，世何足以知之？余区区处败屋中，方扬眉瞬目，谓有奇景，人知之者，其谓与埳井之蛙何异[19]？

余既为此志，后五年，吾妻来归[20]。时至轩中，从余问古事，或凭几学书。吾妻归宁[21]，述诸小妹语曰："闻姊家有阁子，且何谓阁子也？"

其后六年，吾妻死，室坏不修。其后二年，余久卧病无聊，乃使人复葺南阁子，其制[22]稍异于前。然自后余多在外，不常居。庭有枇杷树，吾妻死之年所手植也，今已亭亭如盖矣。

【注释】

1.《项脊轩志》:选自《震川先生集》卷十七。"项脊":即项脊泾,地名,在太仓(今江苏太仓)。作者的远祖归道隆曾在此居住,故取以名轩。"志":记。2.归有光(公元1506—1571年),字熙甫,号震川,昆山(今江苏昆山)人。屡应科举不中,三十五岁中举人,六十岁始中进士。历官知县,终于南京太仆寺丞。他反对模仿秦汉文学的"后七子",主张继承唐宋散文优良传统。著有《震川集》。3."阁子":这里指小屋。4."渗漉":水向下透漏。5."前辟"二句:"垣",短墙。南面开了四个窗户,围绕庭院,砌上垣墙。6."栏楯(shǔn)":即栏干。"楯",栏干的横木。7."冥然":沉寂的样子。"兀坐":危坐,端坐。8."珊珊":形容树影轻微摇动的样子。9."迨诸父异爨":"迨",到;"诸父",父亲的弟兄;"爨(cuàn)",烧柴做饭;"异爨",指分家而居。10."先妣":故去的母亲。"抚之甚厚":对她照顾得很多。11."中闺":中间之闺房,指内宅。12."而":同"尔",你。13."束发":指成童(八岁,一说十五岁)。古代男孩成童时束发为髻,因以为成童的代称。14."阖":同"合",关上,掩上。15."效":指考中科举。16."象笏":象牙制作的长方形板,古代官僚上朝时所持,以为指画或记事之用。17."扃牖(jiōng yǒu)":关上窗户。"扃",关闭;"牖",窗。18."蜀清"三句:"清",秦代蜀地寡妇名;"丹穴",朱砂矿;"利甲天下",所获之利,天下第一。19."余区区"五句:"败屋",破旧之屋;"扬眉瞬目",眼睛一睁一合;"埳",同"坎";"培井",浅井。埳井之蛙的故事是比喻见识浅陋、没有见过大世面的人。20."来归":古时称女子出嫁为归。来归,即嫁过来。21.“归”:此指回到娘家;“宁”,向父母问安。22.“制”:指建造的格式和样子。

归有光的佳构《项脊轩志》历来为人们所称道。清代著名散文家姚鼐曾推崇为“太仆最胜之文”,而文章的优美犹如出水芙蓉,“不可雕饰而自有风味”(王世贞《归太仆赞序》)。那么归有光的这篇名作究竟出色在何处呢?如果我们把它放在散文发展的整个链条中去考察,就会逐渐理解它的重要价值。

归有光是明代中叶唐宋派古文的代表,而唐宋派古文又是在反对窒息当代文坛的前后七子复古派古文的背景下产生的。前后七子的观点及功过虽然具体有别,但其总的倾向是截断历史,提出“文必秦汉,诗必盛唐”的过激的复古口号。而唐宋派则承认文学的继承发展的关系,认为正统的古文传统不但流到西汉,而且流到唐宋,同时越流越声势浩大,景色更加壮观。另外,唐宋派虽亦学古,但他们更重在神情,所以往往能达到“文从字顺”,较有新意,感情也真切动人。

归有光继承了唐宋古文家言之有物的优秀传统,追随欧阳修开辟的道路,打开家庭生活的禁区,索性把家庭琐事也都写入载道的古文中去,这在当时则需要胆识和魄力。他的《项脊轩志》就是围绕着“室仅方丈,可容一人居”的小书斋,回忆起少年时代的种种逸事,令人感慨万般。这些小事看似平平常常,却那样动人心弦，确实是“无意于感人，而欢愉惨恻之思溢于言语之外”（王锡爵《归有光墓志铭》）。

《项脊轩志》以轩为线索，“将人事变迁，家道坎壈，皆归入此轩，作睹物怀人写法”（林纾《春觉斋论文》）。归有光以饱含真挚感情的笔触，描绘出一幅洋溢着浓郁诗意的生活图画，围绕一间小屋的变迁写出了一个家庭的变迁，情真意切地表达了对逝去的三代亲人的深挚怀念，从而抒发了长年生活在这里所产生的“可喜”与“可悲”的情怀，同时也流露了功名不遂、志事未成的抑郁心情和深沉的感喟。

归有光创作构思的特点在于他所摄取的素材，大都是一些细小的身边琐事或家务细节，但它却又是从深厚的生活土壤中捕捉住日常生活中所观察、体验到的自然的或社会的某些富有特征意义的细节，它们既是读者平常熟视的，却又是作者感受最深、平生难忘的。这一切，一经作家用生花妙笔勾出，用精妙的语言道出，即刻令人深深恍悟，与之产生共鸣。

《项脊轩志》最大特点是抒发了亲爱之情。归有光笔下的母爱不同于传统的孟母，而是一种充满女性温柔的母爱。他笔下的祖母也不是威严或慈祥的偶像，而是对他明责暗赞，充满担忧与鼓励、关怀与期望的老妇人的形象。至于作者笔下的夫妻之爱更是超越了夫唱妇随、齐眉案举的俗套，表现出一种缠绵缱绻、琴瑟相谐的脉脉温情。你看他不直写对亡妻的凭吊，甚至也不明写睹物后如何思人，他只写睹物："庭有枇杷树，吾妻死之年所手植也，今已亭亭如盖矣。"这自然使人想到树已亭亭如盖，而亭亭之人已成一抔黄土了，因而产生"树犹如此，人何以堪"的悲伤情愫。这简短的一句是感人至深的。林纾在评论《项脊轩志》一文时与欧阳修《泷冈阡表》进行比较时说得极为精辟，他说："《阡表》步步叙悲，悲尽，皆其得意处；《项脊轩记》亦步步叙悲，然名位去欧公远甚，不能不生其萧寥之感。综之各肖其情事。"林纾又把归有光与张惠言进行比较，他认为"张惠言作其先妣事略，极意欲抒其悲怀，然写情实不如震川之挚，此则自关其人之所造，未可强同也。"(《春觉斋论文·述旨三》)

在反映波澜壮阔、风起云涌的社会问题的文章面前，应当承认，《项脊轩志》无疑显得平弱了一些，但这仅仅是问题的一面；如果从散文发展的总体角度来审视，那么，归有光敢于大胆地把家庭生活中的家务事、儿女情这股新风吹进古文这座神圣的殿堂，其开拓之功不可泯。当然我们也看到了这篇文章的弱点，它的内容新则新矣，但终觉肤浅，不够深刻，气象也终显"边幅不足"，难以和宏中肆外的唐宋文比肩。

散文讲究"形散而神聚"。《项脊轩志》艺术上的最大特点是它在叙事抒情时特别注重文章的技巧布局。它组织得体，善于把经过筛选得来的零散材料集中到一定的空间中来，尽管看来是互不相关的生活琐事，但它们都发生在项脊轩，用这间“老屋”的历史把它们有序地贯串起来，用作者的思想感情把它们统摄起来，经过过滤，使本来互不关联的东西产生了内在联系，形式上也得以和谐统一。作者面对老屋，百年兴亡，半生坎坷，母慈妻贤，物是人非，多少悲喜事涌上心头，但他却能左抽右拈，旋写旋放，似无一处相关，又无一处不相关，一个项脊轩就这样把这些记忆的碎片完全串连起来了，真可谓形散神不散，事断情不断。

《项脊轩志》具有一种动人心弦的语言朴素美。它在细腻中见清淡，作者这样写项脊轩的几经变迁：“迨诸父异爨，内外多置小门墙，往往而是。东犬西吠，客逾庖而宴，鸡栖于厅。庭中始为篱，已为墙，凡再变矣。”这里有极细腻的笔墨，然而又没有把一切写尽写透，稍加咀嚼，便会发现，作者的目的主要是要表现自己对项脊轩衰败的一种悲哀的情思，文笔最细处，就是情感最悲哀处。

《项脊轩志》的语言美还在于简炼中见准确。比如作者描写旧时的项脊轩：“百年老屋，尘泥渗漉，雨泽下注；每移案，顾视无可置者。”仅仅二十一个字，生动地再现了项脊轩的破旧面貌，真是言约意丰，以简驭繁。“渗漉”一词用得极好，本指液体从细孔中透过，用来状写屋顶尘泥，可见项脊轩的破旧程度，岌岌可危矣。“注”是“流”的意思，雨水通过屋面，像水流下来一般，足见屋面破损的严重程度。至于“顾视”一词用得也精妙，虽未加任何修饰，但令人想象出项脊轩已是处处伤痕疮疖，连一张桌子在雨天也无法安放。作者把寻常文字信手拈来，却能传神写照，这是点铁成金的艺术功力。

总之，归有光的散文，虽然内容和形式都是标准的正统派，然而它却以对家庭日常细节的朴实无华的描写而打动了人们的心。人们透过这种细微而有选择的客观描景述事，深深感到它的抒情性极为浓厚。它实际标志着正统古文也已走进末梢，一种要求在内容上、形式上和语言上更接近日常生活的散文文学正在出现，这与市民文学的小说和戏曲和以后“公安派”的时代倾向是相一致的。这种散文，无论是描写自然或抒情记事，已不同于唐宋八大家，不同于永州八记或前后《赤壁赋》。它的感慨、抒写和景物明显带有更为近代的日常气息，它们与世俗生活、与日常情感更为接近了。整个时代心声发生了变异，这种变异也表现在正统文学中了。

满井游记[1]

袁宏道[2]

燕地寒，花朝节后[3]，余寒犹厉。冻风时作，作则飞沙走砾，局促一室之内，欲出不得。每冒风驰行，未百步辄返。

廿二日天稍和，偕数友出东直[4]，至满井。高柳夹堤，土膏微润，一望空阔，若脱笼之鹄。于时冰皮始解，波色乍明，鳞浪层层，清澈见底，晶晶然如镜之新开而冷光之乍出于匣也[5]。山峦为晴雪所洗，娟然如拭，鲜妍明媚，如倩女之靧面而髻鬟之始掠也[6]。柳条将舒未舒，柔梢披风，麦田浅鬣[7]寸许。游人虽未盛，泉而茗者，罍而歌者，红装而蹇者[8]，亦时时有。风力虽尚劲，然徒步则汗出浃背。凡曝沙之鸟，呷浪之鳞[9]，悠然自得，毛羽鳞鬣之间，皆有喜气。始知郊田之外，未始无春，而城居者未之知也。夫能不以游堕事[10]，而潇然于山石草木之间者，惟此官[11]也。而此地适与余近，余之游将自此始，恶能无记？己亥之二月也。

【注释】

1.《满井游记》：选自《袁宏道集笺校》卷十七“瓶花斋集”之五。“满井”：北京东北郊的一个地名，因有一古井而得名。2. 袁宏道（公元1568—1610年），字中郎，号石公，湖北公安人，官至吏部郎中。与兄宗道、弟中道齐名，时称“三袁”。当时王世贞、李攀龙等“后七子”的文学复古主张盛行，袁氏兄弟提出反对，学者从之，号为“公安派”。著有《袁中郎集》。3.“燕地”二句：“燕”，指今河北省北部，古属燕国。“花朝节”，俗传农历二月十二日为百花生日，称为花朝节。一说二月初二或二月十五日为花朝节。4.“东直”：东直门，北京城东的一个城门。5.“晶晶然”句：意思是泉水的明洁，有如刚打开的明镜，清冷的光亮从匣中闪出。6.“如倩女”句：“倩女”，美女；“靧”（huì）面”，洗脸；“掠”，梳。7.“浅鬣（liè）”：麦苗长得像马鬃一样。“鬣”，马鬃。8.“泉而茗”三句：“茗”，茶的一种；“罍”，盛酒器，此指饮酒；“蹇”，驴，这是指骑驴。9.“凡曝沙”二句：“曝（pù）”，晒；“曝沙之鸟”，指在沙上晒太阳的鸟；“呷（xiá）”，吸；“呷浪之鳞”，在波浪里呼吸的鱼。10.“夫能”句：能不因事务缠身而影响游兴。11.“此官”：指自己身为教官，作者于万历二十六年（公元1598年）入都，任顺天府学教官。

“有个性就可爱”，这句话对散文来说尤为切要。在这个性中，无疑有天赋的因子，但更有人生与文化的沉淀。袁宏道这位公安派的代表人物一经进入文坛，即大声疾呼：创作就是要充分展现自己的个性，所谓“独抒性灵，不拘格套”（《小修诗序》）。这种尊重个性，反对传统的文学主张，使他的作品充溢着由儒、释、道混合的自由放纵的思想。他一生创作了大量山水游记，这些山水游记大多信笔直抒，不择笔墨。而于写景，则独具慧眼，物我交融，怡情悦性，语言则清新流利，俊美潇洒，如行云流水般舒徐自如。《满井游记》是最能代表他的美学风格的作品之一。

《满井游记》虽名为游记，但袁宏道下笔却先不去写游，而写不得游，宕开一笔，背面敷粉，以“出不得”引起人们对其出游的关注。及至笔锋一转进入游记写实，十五个字简洁而准确地点明游记的时间与地点。作者由此便由远及近，由面及点，层次分明地记游。先是满井鸟瞰。只用十二个字，即凝炼、洒脱、富于感情色彩地把春景勾勒出来。而且即景生情，初睹春光的作者感到自己像笼中飞出来的天鹅。寥寥数语，完成了面的描绘。下面用细腻的笔调始写水，继写山，后写田野。三组优美的特写镜头，突现了早春二月独有的特点。山、水、田野三个点与“一望空阔”面的结合，尽形尽致地写活了初春的满井。在这里袁宏道在再现自然美方面可谓笔触精细，铺写有方，它倾注了作者的真情实感，所写之“境”，称得上是王国维所说的“有我之境”了。

随后，作者写出了移情入景的神来之笔，这完全是人化了的自然。作者把人之情与物之景水乳交融，于是无形情思化为有形的景物了。显然，这也正是古代表现自然美的艺术作品所极力追求的形神兼备的艺术境界。正是在这种艺术境界的笼罩下，游记的最后，作者便直抒感兴。

《满井游记》是袁宏道晚年之作（公元1599年），其时，他在礼部做官，虽然官务清闲，但污浊的官场仍使他尝尽了人间恶趣。当他偶见青山绿水、嫩柳迎风、鱼翔浅底的美景时，他怎么能不恍然大悟，而又怎能不形之于感慨呢？总之，复杂的文化心理因素，在这里成就了袁宏道这篇游记的独特的审美个性。

袁宏道的散文写得清丽、雅洁、秀逸，在意境的营造上尤见功力。意境是散文的生命。从散文意境的营造来说，感情是酝酿意境的酵母，是熔铸意境的要素。更直接地说，情感就是意境的核心，而意境则是感情的结晶。一个作家如果对社会无动于衷，漠然视之，则难以设想他的作品会有意境。袁宏道狂放不羁、任性使气、不随流俗，正与他的山水游记的清新俊逸的美学风格相契合。刘勰在《文心雕龙》一书中认为文人"吐纳英华，莫非情性"。袁宏道的《满井游记》的吐属和格调，实在皆是发之于内的。譬如《满井游记》中"毛羽鳞鬣"的"喜气"，曲折、巧妙而韵味十足地表达了作者对春景的欣慕喜悦之情，这就是黑格尔在他的《美学》一书中所说的"人把他的环境人化了"

“人把他的心灵的定性纳入自然物里”。自然美一经袁宏道的审视，就立即表现了它的诗意，这就是为什么他能写出那么多秀美的散文篇章的根本原因。

《满井游记》这篇游记小品艺术上的显著特色之一是白描写真。这种表现手法是作者用自己的眼、手、心，直接把握物象形态和灵魂，使用最经济的笔墨，勾勒出物象的鲜明生动形象，以启示它的真形。比如，我们从作者简洁的记叙中可以看到满井的独特景象：气候上讲，阴历二月仍然是“余寒犹厉”“冻风时作”，至二十二日，天稍和，“冰皮始解”“柳条将舒未舒”；山形上讲，“山峦为晴雪所洗，娟然如拭，鲜妍明媚”；水势上讲，“鳞浪层层，清澈见底”，这是北京郊区的特有风韵。白描写真，贵在用极其凝炼准确的语言，通过形真境实，摄取大自然的灵魂和生命，达到神真。这一点，《满井游记》正是通过极其简洁准确的语言，达到了描写物象形神俱真的高度。

总之，在《满井游记》中没有故作铿锵的音调，没有深厚的象征，也没有壮阔的场景和雄伟的气势，然而，娓娓道来却动人意兴。它之所以直到“五四”新文学运动中仍有影响，原因就在于它毕竟开始了近代人文气息。从题材到表现，都是平平常常、普普通通的日常生活、自然风景。如果用它来比较一下也写得极精彩的柳宗元的山水小品，这种近代的清新朴素、平易近人的特点便更清楚了。

五人墓碑记[1]

张溥[2]

五人者，盖当蓼洲周公[3]之被逮，激于义而死焉者也。至于今，郡之贤士大夫请于当道，即除魏阉废祠之址以葬之[4]，且立石于其墓之门，以旌其所为。呜呼！亦盛矣哉！夫五人之死，去今之墓而葬焉，其为时，止十有一月耳。夫十有一月之中，凡富贵之子，慷慨得志之徒，其疾病而死，死而湮没不足道者，亦已众矣。况草野之无闻者与！独五人之皦皦[5]，何也？

予犹记周公之被逮，在丁卯三月之望。吾社[6]之行为士先者，为之声义，敛赀财以送其行，哭声震动天地。缇骑[7]按剑而前，问谁为哀者，众不能堪，抶而仆之[8]。是时以大中丞抚吴者[9]，为魏之私人，周公之逮所由使也，吴之民方痛心焉。于是乘其厉声以呵，则噪而相逐；中丞匿于溷藩[10]以免。既而以吴民之乱，请于朝，按诛五人，曰颜佩韦、杨念如、马杰、沈杨、周文元[11]，即今之傫然[12]在墓者也。然五人之当刑也，意气扬扬，呼中丞之名而詈之，谈笑以死。断头置城上，颜色不少变。有贤士大夫，发五十金，买五人之脰而函之[13]，卒与尸合，故今之墓中，全乎为五人也。

嗟夫！大阉[14]之乱，缙绅而能不易其志者[15]，四海之大，有几人与？而五人出于编伍之间[16]，素不闻诗书之训，激昂大义，蹈死不顾，亦曷[17]故哉？且矫诏[18]纷出，钩党之捕[19]，遍于天下，卒以吾郡之发愤一击，不敢复有株治[20]。大阉亦逡巡畏义[21]，非常之谋，难于猝发。待圣人之出，而投缳道路[22]，不可谓非五人之力也。

由是观之，则今之高爵显位，一旦抵罪，或脱身以逃，不能容于远近；而又有剪发杜门[23]，佯狂不知所之者，其辱人贱行，视五人之死，轻重固何如哉？是以蓼洲周公，忠义暴于朝廷，赠谥美显[24]，荣于身后；而五人亦得以加其土封[25]，列其姓名于大堤之上，凡四方之士，无有不过而拜且泣者；斯固百世之遇也。不然，令五人者，保其首领，以老于户牖之下，则尽其天年，人皆得以隶使之[26]，安能屈豪杰之流[27]，扼腕墓道[28]，发其志士之悲哉？故余与同社诸君子，哀斯墓之徒有其石也，而为之记；亦以明死生之大，匹夫之有重于社稷也。

贤士大夫者，冏卿因之吴公[29]，太史文起文公[30]，孟长姚公也[31]。

【注释】

1.《五人墓碑记》:选自《古文析义二编》卷八。明熹宗在位时(公元1621—1627年),宦官魏忠贤独擅政权,杀害异己,杨涟、左光斗等遭逮捕之后,魏大中又因触怒魏忠贤的党羽,被捕。后来他们都被杀害。当魏大中被捕路过苏州时,周顺昌曾招待他,于是周又被捕,后来也被杀害。周被捕时,激起苏州市民数万人的义愤,打死捕人的差役。巡抚毛一鹭捕杀了市民五人。这是天启七年(公元1627年)的事。次年,明思宗即位,诛杀魏忠贤一党,苏州人重修五人的坟墓,张溥撰写了这篇碑文。2.张溥(公元1602—1641年),字乾度,后改字天如,太仓(今江苏太仓)人。明思宗崇祯四年(公元1631年)进士。后乞假归家养亲,不再出。创“复社”,结交四方士人,成为继“东林”之后著名的在野政治社团,后来成为抗清的爱国社团。张溥是晚明重要文学家之一,曾编辑《汉魏六朝百三名家集》,著有《七录斋集》。3.“蓼洲周公”:即周顺昌,字景文,号蓼洲。吴县人。明万历四十一年(公元1613年)进士。熹宗时,任福州推官、吏部主事等。为人刚方贞介,嫉恶如仇,不畏权贵,终被魏党诬陷,被捕后死于狱中。4.“即除”句:“除”,清理;“魏阉废祠”,魏忠贤当权时,各地方官为了谄媚他,纷纷给他建立生祠。江苏巡抚毛一鹭,在苏州虎丘旁边给魏立的生祠,题名为普惠寺。魏倒台后,各生祠俱废。5.“皦皦(jiǎo)”:明亮,显耀。6.“吾社”:指复社。7.“缇骑”:汉代执金吾手下的骑士。其任务为巡察京都,捕捉奸猾。因他们身穿丹黄色衣服,所以被称为缇骑。后世遂用以称逮捕犯人的官役。8.“抶而仆之”:打倒在地。“抶(chì)”,笞打。9.“以大中丞抚吴者”:以大中丞职衔做江苏巡抚的人,即指毛一鹭。10.“匿于溷藩”:藏于厕所里。11.“按诛”二句:“按诛”,依照法律判处死罪;“周文元”,周顺昌的轿夫;余四人都是市民。12.“傫然”:重叠相连的样子。13.“买五人”句:“脰”,同“头”;“函之”,用匣子装起来。14.“大阉”:指宦官魏忠贤。15.“缙绅”句:“缙绅”,指士大夫;“不易其志”,不改变初志,即不向魏党屈服。16.“出于编伍之间”:古代乡里之间,每五家为一伍。句意谓他们出身于普通老百姓。17.“曷”:同“何”。18.“矫诏”:假传皇帝的诏旨。19.“钩党之捕”:认为某些人是一党的,就加以逮捕。“钩党”,互相牵引为同党。20.“株治”:株连治罪。21.“逡巡畏义”:徘徊不定,畏惧正义。22.“投缳道路”:“投缳”,缢死。这里指魏忠贤在被贬到凤阳的途中自缢。23.“剪发杜门”:“剪发”,意即出家为僧;“杜门”,关上门不敢出来。24.“赠谥美显”:指崇祯时赠给周顺昌“忠介”的谥号。25.“加其土封”:增加坟上的封土,指重修坟墓。26.“以隶使之”:当作徒隶来使用他们。27.“屈豪杰之流”:使豪杰之流屈尊。28.“扼腕墓道”:“扼腕”,用手握腕。这是说在墓道扼腕,表示慨叹。29.“冏卿因之吴公”:“冏卿”,指太仆卿,职掌皇帝车马的官;“因之吴公”,即吴默,字因之,万历时官太仆少卿。30.“太史”:古官名,为皇帝的文学侍从之臣。明代人借指翰林。“文起文公”,即文震孟,字文起,曾为翰林院编修。31.“孟长姚公”:即姚希孟,字孟长。以上之人即指前面所说的“发五十金,买五人之脰而函之”的贤士大夫。

为市井小民树碑立传，这在漫长的封建社会中实属罕见。作者身为士大夫中的一员，能够不为传统的尊卑贵贱观念所囿，勇于揭橥卑微者的高尚情操，这行动本身就表明了作者的思想具有超越时代的进步因素。

文章遵循碑诔的体例，首先交代树碑的缘由、目的。“急于义而死焉者也”，一句概括出五人死难的性质。“呜呼，亦盛矣哉！”表现出作者对五人赞扬推许的态度。

以下并不直接叙述五人慷慨就义的过程，而是宕开一笔，先写五人死后的“十有一月之中”，又有无数的或贵或贱之徒相继谢世，然而这些人即使生前富贵得志，一旦死去，却只能与草木同朽。由此引出“独五人之皦皦，何也”的设问。这段话对比鲜明，感慨良多，令人想起太史公“人固有一死，或重于泰山，或轻于鸿毛”的著名论断，使文章的感染力更为强烈，倾向性更为突出。然后转入正文，详细介绍五人就义的始末，行文疾徐有致，笔势纵横，言简而意赅，情切而气壮。短短二百余言，写珰焰之熏灼，炙手可热；缇骑之凶横，历历如见。而状吴民之公愤，如火如荼；五人之死节，激昂惨烈。一切又都为烘托五人之凛然大义，用“中丞匿于溷藩以免”与五人“意气阳阳”，“谈笑以死。断头置城上，颜色不少变”之意象的强烈反差表现作者鲜明的立场，忠奸曲直，皎然可见。而五人之姓名亦于叙述中自然披露。

而后笔锋再转。由官僚缙绅的趋炎附势引发对五人高风亮节的盛赞,进而高度评价五人之死的实际意义。正是这种视死如归的凛然正气,震慑了以魏忠贤为首的阉党的凶焰,使他们迫于民愤,不敢进一步株连穷治,再兴大狱。于是,东林党人的家眷赖以保全,苏州的市民得免涂炭。甚至崇祯皇帝的铲除阉党,也不能不说是基于五人所代表的民意。作者于是生发出对于士大夫阶层的尖锐批判,这些平日钟鸣鼎食,官高禄厚的大人先生,一旦恶贯满盈,罪行昭彰,则千夫所指,无地自容。其与五人之生前默默,身后留芳适成价值迥异的对照。文章至此,实际已经介入了生与死的大题目的探讨,作者明确地表示了对于那种碌碌无为、尸位素餐的生的鄙夷和对急于义、全于节的死的礼赞,这种观点在今天也仍有发顽启懦的现实意义。

作者毕竟是生活在三百多年前的古人,时代的局限使他还不能从新的生产关系的角度来认识和评价这场市民暴动,而只能从忠义与奸邪的矛盾议论是非。东林党人的斗争,客观上反映了资本主义萌芽的时代要求,在一定程度上体现了市民群众的意志,应当说市民的崛起促进了东林党人的觉悟。作者见不及此,这是不能苛求古人的。然而,这篇碑文读来气势雄健,议论风发。开阖纵放,极尽跌宕起伏之致;笔力端凝,绝无阿世谄谀之私,已足与五人之事迹并传不朽。

马伶传[1]

侯方域[2]

马伶者，金陵梨园部也[3]。金陵为明之留都，社稷百官皆在，而又当太平盛时，人易为乐，其士女之问桃叶渡游雨花台者，趾相错也[4]。梨园以技鸣者，无论数十辈，而其最著者二：曰兴化部，曰华林部。

一日，新安贾合两部为大会，遍征金陵之贵客文人，与夫妖姬静女[5]，莫不毕集。列兴化于东肆[6]，华林于西肆。两肆皆奏《鸣凤》[7]，所谓椒山先生者。迨半奏，引商刻羽[8]，抗坠疾徐，并称善也。当两相国论河套[9]，而西肆之为严嵩相国者曰李伶，东肆则马伶。坐客乃西顾而叹，或大呼命酒，或移坐更近之，首不复东。未几更进，则东肆不复能终曲，询其故，盖马伶耻出李伶下，已易衣遁矣。马伶者，金陵之善歌者也，既去，而兴化部又不肯辄以易之，乃竟辍其技不奏[10]，而华林部独著。

去后且三年而马伶归，遍告其故侣，请于新安贾曰：“今日幸为开宴，招前日宾客，愿与华林部更奏《鸣凤》，奉一日欢。”既奏，已而论河套，马伶复为严嵩相国以出。李伶忽失声，匍匐前称弟子。兴化部是日遂凌出[11]华林部远甚。

其夜，华林部过马伶曰：“子，天下之善技也，然无以易李伶[12]，李伶之为严相国至矣，子又安从授之而掩其上哉[13]？”马伶曰：“固然，天下无以易李伶，李伶即又不肯授我。我闻今相国昆山顾秉谦[14]者，严相国俦也。我走京师，求为其门卒三年，日侍昆山相国于朝房，察其举止，聆其语言，久而得之，此吾之所为师也。”华林部相与罗拜而去。

马伶，名锦，字云将，其先西域人，当时犹称马回回云。

侯方域曰：“异哉！马伶之自得师也。夫其以李伶为绝技，无所干求，乃走事昆山，见昆山犹之见分宜也，以分宜教分宜，安得不工哉？呜呼！耻其技之不若，而去数千里，为卒三年，倘三年犹不得，即犹不归尔。其志如此，技之工又须问耶？”

【注释】

1.《马伶传》：选自《壮悔堂集》。“马伶”，姓马的伶人，晚明天启年间的戏剧演员。2. 侯方域（公元1618—1654年），字朝宗，明末清初商丘（今河南商丘)人。明末与方以智、陈贞慧、冒襄齐名,称“四公子”。明亡以后,应顺治八年河南乡试,中副榜。文有奇气,与魏禧、汪琬齐名,称“清初三家”。著有《壮悔堂集》。3.“金陵梨园部”:“梨园部”,剧团,戏班。梨园原是唐玄宗时候伶人学习演唱的场所。后世因称演剧的处所为梨园,演剧的行业为梨园行部,行业的组织。4.“趾相错”:脚趾互相交错(形容人多)。5.“妖姬”:美艳的妇人。“静女”:未出嫁的淑女。6.“肆”:指剧场。7.“《鸣凤》”:《鸣凤记》传奇(剧本)。传为明朝王世贞门客作,演杨继盛与严嵩斗争,被害惨死事。8.“引商刻羽”:按曲调歌唱。“引”,发声;“刻”,刻画,严格按照要求;“商”“羽”,都是五音之一,这里泛指曲调。9.“两相国论河套”:嘉靖二十五年,陕西总督曾铣上书,主张恢复河套(陕西省长城以外、黄河以内地,当时为俺答占据),夏言赞成,严嵩反对。10.“辍其技不奏”:停止演出。11.“凌出”:超过。12.“无以易李伶”:不能替换李伶,也就难于超出李伶。13.“安从授之而掩其上”:从哪里得到传授而超过他。“掩”,覆盖。14.“顾秉谦”:万历进士,谄附魏忠贤,残害忠良杨涟、左光斗等。下文“昆山”即指顾秉谦。

古代伶人的地位是相当低下的,许多文人舍不得也不想用自己的笔墨给他们作传,而如《马伶传》这样将一位伶人描写得如此富有个性、富有光彩的传记,更是非常少见。侯方域在金陵期间,曾结识了一些著名的伶人,《马伶传》中所述可能就来自他的所见所闻。至今我们对马锦这位戏曲表演艺术家的了解,主要还是靠了这篇绘声绘色的《马伶传》。

侯方域虽只描述了马锦艺术生活的点滴片断，却为我们提供了一个忠实于艺术、献身于事业的活脱脱的形象。马锦是金陵著名戏班兴化部的台柱子，久负盛名于留都。但在与李伶唱对台戏的一次失利后，便放着台柱子不当，而悄然隐去，北上京都，到相国顾秉谦朝房为仆三年，在现实生活中寻找艺术模特。马锦的出走，并非一时的“赌气”，而是一种羞耻感所致。我们知道，每一位有心的演员都懂得，观众的欢迎程度乃是评价表演水平的最敏锐、最直接的标尺。在这次对台戏中，观众均被华林部的李伶所赢得，逢于这种场面，作为一位热爱事业的艺术家的马锦，心态极端的不平衡是可想而知的。马锦一不怪观众，二不妒李伶，而是自愧不如。仅此一点便见其虚心诚实。他的“耻出李伶下”，实际上是“耻”于自身功力之不足。而他却不“耻”于为人做仆，这充分地体现出一位艺术家对艺术的奉献精神。马锦的悄然“遁”去，不是打退堂鼓，也不是对艺术的叛逃，而恰是对于艺术精益求精的表现，是他舍身追求艺术巅峰的表现。他的“忘我”举动，旨在寻觅“自我”；他甘为人下奴，目的是寻觅艺术的“自由”王国。失败而不气馁，屈身而不自卑，足见一位艺术家在艺术竞争中的坚定意志和奋斗精神。

作者还通过马锦艺术追求的成功，向人们揭示了艺术创作离不开生活体验的道理。毋庸置疑，中国戏曲表演具有虚拟性特征，但这并非说戏曲演员就无须生活体验。虚拟性表演乃是戏曲表演的一种手段。“剧戏之道，出之贵实，用之贵虚。”（明王骥德语）马锦是深深懂得这一道理的。他为了能够准确地把握严嵩这一角色的性格特征，不惜三年时间，服侍一位与严嵩同类的官僚，以便随时“察其举止，聆其言语”，经过艺术的再创作，终于“久乃得之”，把严嵩这一角色演活了。马锦的艺术经验是：创作须以生活为师，要想把戏演好，就要注重对生活的体验。这一点可给那些从事表演工作的人们以启迪。

《马伶传》一文在写作上颇具特色。首先是成功地运用了侧面描写。在对两次对台戏的描写中，作者没有一字是直接描写马伶和李伶的演技的。写第一次对台戏，笔墨集中于观众的反映：“坐客乃西顾而叹，或大呼命酒，或移座更近之，首不复东；未几更进，则东肆不复能终曲。”虽聊聊数笔，却将观众对李伶演出的青睐和对马伶演出的冷待，交代得清清楚楚，从而衬托出两位演员即时演出的优劣高下。在描写第二次对台戏时，作者仍不直接写二位伶人的表演如何。为了与第一次对台戏的描写不尽雷同，作者不再写观众的反映，而是着笔于第一次的胜利者李伶的表现：当马伶在“论河套”那场戏中一出台，李伶见其表演便“忽失声匍匐，前称弟子”，甘拜下风。上一次是兴化部不能终曲，这一次则是华林部不能终曲，而偏偏都在演“论河套”那场戏时；上一次是“马伶耻出李伶下”，易衣遁矣，这一次则是李伶失声匍匐，前称弟子。以相当经济的笔墨，将两次对台戏的表演的优劣高下突现出来了。

善于制造悬念是本文写作的又一特色。在第一次对台戏中，当观众的注意力全部集中到西肆演出时，东肆的马锦竟悄然隐去。他到底“遁”往何处，又“遁”去做甚，作者没有马上做出交代，而是将笔锋一转写道：“马伶者，金陵之善歌者也。”这是一句强调语，使读者愈加关心马锦的未来。接下来作者仍不写马锦的去处，而写马锦去后金陵梨园界所形成的兴化部辍演、华林部独著的局面。这不免使读者产生了对马锦出走的惋惜与遗憾。再接下来，作者将笔跳到三年以后，写马锦的突然归来。这时读者因仍不清楚马锦在这三年中到底做了些什么，对他的到来又怀上一团疑念。这之后还是不写马锦过去三年中的事，而是集中写马锦游说而促成的一场新的对台戏。这便使读者更为困惑不解：马锦三年后为什么会如此大获成功？直到此时，作者才借用马锦之口将来龙去脉娓娓道来，使读者直到最后方惊悉原委，从而收到了诱人的艺术效果。

登泰山记[1]

姚鼐[2]

泰山之阳[3]，汶水西流；其阴，济水东流。阳谷[4]皆入汶，阴谷皆入济，当其南北分者，古长城也[5]。最高日观峰[6]，在长城南十五里。

余以乾隆三十九年十二月，自京师乘风雪[7]，历齐河、长清，穿泰山西北谷，越长城之限，至于泰安。是月丁未，与知府朱孝纯子颍由南麓登。四十五里，道皆砌石为磴，其级七千有余。泰山正南面有三谷，中谷绕泰安城下，郦道元所谓环水也。余始循以入，道少半，越中岭，复循西谷，遂至其巅。古时登山，循东谷入，道有天门。东谷者，古谓之天门谿水，余所不至也。今所经中岭，及山巅崖限[8]当道者，世皆谓之天门云。道中迷雾冰滑，磴几不可登。及既上，苍山负雪，明烛天南[9]，望晚日照城郭，汶水、徂徕如画，而半山居雾若带然。

戊申晦五鼓，与子颍坐日观亭待日出。大风扬积雪击面。亭东自足下皆云漫。稍见云中白若摴蒱数十立者，山也[10]。极天，云一线异色，须臾成五采，日上，正赤如丹，下有红光，动摇承之。或曰：此东海也。回视日观以西峰，或得日，或否，绛皜驳色[11]，而皆若偻。

亭西有岱祠[12]，又有碧霞元君祠[13]。皇帝行宫在碧霞元君祠东。是日，观道中石刻，自唐显庆以来，其远古刻尽漫失[14]。僻不当道者，皆不及往。

山多石，少土，石苍黑色，多平方，少圜。少杂树，多松，生石罅，皆平顶。冰雪，无瀑水，无鸟兽音迹。至日观，数里内无树，而雪与人膝齐。

桐城姚鼐记。

【注释】

1.《登泰山记》：选自《惜抱轩诗文集》卷十四。“泰山”，又名岱岳、岱宗，在山东省泰安县北，为五岳中之东岳。2. 姚鼐（公元1731—1815年），字姬传，一字梦谷，号惜抱，安徽桐城人。乾隆二十八年（公元1763年）进士，官至刑部郎中。晚年曾先后主讲江南、紫阳、钟山各书院四十余年。他是刘大櫆的弟子，桐城派的主要人物之一。著有《惜抱轩全集》，并编选了《今体诗选》《古文辞类纂》等。3.“泰山之阳”：泰山的南面。下文之“其阴”即指泰山之北面。4.“阳谷”：这里指泰山南面山谷中的流水。5.

“当其”二句：“古长城”，指战国时齐国所筑的长城，西起平阴，经泰山北冈，东至诸城入海。两句意谓，长城立于阳谷和阴谷南北分界处。6.“日观峰”：在山顶东岩，为泰山观日出之处。7.“乘”：此作“冒”讲。8.“崖限”：像门户一样的山崖。9.“苍山”二句：“烛”，照耀。意谓，灰暗的山上积满白雪，雪光明亮，照耀南天。10.“稍见”二句：“稍见”，依稀看见；“摴蒱（chū pú）”，古时的一种博戏，这里指博具，共五子，又名五木，斫木而成，两头尖细，中间广平，一面涂白，一面涂黑，立起来像是山峰。11.“绛皜驳色”：红白二色相错杂。“绛”，红色；“皜（hào）”，白色；“驳”，杂。12.“岱祠”：祭祀泰山之神东岳大帝之庙宇。13.“碧霞元君祠”：“碧霞元君”，相传为东岳大帝之女，宋真宗封为碧霞元君。14.“漫失”：磨灭缺失。

泰山，是最早为华夏人所景仰的山脉之一。古人曾有过崇拜泰山之举，他们认为泰山为万物之始，阴阳交代。这种崇拜心理的产生，很可能与泰山高峻的雄姿以及山围植物旺盛的繁衍功能有关。由于它“峻极于天”，还被古人视为与天相通的登仙之途。后来泰山更逐步被神化、人格化，竟被人们视作冥司之主了，或称其为泰山府君，或称其为东岳大帝。泰山并长期作为历代君主告成于天的封禅、祭祖的圣地。而姚鼐的这篇《登泰山记》，则还泰山的自然本色，他把它作为一个旅游胜地，自己以一个普通游客的身份记叙了它雄伟壮丽的景色，以飨天下人。

读这篇游记，我们总不免为作者非常浓厚的游兴所感染。瞧他选择的登泰山的时令以及远道而来不辞辛苦的精气神。他于腊月，“自京师乘风雪，历齐河、长清，穿泰山西北谷，越长城之限，至于泰安”。数日后便与知府朱某登山。他登山那天正是除夕的前一天，而观日出那日正值除夕。选择这种日子登山观日出的人，恐怕是不会太多的。唯其如此，作者笔下的泰山与众人所见到的泰山，其外观亦不尽相同。二百多年来，不少人就是通过这篇游记方领略到披上冬装的泰山之景观。

姚鼐从多方面观照泰山景貌，而归纳起来集中写了泰山的路险、峰高和景美。由于作者眼中的泰山已银装素裹，故他笔下所描绘的泰山也就别具风采。比如状写路险，如果仅仅写“四十五里，道皆砌石为磴，其级七千有余”还远远不够，因为道路之长短、磴级之多寡，是无论在哪个时令中都如此的，而作者记下了自己登山时的景况——“道中迷雾冰滑，磴几不可登”，则更把隆冬时泰山之路险突现出来了。再如写泰山之高，若仅仅写“回视日观以西峰”“而皆若偻”，以此为衬托的话，那也不足为奇，因“会当凌绝顶，一览众山小”诗句已将山高写尽。而作者写道：“及既上，苍山负雪，明烛天南。”以山峰的积雪与高高的天空相互辉映。这就不单以低山做比了，而是又与高天联系在一起，越发突出了泰山之高。还如写泰山的景致之美，亦颇令人玩味。写泰山游记人们总忘不掉写日出的壮观景色，可是常常忽略了泰山的晚照。然而姚鼐则于观日出前,先抢下了晚照的镜头:苍山与白雪相互衬托,积雪的光泽与落日余晖彼此辉映;夕阳下城池与山水色彩如画;脚下的半山处萦绕的云雾如同锦带。仍然是隆冬时令所特有的一派明朗开阔雄浑的气象,至写日出时,一句"大风扬积雪击面",便把冬日观日出的独特氛围渲染开来;直到终篇收尾时还写道:"至日观数里内,无树,而雪与人膝齐。"可以说,紧扣隆冬时令来状写泰山景观,是为此篇游记写作上的绝妙之处。

病梅馆记[1]

龚自珍[2]

江宁之龙蟠[3]，苏州之邓尉[4]，杭州之西谿[5]，皆产梅。或曰：梅以曲为美，直则无姿；以欹[6]为美，正则无景；梅以疏为美，密则无态。固也。此文人画士，心知其意，未可明诏大号，以绳天下之梅也；又不可以使天下之民，斫直、删密、锄正，以殀梅、病梅为业以求钱也[7]。梅之欹、之疏、之曲，又非蠢蠢求钱之民，能以其智力为也。有以文人画士孤癖之隐，明告鬻梅者，斫其正，养其旁条，删其密，夭其稚枝，锄其直，遏其生气，以求重价，而江、浙之梅皆病。文人画士之祸之烈至此哉！

予购三百盆，皆病者，无一完者。既泣之三日，乃誓疗之，纵之，顺之，毁其盆，悉埋于地，解其棕缚[8]，以五年为期，必复之全之。予本非文人画士，甘受诟厉[9]。辟病梅之馆以贮之。呜呼！安得使予多暇日，又多闲田，以广贮江宁、杭州、苏州之病梅，穷予生之光阴以疗梅也哉？

【注释】

1.《病梅馆记》：选自《定盦文集》卷三。又题作《疗梅说》。2. 龚自珍（公元1792—1841年），字璱人，号定盦，浙江仁和（今浙江杭州）人。早年屡试不第，三十八岁始中进士。曾任内阁中书、礼部主事等官。晚年辞官讲学。他是我国近代思想史、文学史上新风气的开创者。现有经过整理的《龚自珍全集》。3.“江宁”：原江宁府，今南京市。“龙蟠”：即今南京市清凉山下之龙蟠里。4.“邓尉”：山名，在今苏州市西南。汉时邓尉曾隐居在这里，因而得名。5.“西谿”：水名，在今杭州市灵隐山西北。6.“欹（qī）”：倾斜。7.“以殀梅”句：“殀”，断杀；“病”，损伤。8.“椶缚”：用椶绳捆绑。“椶”，同“棕”。9.“诟厉”：责骂。

艺术家对人生的感知和思考，总要借助于一定的媒介，因此，如何通过特定的媒介将自己的感知与思考完美地表现出来，是艺术家终生的磨难和痛苦。然而，真正卓特不凡具有巨大创造力的作家，经过苦心孤诣的努力，总会克服困难，战胜局限，创造出伟大不朽的杰作，这途径之一即是用最具体朴素、形象生动的语言客观地陈述或描绘可经验的世界与人生图景，虽不明言其题旨，但作品的内在意蕴与语言所再现的客观图象和人生场景完全融合在一起，使作品成为一个独立自足的有机体,具有审美的自足性。用中国古代文论概念来说,就是达到“言近旨远”“言有尽而意无穷”“象外之象”“韵外之致”的美学境界。达到这种自足而又能自我超越的作品,我们称之为具有本体象征之作。《病梅馆记》的象征意蕴与历史沉思达到了这种美学境界。

《病梅馆记》写于1839年。由于龚自珍抨击时弊,力主革新,“忤其长官”乃遭受打击和排挤,不得不辞官南归。江南一路诸景给龚自珍印象最深的莫过于各处所见之“病梅”了,因为这种遭受人为的“斫其正,删其密,锄其直”的梅正十分形象地反照出龚自珍此时此地境遇的困窘和艰险。龚自珍怀着悲愤的心情审视这些梅,他从当时的当权的士大夫阶层引以为“美”的病梅身上引发出一种辛酸的感触,他从曲、欹、疏的梅身上看到了自己,更看到了大多数志士贤才的悲剧命运。一种深沉的历史思考和联想,使他体味到了一代人才像梅一样被扭曲、被扼杀、被戕害的残酷现实。

《病梅馆记》立意新颖奇巧,以病梅为喻,运用曲笔来揭示人才受压的问题,这是同龚自珍一贯的思想主张有关。龚自珍在中年写下的《五经大义终始记》中就认定:盛世的标志是人主的礼贤下士,使名士舒展才能;衰世则“贤人散于外”。他在《乙丙之际著议第九》里做了正面说明。他指出,到了“衰世”,“才士与才民出,则百不才督之、缚之以至于僇(戮,指扼杀人)之”。

当时的清王朝已到了衰世，封建最高统治集团制造了一种扼杀人的环境，只要有才能的士子或人民出来，就要遭到督责、束缚以至于扼杀。看到危机会担忧，看到不平会气愤，看到一切会思虑，看到不合理的想改革、能有所作为，看到卑污苟贱会感到可耻，看到污秽要求纯洁、无渣滓。这一切是有才能的人所具备的。可是这些正是黑暗腐朽的封建统治集团所害怕的，所以要扼杀人才，把人们弄成顽钝无耻、冥顽不灵，它的统治才能维持下去。这样扼杀人的结果，“然而起视其世，乱亦竟不远矣”。动乱还是要来的，封建统治还是统治不下去的，这正标志着它已腐朽到不可救药了。

作者又在《古史钩沉》论一里指出封建统治集团“去人之廉以快号令，去人之耻以嵩(崇)高其身，一人为刚，万夫为柔”。封建统治者为了要巩固他的统治，怕那些有骨气的人不愿受他的奴役，于是竭力摧毁人们的廉耻，只有他一个人是刚强的，其他万人都要成为柔顺的奴才。有骨气的人就要受到铲锄。这些都是作者所痛心的。龚自珍此次南下过镇江，他写下了为人才命运鼓与呼的著名诗篇：“九州生气恃风雷，万马齐喑究可哀。我劝天公重抖擞，不拘一格降人材。”这首诗与《病梅馆记》创作于同期同域，可见龚自珍当时内心忧虑的焦点就是人才受束缚、遭斫删，“万马齐喑”“人材海内空”的状况，“九州”一诗与《病梅馆记》在思想主旨上恰好相表里，相得益彰。

《病梅馆记》既以巧妙的象征，揭露了清王朝残酷摧残人才的罪行，又表达了作者深挚的惜才、爱才、护才的思想感情。从字面上看，句句写梅，字字写梅，可是从字里行间，我们分明可以看到龚自珍其实是句句写人，字字议政。文章隐晦曲折，托物言志，寓意深刻，用心良苦。文中之“梅”，显然并非自然界中的梅花，而是一种象征意义的东西了。那“文人画士孤癖之隐”，正暗指封建统治集团见不得人的私心。写“斫其正，养其旁条，删其密，夭其稚枝，锄其直，遏其生气”，指出把正直的都要斫掉，新生的要加以摧残，生气要遏止。这些正暗示摧残廉耻，扼杀一切有才能、想作为、有骨气、能思虑的人。“文人画士”之“以曲为美”“以欹为美”“以疏为美”，正是同正直相反，跟蓬勃生气相悖。作者为病梅哭了三天，正是为人才的被扼杀痛苦，也包括悲伤自己的才能受到扼制而无法施展在内。所以作者才大声斥责：“文人画士之祸之烈至此哉！”《病梅馆记》深刻之处正在于龚自珍没有停留在指责那些“鬻梅者”，而是探寻到了这些伤梅、毁梅的背后，是“文人画士”以梅的“曲、欹、疏”为美，由此“以绳天下之梅也”，当然就造成了“使天下之民”“以殀梅、病梅为业以求钱也”。龚自珍的潜台词已力透纸背：清王朝统治者之所以对有作为的进步知识分子大加围剿，甚至杀戮，就是要把知识分子培养成他们的奴才或鹰犬。

龚自珍一反传统旧观念，辟“病梅馆”，他要“疗之、纵之、顺之”,他要病梅回归本性。这既是作者崭新的美学思想,一反历来主张梅花的病态美,而倡导天然美;更是他进步的革新思想的体现,他希冀破除封建当权者对人才的束缚、扼制,让人们的才能获得发展。当然,在某种意义上来说,这只是龚自珍的一种天真的、善良的幻想。他自己的改革愿望尚无法实现,自己的才能尚受到压抑,怎么可能解除其他人才所遭受的扼制和摧残呢?因此,作者只能以感叹作结。

《病梅馆记》的写作特点是通篇运用象征。象征散文总是和一定历史时期的社会政治紧密联系着的。急遽激烈的社会矛盾和现实生活的冲突,使得具有强烈的社会责任感的作家不能够缄口沉默,他们要以自己的作品对社会生活进行评论、实行干预,但是,在黑暗统治下,残酷的强暴的压力,又不容许作家的言论采取通常的方式,这就是为什么像《病梅馆记》这样的象征散文采取自己的独特方式,而又具有尖锐的政治性的主要原因。

观巴黎油画记[1]

薛福成[2]

光绪十六年春闰二月甲子，余游巴黎蜡人馆。见所制蜡人悉仿生人，形体态度，发肤颜色，长短丰瘠，无不毕肖。自王公卿相以至工艺杂流[3]，凡有名者，往往留像于馆。或立或卧，或坐或俯，或笑或哭，或饮或博，骤视之，无不惊为生人者。余亟叹其技之奇妙。译者称："西人绝技尤莫逾油画，盍驰往油画院一观《普法交战图》乎[4]？"

其法为一大圜[5]室，以巨幅悬之四壁，由屋顶放光明入室。人在室中，极目四望，则见城堡、冈峦、溪涧、树林，森然布列。两军人马杂遝[6]，驰者、伏者、奔者、追者、开枪者、燃炮者、搴大旗者、挽炮车者，络绎相属。每一巨弹堕地，则火光迸裂，烟焰迷漫；其被轰击者，则断壁危楼，或黔其庐，或赭其垣。而军士之折臂断足，血流殷地，偃仰僵仆者，令人目不忍睹。仰视天，则明月斜挂，云霞掩映；俯视地，则绿草如茵，川原无际。几自疑身外即战场，而忘其在一室之中者。

余闻法人好胜，何以自绘败状，令人丧气若此？译者曰："所以昭炯戒[7]，激众愤，图报复也。"则其意深长矣。

【注释】

1.《观巴黎油画记》：选自《庸庵文外编》。这是一篇画记，记一幅油画《普法交战图》。2. 薛福成（公元 1838—1894 年），字叔耘，又字庸庵，清江苏无锡人。光绪间，他曾出使英、法、意、比等国，留心经世致用的学问，著有《庸庵全集》。3."杂流"：各行各业的人。4."盍驰往"句："盍(hé)"，何不；"普法交战"，普鲁士和法国的战争，发生于 1870 年。1871 年，法国战败，向普鲁士割地赔款。5."圜"：同"圆"。6."杂遝(tà)"：纷乱的样子。7."炯(jiǒng)"：明显。"戒"：警戒。

这篇《观巴黎油画记》是清光绪十六年（公元 1890 年）作者在法国参观了巴黎蜡人馆和油画院后写的一篇散记。

文章开宗明义，先扼要地概括出巴黎蜡人馆的内容特色，不做微观、具体的描摹，而是从广视的角度谈整体统摄的印象，统摄之中又依循观赏的规律而分出次序的先后，由蜡人的形体神态及于发肤颜色，乃至高矮丰瘠，而后获得"无不毕肖"的宏观印象。以下进一步交代蜡人的身份姿态，用"骤视之，无不惊为生人者”，再次强调其逼真的雕塑技巧，并以作者自己的叹赏收束。

而后笔锋轻转，承上启下，由“译者”之言引出油画院，点明全文的主要描写对象——《普法交战图》，由此过渡到正文。运笔轻灵，不落斧錾痕。

以下便是作者着意渲染的部分。值得注意的是，作者并没有面面俱到地记录油画院里的众多艺术珍品，而是仅就一帧《普法交战图》细述观感，极尽铺排皴染之能事。原因何在呢？作者深谙文章三昧，懂得面面俱到，必无胜处；株干既伟，花叶自繁的道理。于是他选择了诸多油画中最富现实主义特色的《普法交战图》入手，坐收举一反“百”之利。

这一段先对“圜室”做必要的介绍，说明画幅的挂法、采光的途径。然后对巨幅油画的背景稍做静态的描述，至“两军人马杂遝”以迄“令人目不忍睹”，为全篇最精彩处。其所以精彩，在于作者对一幅完全静止的无生命的画面做了动态的有生命的描写，并加以气氛的、情感的烘托，从而使一幅“死画”在作者的生花妙笔之下变得虎虎有生气，画中人物也似乎跃然纸上，呼之欲出。而这种效果显然得力于一系列行为动词的精确运用：驰、伏、奔、追、开枪、燃炮、搴旗、挽车。杂以巨弹堕地，火光迸裂，烟焰迷漫，血流殷地，偃仰僵仆的氛围刻画，一个残酷悲壮的战争场面便呈现在读者面前。

然后笔势直落，突转于静，“仰视天，则明月斜挂，云霞掩映；俯视地，则绿草如茵，川原无际。”由剧烈的动态倏然回复到止水般的静态，笔力千钧，令人目不暇接。段末以“皆幻也”把人们拉回现实中来。文章到此，本可以结束了，但作者对这种出色的描述仍不满足，他还要给人们留下回味思考的课题。

“所以昭炯戒，激众愤，图报复也。”这句话虽假于“译者之口”，但对于国土沦丧、深受列强蹂躏的19世纪末叶的国人来说，其意确实“深长矣”。

桐城派古文家讲究文章的神、理、气、味、格、律、声、色，作者系桐城派继承者。从他这篇散文来看，确有深厚的功力。这主要表现在章法谨严，层次分明，起承转合，动静有致，刻画传神入微，用语简洁凝炼等方面。

与妻书[1]

林觉民[2]

意映卿卿如晤[3]：吾今以此书与汝永别矣！吾作此书时，尚是世中一人；汝看此书时，吾已成为阴间一鬼。吾作此书，泪珠和笔墨齐下，不能竟书而欲搁笔，又恐汝不察吾衷，谓吾忍舍汝而死，谓吾不知汝之不欲吾死也，故遂忍悲为汝言之。

吾至爱汝，即此爱汝一念，使吾勇于就死也。吾自遇汝以来，常愿天下有情人都成眷属；然遍地腥云，满街狼犬[4]，称心快意，几家能彀[5]？司马春衫[6]，吾不能学太上之忘情也。语云：仁者"老吾老以及人之老，幼吾幼以及人之幼"。吾充吾爱汝之心，助天下人爱其所爱，所以敢先汝而死，不顾汝也。汝体吾此心，于啼泣之余，亦以天下人为念，当亦乐牺牲吾身与汝身之福利，为天下人谋永福也。汝其勿悲！

汝忆否？四五年前某夕，吾尝语曰："与使吾先死也，无宁汝先吾而死。"汝初闻言而怒，后经吾婉解，虽不谓吾言为是，而亦无词相答。吾之意盖谓以汝之弱，必不能禁失吾之悲，吾先死留苦与汝，吾心不忍，故宁请汝先死，吾担悲也。嗟夫！谁知吾卒先汝而死乎？吾真真不能忘汝也！回忆后街之屋，入门穿廊，过前后厅，又三四折，有小厅，厅旁一室，为吾与汝双栖[7]之所。初婚三四个月，适冬之望日前后，窗外疏梅筛月影，依稀掩映；吾与（汝）并肩携手，低低切切，何事不语？何情不诉？及今思之，空余泪痕。又回忆六七年前，吾之逃家复归也，汝泣告我："望今后有远行，必以告妾，妾愿随君行。"吾亦既许汝矣。前十余日回家，即欲乘便以此行之事语汝，及与汝相对，又不能启口，且以汝之有身也，更恐不胜悲，故惟日日呼酒买醉。嗟夫！当时余心之悲，盖不能以寸管形容之。

吾诚愿与汝相守以死，第以今日事势观之，天灾可以死，盗贼可以死，瓜分之日可以死，奸官污吏虐民可以死，吾辈处今日之中国，国中无地无时不可以死，到那时使吾眼睁睁看汝死，或使汝眼睁睁看我死，吾能之乎？抑汝能之乎？即可不死，而离散不相见，徒使两地眼成穿而骨化石[8]，试问古来几曾见破镜能重圆[9]？则较死为苦也，将奈之何？今日吾与汝幸双健。天下人人不当死而死与不愿离而离者，不可数计，钟情如我辈者，能忍之乎？此吾所以敢率性就死不顾汝也。吾今死无余憾，国事成不成，自有同志者在。依新[10]已五岁，转眼成人，汝其善抚之，使之肖我。汝腹中之物，吾疑其女也，女必象汝，吾心甚慰。或又是男，则亦教其以父志为志，则我死后尚有二意洞在也。甚幸，甚幸！吾家后日当甚贫，贫无所苦，清静过日而已。

吾今与汝无言矣。吾居九泉之下遥闻汝哭声，当哭相和也。吾平日不信有鬼，今则又望其真有。今人又言心电感应[11]有道，吾亦望其言是实。则吾之死，吾灵尚依依旁汝也，汝不必以无侣悲。

吾平生未尝以吾所志语汝，是吾不是处；然语之，又恐汝日日为吾担忧。吾牺牲百死而不辞，而使汝担忧，的的非吾所忍。吾爱汝至，所以为汝谋者惟恐未尽。汝幸而偶我，又何不幸而生今日之中国！吾幸而得汝，又何不幸而生今日之中国！卒不忍独善其身。嗟夫！巾短情长，所未尽者，尚有万千，汝可以模拟[12]得之。吾今不能见汝矣！汝不能舍吾，其时时于梦中得我乎！一恸！辛未三月念六夜四鼓[13]，意洞手书。

家中诸母[14]皆通文，有不解处，望请其指教，当尽吾意为幸。

【注释】

1.《与妻书》:选自《广州三月二十九日革命史》。这是林觉民在广州起义前夕(1911年4月24日,农历三月二十六日)写给妻子的一封绝笔书。2.林觉民(公元1886—1911年),字意洞,号抖飞,又号天外生,福建闽侯(今福建福州)人。1911年春,离日回国。同年4月27日,参加广州起义,不幸受伤被捕。在审讯过程中,他慷慨陈词,宣传革命主张。后英勇就义。牺牲时,年仅二十五岁。3.“意映”:作者的妻子,姓陈名意映。“卿卿”,旧时夫妻之间的爱称;“如晤”,旧时书信中的常用语,谓如当面相见一样。4.“然遍地”二句:这两句比喻清朝血腥残酷的统治。5.“彀”:同“够”。6.“司马春衫”:“春衫”,应为“青衫”。白居易《琵琶行》有“江州司马青衫湿”。后世常用“司马青衫”比喻极度悲伤的心情。7.“双栖”:比喻夫妻同居。8.“眼成穿而骨化石”:“眼成穿”,即“望眼欲穿”,形容盼望殷切;“骨化石”,古代传说,有一人从役未归,其妻非常思念,每天登山远望,盼其夫归来,久之,身体变成石头,称为望夫石。9.“破镜能重圆”:比喻夫妻失散后重新团聚。据说南朝陈将亡时,驸马徐德言预料妻子乐昌公主可能被人掠去,便剖一铜镜,与妻各持一半,并约定于正月十五日卖镜于市,以通音信。陈亡,乐昌公主为杨素所获。徐德言依约到京城,见一老人卖半镜,与己之半镜相合,遂题诗于镜。公主见诗,悲泣不食。杨素知之,乃使公主与德言重新团圆。10.“依新”:作者之长子。11.“心电感应”:旧时有人认为,人死后,心灵还有知觉,能与生人的魂灵交相感应。12.“模拟”:想象。13.“辛未”句:“辛未”,应为“辛亥”,当是作者笔误;“念六”,即26日,作者写信是在农历三月二十六日夜;

“四鼓”，即四更天。14.“诸母”：指伯母、叔母等。

这封信不是普通的家书，而是一位为国民捐躯的烈士用一腔热血写就的感人肺腑的篇章。作者林觉民是辛亥革命前著名的广州起义中牺牲的黄花岗七十二烈士之一。起义前三天的夜里，他在一方白手帕上写下了这给妻子的信，托好友转达，后即在战斗中负伤被俘，从容就义，年仅二十五岁。这篇文章也就成了烈士的绝命书。

信中洋溢着一种以天下人为念，为国事百死不辞的浩然正气，突出地表现了辛亥革命时期弥漫于青年知识分子中的崇高的时代精神。从陆皓东、史坚如、邹容、陈天华，到徐锡麟、秋瑾、禹之谟，到赵声、林觉民、方声洞、喻培伦，等等，一大批觉醒的知识青年，为推翻腐朽的清王朝专制统治，不惜抛头颅、洒热血，前仆后继，均在青壮年时期以不同方式慷慨赴义，谱写了一曲曲气吞山河的壮歌。为了民族解放自强，他们视死如归，将个人生命置之度外，期以自己之死唤醒民众之良知，激励国人。林觉民在起义前即清醒地意识到牺牲之不可免，但他抱定必死之心，对同行者说：“此举若败，死者必多，定能感动同胞。今日同胞，非不知革命为救国唯一之手段，不可一日缓，特畏首畏尾，未能断绝家庭情爱耳。今试以余论，家非有龙钟老父、庶母、幼弟、少妇、稚儿者耶？顾肯从容就死，心之摧割，肠之寸断，木石有知，亦当为我坠泪，况人耶？……顾谓吾辈死而同胞尚不醒者，吾决不信也。嗟乎！使吾同胞一旦尽奋而起，克复神州，重兴祖国，则吾辈虽死之日，犹生之年也。宁有憾哉？宁有憾哉?!”这种高尚情操正是使这封遗书具有历久弥新的生命力的关键所在。

同时，作品之所以在几十年之后还能使人读而感动，热血沸腾，还在于它不是空洞浮泛地表达一种崇高的思想，而是将这种对天下人、对中国的真挚的爱，与对妻子、对儿女、对家人的同样真挚的爱，水乳交融般地溶合在一起。作者以千余言婉转述说的，就是这种博大而细腻、亲切而悲壮的内心思绪与情感。信中深情地向爱侣倾诉了一个丈夫的全部情爱，其肝肠欲摧的悲恸催人泪下。作者在数年前与陈意映女士结合，虽是奉父命完婚，但夫妇感情甚笃。他曾对人说：“吾妻性癖，好尚与余绝同，天真烂漫女子也。”这在当时旧式婚姻占多数的情况下是难得的情形。作者对男女情爱有新颖深刻的理解，留学日本时著有《原爱》一文，被人誉为“理义公正，才情高绝”。正因为如此，作者提笔作书时，想到即将与爱妻稚子和尚遗母腹中的孤儿永诀，阴阳永隔，难以掩饰也不想掩饰他的悲痛心情，“泪珠和笔墨齐下”“忍悲为汝言之”，临末又疾呼“一恸”！他娓娓忆述了新婚后夫妻并肩携手、何事不语、何情不诉的令人留恋的美好时光；他想起自己曾有后于妻而死的意愿，而今却先妻而去;想起以前为革命事出走复归,妻嘱远行当告,而此次行前不忍启口,日日呼酒买醉的难言悲苦,真是情不自胜,难以笔墨形容之。既如此深爱着妻子,为什么又忍情舍妻子而去呢?作品的高明之处正在于将此种曲折心境做了委婉而明确,情理交融,令人心折的剖释:正因为至爱妻子之念,“使吾勇于就死”“吾充吾爱汝之心,助天下人爱其所爱,所以敢先汝而死”,这是开篇所做的第一层剖释;篇中又写处今日之中国,人之生机不足而死机却多,无地无时不可以死,与其那时或夫妻相看而死,或生离苦于死别,不如为国事献身,与其今日忍看天下人不当死而死,不如先天下人之死而死,这是第二层剖释。说得入情入理,扣人心弦。这才是真正志士的纯情至性。作者那如日月般光明磊落的胸怀也随之坦露在我们面前。文章后半部,在教儿女以父志为志的嘱咐后,作者情不能已,又一再倾吐了诀别前那种悲恸而坚毅的心声。他说九泉之下,当与妻之哭声相和;说平日不信有鬼,今却愿其真有;说盼真有所谓心电感应,能以自己之灵魂相伴无侣之妻;又解释未以己之志向明告妻子的原因:自己牺牲百死而不辞,但不忍使妻子为己担忧;又慨叹二人相偶之幸与生今日中国之不幸,等等。真是“巾短情长”,一咏三叹,不能尽诉。回环往复而富于变化,反复申说而不觉其繁冗,全因内中有真情在。歌哭俱真,所以感人。

真情、壮志,赤子之情、烈士襟怀,二者完美自然的结合,赋予作品一种使人读之荡气回肠、廉顽立懦的动人力量，使这封“革命党人一篇至高尚纯洁的情书”，长期以来被广为传诵，成为近代散文中的名篇。

编后赘语

为了提高我国青少年对传统文化的认知水平，出版社精心策划出一套普及性读物，约我加盟，选一本中华古典美文，这使我有些惶遽。因为我已度过八十二个寒暑，虽然一直没离开过教书这一行当，讲授中国文学史时也曾精选多篇散文名篇进行试讲，但是，我后来的教学与研究重点转入戏曲小说的同步研究，对我喜爱的随物赋形的散文佳作就更缺乏精读和深入研究了。

不过，我深知，中华散文源远流长，历代才人辈出，流派纷呈。风人蕴藉，雅人深致，骚人悱恻，多姿多彩的风格，形成历代散文大家所藉以继承的优良传统，始终贯彻于两千多年的散文发展史中。中国散文充分发扬了汉语言艺术特征构成的民族化，炼字炼意产生的韵味与魅力，具有各个时代所赋予的特色。经过长时期的历史鉴定和人民大众的欣赏，江山文藻相得益彰。

我国古典散文以其特有的表现形式，言志抒情，叙事思辨，曲绘民族心声，反映时代面貌，达到丰富多彩的极致，成为中华民族文化中的瑰宝，其影响及于民族心理素质与文化结构极为深远。

这次所编之《文章之美》就是试着把流芳百世的古典散文名作，作为介绍的重心，在吸收前贤时彦的研究成果的基础上，特选古典散文经典四十余篇，向广大青少年做一些与传统文化沟通的工作。

由于篇幅所限，本书不可能是一部较为完整的“历代散文选”，因此它完全没有照顾题材、体裁和风格流派，只是根据编者个人对某些作品的理解与感悟，在传统名篇中又进行了一次撷取菁华的工作，所以取舍未必得当。选篇虽参考了社会上和院校间所出之散文选本，但这里主要是以刘盼遂、郭预衡二位先生编之《中国历代散文选》为凭借，并参考人民教育出版社的《古代散文选》等书，书中注释采取删繁就简，力求通俗化。而每篇解析文字只是根据个人学习所得，做了一些具体的思想艺术分析。

天津教育出版社为本书的出版给予了很大关怀，谨此一并致以深挚谢意。

宁宗一

2013 年元旦